Patrice Martinez

Chroniques de Déméter

3

L'Univers-Dieu
de
Tau-Thétis

Édition : BoD – Books on Demand, 12/14 rond-point des Champs-Élysées, 75008 Paris

Impression : BoD - Books on Demand, Norderstedt, Allemagne

ISBN : 9782322217106

10/02/2021

Illustrations : Wikipédia, panorama stellaire, retouche de la planète Vénus – portrait, PIXNIO-ID-283381, CCO domaine public

L'Univers-Dieu
de
Tau-Thétis

La lettre T représente le mystère du sacrifice, et Thétis, la Néréide, n'enfante que des mortels : la Création est une révolution sans fin

« L'homme a besoin de ce qu'il y a de pire en lui s'il veut parvenir à ce qu'il y a de meilleur ».

Friedrich Nietzsche -
Ainsi parlait Zarathoustra

À mon père,

qui m'a ouvert au sens du beau

Prologue

Durant la 1620e olympiade, les Hellènes et les Perses décidèrent de conclure un traité scientifique concernant le planétoïde Tau-Thétis, dont son atmosphère abritait les ludions, des métazoaires de l'embranchement des cnidaires. Ces mystérieux animaux offraient d'étonnantes facultés morphologiques, dont le génie moléculaire renfermait certaines protéines, des anticorps permettant de renforcer le système immunitaire voire modifier le métabolisme de l'individu, afin de le rendre quasiment immortel. Généticiens, zoologistes et climatologues se succédaient durant de nombreux mois au sein de la station internationale de Tau-Thétis, construite par la grâce de généreux donateurs perses et helléniques, afin de confronter leurs recherches sur le noble animal, mais les Confréries orphiques, dionysiaques, bacchiques ainsi que des écologistes estimèrent que ce traité scientifique portait préjudice à sa faune, et décidèrent en commun de mettre un veto sur les poursuites expérimentales, s'effectuant au-dessus de la planète aux ludions. Un symposion extraordinaire fut donc arrêté sur l'amphithéâtre de l'université de la Nouvelle-Athènes par deux commanditaires de cultes à mystères et un groupe écologiste radical…

La déchirure

Pendant que les dernières images holographiques s'appesantissaient sur la sphéricité du planétoïde Tau-Thétis, l'éclat des projecteurs de la salle s'intensifia progressivement, cassant les trois dimensions de l'image holo en de simples transcriptions linéaires de format d'images 2d, d'une médiocre qualité visuelle. L'amphithéâtre était comble, et il fallut au service de sécurité toute la mesure qui s'impose en pareil cas car un risque d'attentat n'était pas à négliger, d'autant plus que le service de renseignements de l'Attique avait eu connaissance de l'entrée sur le territoire d'agents infectieux, venus majoritairement de Perse…

La Grande Mère du Thyase se redressa et s'approcha du rebord de la scène, où un microphone y était planté. La dadouque du culte d'Éleusis revêtait une robe pourpre et verte, assez ample pour en apprécier les subtiles pigmentations émergeant suivant l'intensité lumineuse de l'amphithéâtre. Du haut de sa vingtaine d'olympiades, elle rejoignit le pied de micro en traversant l'image holographique, corrigée par le technicien, placé dans la petite pièce suspendue au-dessus des sièges à dossier rabattable. Aidée de son thyrse, elle en parcourut l'ère lumineuse, l'image de Tau-Thétis redevenant d'une netteté cristalline, offrant le privilège d'en apprécier sa surface d'un bleu turquoise. À haute altitude, des vents vigoureux entassaient une masse de nuées sur la frange cintrée du planétoïde, jaillissant son arc bleuté du bord de la scène jusqu'au faîte de la salle des congrès. Elle jaillit de l'autre côté de l'holo, la coiffure d'un blanc crayeux rattachée en arrière par des rubans d'un rouge cinabre. Une fibule dorée traversait le chignon. Ses yeux s'enfonçaient dans leurs orbites anguleuses, des yeux d'un bleu aussi limpide que celui de la planète aux ludions. Son caractère acariâtre ne l'empêchait pas d'être estimée du fidèle, du peuple et de la communauté politicienne pour la verve de ses positions, et si elle ne disposait plus d'une forme olympienne, rien ni personne ne pouvait contredire le fait que la vigueur de ses dithyrambes lui offrait le moyen d'aboutir à ses fins : on se devait de rétablir ladite planète en *téménos*, une aire sacrée qu'aucun laïc ne doit bafouer !

Elle accrocha d'une main puissante le manche extensible du micro, ses doigts exsangues ressemblaient à des serres d'Hyppalectryon, cet animal fabuleux d'un roux provoquant, emblème du dieu Poséidon. Elle jeta un regard sur l'assemblée plongée dans les antiques fauteuils élimés de l'amphithéâtre de l'université. Des clairs-obscurs provoquaient des dislocations optiques, révélant d'un côté le drapé de têtes illustres de chercheurs, climatologues, généticiens, neurobiologistes, scientifiques issus de la recherche en climatologie et des archontes (sénateurs) tout-puissants d'Athènes, d'Éleusis et de quelques satrapes (gouverneurs perses) des provinces de Ionie et de Carie, et de l'autre l'image floue des prêtres d'Éleusis, d'Athènes, de Delphes, de Dodone et d'Éphèse. La tension était palpable, au demeurant personne ne souhaitait céder à l'autre partie la moindre part de marché diplomatique ; un schisme entre la prêtrise et la communauté scientifique ne pouvait qu'émerger de Chaos, au grand dam de l'archonte d'Athènes, mettant cœur et âme à trouver une issue afin de satisfaire les deux parties. Sans compter l'implication de philosophes, d'artistes et d'illustres sportifs, acharnés à épauler l'une ou l'autre fraction à grands coups de clameurs télévisuelles, offertes par les différentes chaînes de télévision.

« Ô Seigneur Iacchos, rhombes, osselets et miroirs ne suffiront pas à méduser les incroyants ! » dit-elle, accompagnée d'un regard sombre balayant la salle des congrès. Elle s'éclaircit la voix, provoquant au sein de l'assemblée quelques éclats de voix hilares. Descendante de l'illustre famille sacerdotale des Kéryces, la raillerie ne l'effrayait plus, elle s'évertuait à accomplir sereinement sa mission protectrice, assujettie aux ordonnances du seigneur Zeus Eubouleus (celui des profonds Hadès). Sa rhétorique n'avait pas la puissance d'un Aristote ou d'un Gorgias, néanmoins elle possédait assez d'envergure pour attirer la foule, émouvoir l'assemblée et poser des trames permettant à l'opposant de disserter pendant des heures, sans que la prêtresse ne perde le fil de la raison et finisse par faire tomber le masque de la fausseté siégeant dans la bouche du vil politicien, corrompu par quelques oboles dégagées de la bourse d'un nanti.

« Dois-je encore éprouver mon gosier jusqu'à l'aphonie, afin de rassembler la communauté et feindre l'omission des faits commis durant le mois de gamélion, où quelques incroyants s'en donnèrent à cœur joie pour mettre le feu au temple d'Artémis d'Éphèse ? Cet acte barbare n'est pas qu'un avertissement envers les confréries religieuses mais un préliminaire à d'autres méfaits tout aussi sordides, forcer la prêtrise au silence et accepter l'ineptie des pédants et autres alchimistes, obnubilés par l'immortalité ? » songea-t-elle, juste avant d'élancer sa rhétorique.

Elle arracha le micro de son support et s'avança jusqu'au rebord de l'estrade, la manche du chiton glissant de son bras efflanqué, d'une blancheur lactescente. Les veines saillaient de sa peau fripée, engendrant des sinuosités reptiliennes d'un bleu charron. Malgré l'âge, elle semblait glisser sur les planches, l'ample tunique accompagnant ses mouvements aériens que seul un Dionysos Zagreus emplit d'enthousiasme en connaissait les tenants et les aboutissants ; c'est un jeu de miroirs où l'âme de la Grande Mère du Thyase vécut des années durant, dans la prière et le recueillement. Elle parcourut du regard les gradins, où des têtes émergeaient des cônes de lumière, émissent depuis la cambrure des cloisons.

« Depuis des lustres, j'officie au sein de la maison de notre sainte Mère, à Éleusis. Bien sûr, vous connaissez déjà ma politique concernant Tau-Thétis, je vous rappelle simplement que le rôle de la prêtrise ne s'arrête pas au sacerdoce… Il officie au rappel de ses brebis, égarées par les mirages du matérialisme… »

— Gardez votre religion, et nous la nôtre ! s'exclama une voix dans l'assemblée.

— Seigneur Cébren, je ne vous permets pas de me couper la parole ! Votre nom est comme le fleuve troyen : d'une platitude déconcertante !... Des éclats de rire fusèrent des gradins. Je disais, que notre sacerdoce ne se réduit pas qu'au recueillement, mais à recomposer une collectivité "battant de l'aile", lorsqu'elle s'éparpille par trop d'ardeur à s'émouvoir de faits saillants de la recherche scientifique… Comprenez bien que je n'ai rien contre la Recherche, mais uniquement sur l'orientation ostentatoire de certains chercheurs, échoués dans ces instituts pharmaceutiques corrompus par des placements "juteux", comme les cellules-souches issues de l'embryon ou du génie génétique, dont le mirage de la science corrompt plus d'un nanti, attiré par la prospective faramineuse de ses dividendes…

La Grande Mère du Thyase dressa son bras décharné en direction d'une tête, émergeant de l'assemblée.

— Mon très cher ami Antigone de Béotie, ici présent, n'est-il pas un éminent chercheur, et pourtant athée ? Toujours la soif du savoir, l'esprit prompt à quêter les moindres indices dans ses éprouvettes… À ses côtés, j'aperçois mon ami Clisthène, grand orateur, fervent anthropologue et linguiste d'Athènes. Ces nobles praticiens ont pourtant rejoint ma cause… juste cause, empreinte de philosophie, de rigueur scientifique et de spiritualité. Le regard de la Grande Mère embrassa l'assemblée, dont d'évanescentes causeries feutrées survolaient l'amphithéâtre. Sur la droite, les confréries orphiques et bachiques semblaient taciturnes, sachant pertinemment qu'un schisme inévitable allait survenir au sein de la coalition hellénique. De toutes les contrées des Hellènes, de hauts-commissaires scientifiques et militaires posaient un veto sur les lois et décrets que de fervents magistrats promulguaient en faveur de la protection sur l'environnement. « L'écologie passera après l'emploi et la protection des Hellènes ! » avait annoncé le roi de Corinthe. Le tyran n'était pas le bienvenu sur la Nouvelle-Athènes, en cette cité où demeure une largesse d'esprit prompt à satisfaire les Muses des poètes, des philosophes et des scientifiques. J'ai ouï-dire qu'un complot se tramait sur la dynastie achéménide, que des frères de sang éprouvaient la monarchie perse afin de faire capoter l'alliance avec les Hellènes… dit-elle en jetant un regard avenant sur l'ambassade perse, placé au premier rang. Comment en sommes-nous arrivés là ? En ces temps où nous avons traité de nouvelles alliances avec nos anciens ennemis, des âmes déchues s'évertuent à saper des mois et des années de diplomatie. Je sais ! Oui je sais qu'un groupuscule paramilitaire médo-perse et hellénique s'est formé au grand dam d'une paix émergente. L'ombre du malin n'est pas loin de ternir cette soif inestimable d'apaisement social et international ! Ne vous laissez pas aveugler par les propos de nos adversaires ! Ne laissez pas corrompre votre âme par les séduisants mensonges de certains "soi-disant" Libéraux ! Le totalitarisme n'est pas loin de nous tomber dessus. La planète Tau-Thétis est protégée par la Convention de Thèbes, dont l'état Perse et la coalition hellénique en sont les garants institutionnels. Nous vous rappelons que les signataires de ce traité ont institué une zone de libres-échanges scientifiques et spirituels, et que l'un comme l'autre des protagonistes sont en demeure de protéger la planète Tau-Thétis des groupes de pression mercantiles ainsi que de toutes recherches à des fins stratégiques… Je demande au Congrès que le planétoïde redevienne une *terra incognita*, un téménos, un territoire sacré qu'aucune des parties ne soit en mesure de souiller, et cela durant au moins une décennie…

Un silence pesant écrasa le Congrès, dont les participants restaient médusés par la demande de la Grande Mère d'Éleusis. Un bourdonnement de voix en diaphonie interférait l'harmonie spatiale de l'amphithéâtre, appelant *in situ* une cacophonie qu'aucunes fractions des récipiendaires politiques, scientifiques et ecclésiastiques ne semblaient pouvoir arrêter.

«… Nous n'avons plus le choix ! s'exclama-t-elle, au bord de l'aphonie. »

Derrière la dadouque d'Éleusis, le segment bleuté de la planète Tau-Thétis révélait toute sa magnificence en temps réel. De légères écharpes de nuées s'étiraient sur un fond bleu turquoise, images offertes par la grâce de l'observatoire satellitaire perse, placé en orbite géostationnaire au-dessus de la planète aux ludions. Au ponant, une dépression atmosphérique s'y amplifiait, provoquant un état cyclonique d'une extraordinaire ampleur.

«… S'il vous plaît, je demande le silence ! laissez-moi terminer… La sérénité recouvra ses aises. Une foi anime mon âme, reprit-elle : celle de la raison et de l'amitié entre les peuples. Malgré les embûches, malgré des dissensions qui, en somme, sont tout à fait courantes au genre humain, car nos divergences nous poussent au raisonnement, au discernement et à plus d'ouverture d'esprit. En tout cas je l'espère. Mes amis, chers confrères, augustes ecclésiastes de toutes confessions, ainsi que les représentants du Sénat d'Athènes, des anciens de l'aréopage, des ministres et satrapes issus des états helléniques et perses, je tiens à vous remercier de votre att… »

Soudain des cris perçants perturbèrent le colloque ; derrière l'image holo, le rideau se mouvait, issu d'un déchaînement de violence, que seuls les plis du voilage en semblaient perturbés, agités par des rixes que la Grande Mère ne voyait pas, mais qu'elle ressentait au plus profond de sa chair. On entendit des coups de feu, puis le choc d'un corps qui tombe. Un homme armé émergea des replis du rideau, le canon du fusil encore fumant, le visage en sueur et les traits tirés par la frénésie meurtrière. Cet homme fraîchement sorti de l'adolescence, devait avoir cinq ou six olympiades. À la vue de l'amphithéâtre, il se sentit perturbé, hésitant un instant devant l'imposant parterre de politiciens, fonctionnaires, scientifiques et religieux. Des personnalités se levèrent, sachant qu'un drame se jouait. Des hommes de la sécurité dressèrent leurs armes, le temps que le jeune terroriste s'immerge dans le champ holographique puis en ressorte, l'arme au poing, le canon du fusil d'assaut pointé dans le dos de la Grande Mère d'Éleusis.

— Surtout ne tirez pas sur lui ! hurla un homme, placé aux premiers gradins. La Grande Mère est en danger… Les tireurs d'élites se positionnaient, pendant que l'amphithéâtre se vidait dans la précipitation, les cris de terreur se répercutant sur les murs, tels les gémissements des âmes perdues des Hadès. La Grande Mère sentit le souffle trépidant de l'homme, sa bouche plaquée contre sa nuque. Elle discerna son arythmie cardiaque, précipitée par son opération commando et le facteur émotionnel qu'il avait du mal à contenir ; « un novice ! » Elle tenta une approche diplomatique, sûre de sa quinzaine d'olympiades dans les sombres domaines de la psychologie analytique ; la psyché humaine est tel un papillon se mouvant au sein d'Éther : difficile à cerner.

— Que veux-tu ? demanda-t-elle d'un calme olympien, sans bouger d'un cil. Il n'arrivait pas à sortir le moindre verbe, la bouche dégageant une écume abondante. Sa gorge semblait nouée par des émotions trop fortes qu'il avait du mal à dompter ; il risquait, dans sa folle épopée sanglante, faire un carnage dans l'amphithéâtre. Le temps jouait contre elle et il fallait à tout prix apaiser son rythme cardiaque afin de le rendre ouvert au dialogue. Tu pourrais être mon petit-fils, si le destin ne m'avait dirigée vers la prêtrise…

— « Tais-toi, vieille folle ! » hurla-t-il d'une voix tremblotante, la bouche rivée à son oreille, devant une assemblée hétéroclite de personnalités issues de la prêtrise, des sciences de la terre et de la politique. Des personnes étaient restées assises, d'autres allongées à même la moquette de l'amphi, pendant que certains enjambaient les fauteuils, prêts à prendre la poudre d'escampette. Des regards ébahis par la peur restaient prostrés sur le commanditaire de l'attaque terroriste, collé à sa proie, tel un prédateur prêt à commettre d'autres méfaits dès qu'il aurait sustenté son estomac de son précédent repas. « Cette sorcière a décidé de voler un territoire perse ! Tau-Thétis est un territoire perse, et aucun blanc, issu de ce pays tortueux, n'en possède la moindre poussière… Que sa religion se retire de Tau-Thétis, ou je lui balance un pruneau dans la tête !... »

La prêtresse ne bougeait plus, elle régula son rythme cardiaque, puis expulsa des formes- pensées souillant son mental. Elle détendit sa masse musculaire, n'offrant aucune résistance aux flux externes et internes d'ondes négatives essayant de l'agresser. Elle ne devait faire plus qu' "un" avec le spectacle du monde ; recouvrer les opposés et réunir les membres épars du Dionysos Zagreus qui gisait en elle… Elle devait amadouer l'esprit de ce jeune rebelle, le faire plier sans l'irriter, ouvrir une brèche dans ce champ d'action où le moindre écart risquait d'occasionner un désastre humanitaire. La Grande Mère huma l'air ambiant — le jeune homme s'était uriné dessus ! Les effluves de transpiration du criminel dégageaient des relents hormonaux qu'elle s'empressa aussitôt d'inhaler. Les molécules olfactives pénétrèrent ses fosses nasales, pour être captées par les fibres nerveuses jusqu'au bulbe olfactif. Elle ferma les yeux et tomba en catharsis, pénétrant l'œuf de vacuité, alors qu'autour d'elle le monde partait à la dérive…

Les agents de sécurité et les forces de l'ordre s'étaient positionnés autour du terroriste, alors que la plupart des personnalités avaient pu fuir sans qu'il n'oppose de résistance. Un stratège du commando d'élites était accompagné de deux magistrats d'Athènes et d'Éleusis. Ils s'entretenaient par phases-codes, et animaient leurs mains dans des positions qu'ils étaient les seuls à déchiffrer. La prêtrise d'Athènes, de Delphes, de Dodone et d'Éphèse s'était rapprochée des autorités militaires et des hauts fonctionnaires de l'État athénien.

— Répondez-moi ! brailla-t-il. Ils le regardèrent sans broncher, sans même lui adresser la parole, rien que des regards profonds ne laissant rien présager de bon. Antigone de Béotie se rapprocha de l'estrade, ne lâchant à aucun moment le regard du jeune terroriste.

— Tu es jeune, plein de fougue et d'audace, ne voudrais-tu pas diriger tes potentialités vers des choix plus constructifs ? tout en le regardant dans les yeux.

— Vieux fou ! Le diable Ahriman t'a perverti. Le mensonge sort de ta bouche, comme le venin sort de la gueule du serpent. Lorsque j'aurai éliminé l'esprit du mal (il enfonça la gueule du canon sur le dos de la Mère) et que mon corps ne sera que poussière, alors je traverserai le pont des Justes afin de rejoindre la Maison des Chants, le paradis des Perses… Gloire à Ahura Mazda ! car la lumière des Justes éclaire ma voie…

Soudain un homme du corps d'élite se glissa des épaisses tentures et pénétra l'estrade. Le jeune activiste n'eut qu'une fraction de seconde pour entrapercevoir le soldat fondre au sein de l'image holographique (dont une partie du planétoïde était dévorée par un puissant cyclone), y émerger à l'autre bord, le fusil d'assaut fermement agrippé dans ses mains. Pointant l'arme à la vitesse de l'éclair…, et une deuxième fraction de seconde pour le voir appuyer sur la détente de son arme, la balle pénétrant sa nuque et ressortant par sa trachée-artère, puis perçant le poumon gauche de la prêtresse du Fixe (Apollon) et du Mutable (Dionysos Zagreus), afin de finir sa course à la troisième rangée des gradins, enchâssée dans le dossier élimé d'un fauteuil.

« Ô Perséphone, Maîtresse des Hadès, ton humble fille vient à Toi ;

J'entends les sons magiques du tambourin, de la syrinx et de la lyre percer la chair de notre mère Gaïa ;

J'entends la voix du grand Orphée alléger mon âme des cycles douloureux du Chemin ;

J'ai pénétré le sein de ma Maîtresse, offrant ce papillon d'âme au filet de la sombre dame d'Éleusis et d'Élysée ;

Rhombes, osselets et miroir ne sont qu'illusions pour m'éloigner de Ta Divine Personne ;

Expir et inspir, jour et nuit, froid et chaud, les opposés se rejoignent afin d'alléger mon fardeau ;

Je deviens fleur d'asphodèle sous Ton regard bienveillant ;

Reine infernale, permet à ta pauvre fille de rassembler ses membres épars et, sous les fumets de la Divine Cuisson, m'en remettre à Toi... »

Le jeune terroriste tomba à la renverse, le corps baignant dans un bain de sang. Le bâton de férule tomba sur le sol dans un timbre mat et dissonant, puis la Grande Mère s'écroula sur les planches de l'amphithéâtre ; un filet de cruor entacha le bandeau vert pomme serpentant de l'épaule gauche jusqu'au bas de la robe sacerdotale. Les rubans se dénouèrent puis l'épingle à cheveux glissa sur les planches de l'estrade, libérant les mèches en une corolle diaphane d'un blanc de céruse, recouvrant le visage amorphe de la dadouque. Pendant que le service de sécurité déboula sur l'estrade, le garde-du-corps continuait à diriger son arme en direction du terroriste. Il le bouscula du pied, et s'aperçut que l'homme avait rejoint les sombres territoires du Tartare. Antigone de Béotie et Clisthène rejoignirent l'estrade. Clisthène s'agenouilla devant la Mère du Thyase, dégagea quelques mèches rebelles de son visage et glissa doucement son écharpe sous sa tête. La vieille prêtresse émit un fin rictus, un sourire grimaçant.

— Les Urgences ne vont pas tarder, Grande Mère. Il lui prit la main, dans un dernier sursaut de réconfort.

— Mon ami Clisthène, même en cet instant il faut que j'ameute le seigneur Asclépios… elle toussota, crachant un filet de sang.

Clisthène lui essuya la bouche et s'approcha au plus près de ses yeux d'un bleu azuré.

— Chuut ! ne vous épuisez pas, Mère, vous risquez de vous affaiblir inutilement…

— Que me dites-vous, Clisthène, je suis tel notre Zagreus : mi-cuit, prête à offrir ce corps étiolé à la hache bipenne des Titans.

— Vous avez dépassé largement ce stade-là, Mère. Vos angoisses ne se sont-elles pas dissoutes dans le chaudron de vos afflictions ?

— Des fureurs résident dans mon for intérieur, prêtes à en découdre avec ce caractère acariâtre qui m'a toujours habité.

Antigone de Béotie s'agenouilla auprès de la Mère, et la regarda avec toute la tendresse d'un grand humaniste.

— Notre Logos vous a délivré sa semence séminale afin de vous ouvrir à la connaissance divine…

Elle toussota puis expectora une humeur jaunâtre et écumeuse, puis jeta un regard bienveillant en direction de Clisthène.

— Mon ami Clisthène, c'est avec l'assentiment de la dame d'Élysée que les champs d'asphodèles plient leur tige en direction de ce corps, affaibli par l'âge et le sacerdoce. Le temps est venu où je dois vous céder ma place… Je ne doute pas que vous serez un dadouque vertueux, prompt à éclairer et mener les brebis récalcitrantes vers notre glorieux Phanès…

Le teint cireux, la Grande Mère cracha une bile noire. Clisthène et Antigone la soulevèrent et la portèrent jusqu'aux premiers rangs où ils la déposèrent avec le plus grand soin. Son corps n'était plus qu'un pantin, disloqué sous les contraintes de la douleur. Le service médical arriva sous peu, s'engageant dans l'allée centrale de l'amphithéâtre.

Clisthène et Antigone s'angoissaient devant l'état de santé de la Mère, le corps affalé comme une poupée de chiffon. Le médecin écarta les représentants de Bacchos et de Orpheus, puis s'agenouilla devant la dadouque d'Éleusis. Et pendant qu'il parlait avec une douceur exemplaire à la Grande Mère, deux urgentistes s'affairaient à lui prodiguer les premiers soins. Ils étaient prêts à la soulever pour la déposer sur le chariot brancard, quand elle agrippa dans un dernier effort le bras du médecin urgentiste :

— Qu'importent les affres du corps, laisse-moi encore auprès de mes frères…

Après avoir hésité durant quelques gouttes de clepsydre, Clisthène leur intima de déposer le brancard. Clisthène et Antigone s'en approchèrent, sentant la faucille de Thanatos prête à faucher une nouvelle âme pour les Élysées…

— Mère, pourquoi vous retardez le service urgentiste ? Il en va de votre santé…

Elle leva un bras d'un geste fatigué et imprécis, et leur fit comprendre qu'Hermès, l'intercesseur des dieux et des hommes, arrivait à point nommé pour son dernier voyage. Le regard hagard, la voix éteinte, elle émit ses dernières recommandations :

— Puissent les divinités vous protéger et mettre fin à cette querelle intestine qui fragilise les Hellènes. N'oubliez pas : ce n'est pas la planète Tau-Thétis qui possède en elle-même de la valeur ; elle n'est qu'un merveilleux écrin dépendant de notre glorieux Phanès. Matière et antimatière sont l'œuvre de Dieu. Notre Logos possède bien plus d'éclats qu'un ban de ludions paradant sur un fond d'éther azuré…

À la recherche d'un air salvateur, la Grande Mère ouvrit la bouche et se cambra, émettant un cri de douleur… « Mère des Hadès… Ékô[1] ! »

et rendit l'âme à Zagreus Eubouleus, le Ténébreux Chasseur des enfers.

**

Ce n'était qu'une simple écharde griffant l'ionosphère bleu céruléen de Tau-Thétis ; le vaisseau d'attaque brillait de mille feux en pénétrant la haute atmosphère de la demeure éthérée des ludions sacrés, pendant que le second chasseur spatial attendait patiemment, posté sur une orbite géostationnaire de cette *terra incognita*. L'engin militaire fonçait dans la stratosphère pour atteindre en quelques secondes la couche de troposphère, où vue de haut, les nuées d'un gris bleuté flottaient au-dessus d'un immense océan d'eau douce, d'une stupéfiante clarté. À quelques dizaines de stades du fuselage flamboyant, un point sombre captait l'attention de l'aurige, maintenant une trajectoire dorénavant curviligne à son destrier stellaire… Arrivé à une dizaine de stades de la station internationale de Tau-Thétis — placée en état de sustentation par la grâce de ses suspenseurs antigravité —, le pilote modéra sa vitesse afin de mener son vaisseau (dont il avait programmé le trajet bien avant d'émerger de la mer de nuages), vers cette sombre estampe, obtenue après d'âpres négociations helléno-perse, entachant le panorama céleste de Tau-Thétis.

— Griffon IV à Griffon III, approche imminente de la cible. Prêt à ouvrir le ban !

— Griffon III à Griffon IV, bonne cavalcade cosmique !

Le vaisseau d'attaque arriva à quelques encablures du laboratoire international et effectua une première approche en y accomplissant des révolutions de plus en plus serrées. À l'intérieur du site expérimental, les techniciens et les spécialistes en génétique, en écologie, en météorologie et climatologie observaient anxieusement le ballet spatial du véloce chasseur de combat.

Pendant que des collaborateurs scientifiques étaient en relation avec la chaîne de télévision nationale de Sparte, Apollonios de Perga observa par le sabord la présence du chasseur de combat, évoluant au sein de l'éther de Tau-Téthis :

— Que fait ce vaisseau militaire dans le téménos[2] sacré ? émit agressivement le scientifique Apollonios de Perga, descendant de son ancêtre du même nom, illustre mathématicien et astronome grec. C'est une violation du traité international… À quel état appartient-il ? j'ai du mal à discerner son blason…

L'écologiste perse Azmed s'approcha du sabord et jeta un œil sur la vitre de plexi en verre de saphir. Le chasseur repassa mollement devant la coque de la station, livrant ses insignes militaires sur un éclat d'un bleu rosé, issu de l'atmosphère de Tau-Thétis et du flamboiement du soleil Phébus.

— Un Pégase ailé, émit laconiquement le Perse.

— Corinthe !... répondit son confrère.

La véloce nef de guerre se stabilisa un instant devant le sabord du laboratoire, afin de dévoiler à la gent scientifique le blason caractéristique du pouvoir corinthien. À quelques stades de là, un troupeau de ludions s'agita et détala vers des pâtures célestes plus paisibles.

Puis le vaisseau fila d'un trait vers un amas nuageux de rose et de pourpre nacrées, perça les nuées et après avoir effectué un virage à 180°, revint vers sa proie en aluminium et matériaux composites, dans un rugissement strident des turbines. À un stade de la station, le chasseur corinthien cambra son fuselage aérodynamique, exposant son ventre, caparaçonné d'armes tactiques. Deux missiles à vol autonome sortirent de leurs tanières, fonçant vers leur proie, sous les rais d'un Phébus resplendissant s'élevant au-dessus d'un horizon de nuées ardentes, drapées de mauve et de jaune empourpré. Puis le chasseur de combat décrocha et remonta au sein d'éther, là où l'attend son fidèle lieutenant de combat, en attente géostationnaire… Au sein de la station, les techniciens et les chercheurs regardèrent avec effroi les deux symboles du dieu Thanatos, filant à la vitesse de l'éclair, récolter les âmes chagrines des futurs résidents des Hadès… dans une fulgurante détonation digne du foudre, l'égide du seigneur de l'Olympe. Le laboratoire explosa dans une gerbe de feu et sombra en des milliers de parties au fond du dieu Ogénos. Thanatos, Le seigneur de la Mort, venait de faucher sa nouvelle récolte animique…

Chroniques de Déméter :

Lorsque je n'étais encore qu'un enfant, je fus étonné par le culte rendu à notre Seigneur Iacchos, le "Porteur de Feu", durant la cérémonie des Choës, à Athènes. Je fus ébloui par le faste solennel de cette fête des Anthestéries : le char processionnel emmenant le xoanon³ de Dionysos Éleuthéreus et la femme du sénateur, apprêtée pour l'occasion d'une somptueuse tunique enluminée de passementeries aux nombreux motifs floraux, m'offrit pour la première fois un enthousiasme dionysiaque que je n'oublierai jamais. Et que dire du cortège de canéphores, les belles Athéniennes, portant avec majesté les offrandes destinées à Dionysos Bacchos, le dieu du vin. Mon cœur chavirait sous l'extase de ce rite, relatif à la cérémonie de mariage de Dionysos et de l'épouse du sénateur d'Athènes…

Le maître d'éloquence, Cléobule, retint durant un laps de temps sa rhétorique, balayant d'un regard aiguisé l'amphithéâtre de l'université de la Nouvelle-Athènes – la jeunesse n'est plus ce qu'elle était ! : pendant que des étudiants somnolaient, avachis derrière leur console, d'autres se plongeaient sur leur téléphone cellulaire, en quête de sensations bien plus ludiques, que de s'instruire sur les arcanes de la vie sociale des Anciens…

JE DISAIS DONC ! dit-il tout fort, que cette célébration nuptiale revêt une importance capitale des œuvres aux Mystères Dionysiaques. L'épouse du sénateur d'Athènes, sise sur le char sacré, incarne la cité d'Athéna épousant les valeurs spirituelles et religieuses du culte éleuthérien. En fait notre Dionysos Éleuthéreus est bien plus profond que cette union de la polis[4] athénienne au culte dionysiaque, elle conforte la prise de conscience de l'humain face au déterminisme de la Mort, à cette terrible perception de la destinée humaine... à cette soif d'ouvrir son âme en la Conscience qui gît en chacun de nous ; l'épouse n'est que ce corps périssable, soumis à une sempiternelle recherche du Soi divin. Mais le mental n'a de cesse de la prospecter au cœur de la matière ; quête obstinée qui ne verra sa fin qu'en s'ouvrant au Dionysos d'Éleuthère. Après avoir subi les affres de l'égarement animique, l'âme se résout à dissoudre ce voile matérialiste qui l'oppresse et à se fondre enfin en ce Dionysos Protogonos, qui lui ouvre le champ infini de la création... le champ des possibles !

Je vous laisse à vos préoccupations de l'instant, et n'oubliez pas de méditer sur le culte éleuthérien au sein de la polis[4] athénienne...

Cléobule, maître d'éloquence à l'Université de la Nouvelle-Athènes, le troisième jour de la seconde décade du mois de gamélion, durant la seconde année de la 1724e olympiade.

La fin de l'insouciance

Les rais du soleil Phébus caressaient de hautes herbes, empreintes de rosée matinale. Les terres de l'Académie militaire Léonidas de Sparte s'étalaient sur plusieurs stades, englobant le trajet du fleuve Eurotas, ondulant capricieusement comme un vieux serpent à l'agonie, fatigué sous les nombreuses étreintes avec le corps minéral de la déesse-Terre Gaïa, rivé sur le domaine de la puissante Sparte. L'étoile de la planète Déméter ressemblait à un étincelant bouclier d'hoplite, se miroitant sur le lit tourmenté de l'Eurotas, survolé par une opulente variété de coléoptères, que de virils poissons argentés venaient gober dès l'aurore, en s'arrachant de sa couche fertile d'un sombre Tartare, dans de joyeux clapotis. Les lueurs des réverbères et des salles de classe luisaient dans une pénombre déclinante, à mesure que l'astre du grand Apollo montait au-dessus de la ville de la Nouvelle-Sparte. À trois stades de là, les lueurs de la cité répliquaient au somptueux flambeau céleste, accrochées aux réverbères et aux gratte-ciel comme des vers luisants chatoyant sous les prémices d'un nouveau jour, aux tons de rose, de bleu de Prusse et de jaune safran…

Sous l'œil sournois de ce soleil rubicond, un vaisseau de transport de troupes avançait à petite allure, dépassant la sombre coque d'une nef de marchandises aux liserés écarlates, pour s'approcher de la piste d'envol, dans un vrombissement de gros bourdon. L'appareil disparu derrière un hangar, en attente d'une autorisation de décollage, au son de baryton toujours présent.

Les étudiants accédaient à l'immense bâtisse universitaire, érigée à quelques pas du tarmac de l'enceinte militaire. La jeunesse dorée s'y retrouvait, adoucie par les mœurs de la haute bourgeoisie et des familles aristocrates issues du doublon monarchique[5], œuvrant dans la finance, le négoce ou au sein du gouvernement de la Nouvelle-Sparte. Les lueurs de l'aube étiraient les ombres des enfants du demi-dieu Héraclès, flèches sournoises dirigées vers un lendemain empli d'incertitudes… Car l'alliance des Hellènes s'effritait sous l'hégémonie du voisin lacédémonien : Corinthe ! Dont la puissance militaire n'avait d'égal que sa démesure égotique mercantile. Suite à l'homicide de la Grande Mère d'Éleusis, la crise diplomatique concernant le terrain sacré de Tau-Thétis prenait une ampleur internationale ; Thèbes, Athènes ainsi que l'empire Médo-Perse sonnèrent le glas de la fin de l'Entente cordiale. Les dieux Arès et Verethragna n'étaient pas loin de déterrer la bipenne de guerre. Et au sommet de l'Olympe, Zeus et Héra se querellaient une nouvelle fois pour un conflit politique qui les divisait.

Le vaisseau finit par décoller, sous le disque d'un Phébus irradiant.

Calchas n'avait que quatre olympiades et un an, mais sa verve dépassait souvent l'entendement de la raison, car l'on sait que la jeunesse emprunte au puissant Arès, la hargne de sa vigueur. Il traversa le petit pont en fer forgé enjambant l'Eurotas, et d'un pas alerte rejoint l'entrée principale de l'université de la Nouvelle-

Sparte, la mine fière et la mèche rebelle s'échouant sur un front dégagé d'une arrogance démesurée. L'œil aiguisé et le sourire moqueur, il rattrapa deux jeunes filles, vêtues de l'uniforme universitaire, dont le lambda or et noir de la Lacédémone ornait leur poitrine ferme et galbée. Elles possédaient la frénésie de l'insouciance, une plastique irréprochable et un humour, que les jeunes de leur âge savaient décapant.

Il s'approcha de la plus grande et la plus belle des deux, et lui fit les yeux doux sur un ton charmeur.

— Alors, Léda ? Toujours non ?

Tout en poursuivant son chemin, elle tourna la tête vers le jeune séducteur empli d'une insolence certaine.

— Toutes les filles te connaissent, Calchas. Je ne m'appelle pas Britomartis, pour succomber au premier pêcheur qui passe… Je ne tomberai pas dans tes propres filets, Calchas !

Calchas osa glisser une main câline sur ses reins.

— Bas les pattes ! dit-elle, en lui bloquant cette parade passionnelle.

Leurs trajets se scindèrent.

— Je suis libre ! lança-t-il les bras en croix. Chronos a décidé de t'offrir la chance de ta vie ! continua-t-il, tout en poursuivant un autre chemin. Ne la laisse pas passer…

Elle tourna la tête en sa direction :

— Alors reste avec Chronos, Calchas ! De mon côté, je m'accorderai juste d'un acratismos[6] avec la divine Aphrodite !…

Tout en poursuivant leur trajet, son amie fit une remarque :

— Quel Apollon ! Pourquoi refuses-tu de sortir avec lui ? dit-elle, tout en jetant un regard enflammé sur la silhouette athlétique du beau mâle.

— Justement parce qu'il est trop imbu de sa personne… Je vais le faire patienter, ajouta-t-elle d'un ton malicieux.

— Quand je pense que le fils du roi Soos II te courtise, et que tu le repousses, j'en ai mal à ma libido…

Elles rirent de ce propos, tout en s'engouffrant dans l'une des ailes de l'université de la Nouvelle-Sparte.

Calchas rejoignit les gradins de la salle de conférences, déjà occupée par une cinquantaine de jeunes gens. Il traça tel un fantassin d'élite, formé aux combats rapprochés, et sûr de sa mission à laquelle on l'a rattachée. Il ne s'embarrassa pas d'emprunter l'espace entre les deux ailes, chevauchant à son grès les rangées des sièges, quitte à bousculer des étudiants, pour rejoindre sa place sous l'œil sombre de l'enseignant universitaire.

— Prenez place en silence, Messieurs ! Nous ne sommes pas des barbares, que je sache. Monsieur Calchas, ce n'est pas parce que votre père détient des parts au sein de l'Académie, que vous devez enjamber les fauteuils et y étaler vos lourdes spartiates !

Debout derrière son pupitre, le jeune homme le regarda d'un air hautain, et le toisa tout en bombant du torse.

— Mon père vous gratifie largement de ses statères pour, justement, étaler mes spartiates sur les fauteuils de l'amphi, afin que vous puissiez subvenir à vos caprices et venir jusqu'aux portes de l'université sur votre bicycle d'écolo bourgeois… lui dit-il d'un ton railleur, accompagné d'un sourire narquois.

Le maître de conférences resta de marbre, pivota sa tête et commença son cours d'études, consacré à la logique mathématique…

Les baies ensoleillées du restaurant universitaire offraient une vue magnifique sur les somptueux jardins du campus ; des fleurs aux couleurs chatoyantes diffusaient leurs suaves fragrances, pénétrant par une ouverture où un subtil Éole soulevait par intermittence les pans du rideau, défraîchi prématurément par les ardeurs d'un Hélios fougueux. Des passereaux transitaient sur les bassins où des Muses aux corps d'albâtre leur servaient d'appui, et se disputaient la pitance de quelques mies de pain, qu'une jeune âme généreuse s'amusait à sacrifier.

Le resto universitaire s'emplissait rapidement d'une jeunesse pleine d'élan, d'une appétence carriériste et pécuniaire d'ardents carnassiers.

Sur un coin de la vaste salle, la table de Calchas dégageait une bonhomie de jeunes louveteaux en proie aux premiers émois amoureux, où une volubilité douteuse dépassait rarement le niveau de la ceinture. Le descendant de la famille des Eurypontides s'esclaffait de ses métaphores scabreuses, que deux jeunes filles issues de la Haute bourgeoisie de Sparte côtoyaient avec toute la désinvolture que l'âge tendre offrait encore pour quelques mois, le temps que jeunesse se passe. Face à Calchas, Spiros écoutait les mésaventures passionnelles de son ami, le sourire jovial barrant sa face hirsute de brute redoutable ; il aimait la baston, les filles à la poitrine généreuse et le vin d'Ikaria, dont la teneur en alcool pouvait rendre fou le plus puissant des Héraclès…

Il ne fallait pas s'étendre sur l'inspiration misogyne du jeune homme, gâté par un père arrogant, dont la cognation n'avait qu'une finalité : étirer sans fin la souveraineté de la lignée Eurypontide, sur le trône de la Lacédémone…

Les lèvres de Calchas ébauchaient un sourire espiègle, barrant son visage d'un arc présomptueux à la hauteur de son arrogance. Pendant qu'il recensait devant sa nouvelle conquête la liste de ses exploits amoureux, face au regard enthousiaste de son meilleur ami, Calchas animait avec une ardeur empressée ses deux mains, les déployant tel un conteur enfiévré, avide de captiver ses auditeurs. Un coude planté sur la table et l'autre triturant son téléphone cellulaire, la mignonne — une blonde peroxydée — faisait mine d'adhérer aux péripéties grivoises du bel Apollon loquace, en formant un demi-sourire, barré par des commissures de lèvres aux replis d'indifférence. Seul comptait les rumeurs et les marques de jalousie de la gent féminine, en s'affichant ainsi avec le rejeton du monarque Soos II, étalant aux yeux des autres femelles l'émancipation de ses ambitions.

Il arrivait à mi-parcours sur l'énumération de sa chasse à courre lorsqu'une ombre humaine se projeta sur son assiette de gruau puis glissa entre les rangées de table ; Léda jeta un œil discret vers la carrure musclée du présomptueux Calchas, et se dirigea en direction du service de restauration, rejoignant la jeune Niobé, tout en joie de retrouver son amie.

— Regarde-le parader, dit-elle tout en arrachant un plateau de la pile qui trônait entre les verres opalescents et les couverts, corrodés par les récurrents passages au lave-vaisselle. Il trône ! N'est-il pas mignon devant SA cour ?

Niobé se servit une entrée puis répondit, tout en rêvassant : « Ha ! J'y ferais bien partie… »

**

Au zénith de la Nouvelle-Athènes un vent particulièrement vigoureux poussait les nuages d'un gris cendré vers les terres de l'Attique ; une dépression investissait la cité de Athéna. La pluie s'invita, froide et sinistre, grossissant dans les caniveaux telle une pieuvre affamée aux cent bras, engourdissant d'un vent d'austral les âmes de l'Attique.

Au siège de l'Organisation des Nations Unies des Hellènes, un autre grain éprouvait la coalition : celui de la division. Des cris, des heurts et des remontrances contre la cité de Corinthe. "Trahison" : le maître-mot résonnait sur les murs de l'amphithéâtre comme une salve de canons issue des principales tribus du roi Hellên, le fondateur de la patrie. Le héraut demandait, à grands coups de maillet, que le calme revint au sein de l'assemblée, mais l'orage amplifiait, se dilatant en une tempête que seul un Zeus Phratrios[7] pouvait y mettre terme. On n'était pas loin d'en venir aux mains.

Le sénateur d'Argos dressait vers le roi de Corinthe un doigt accusateur et tremblant.

— Et je ne compterai pas les nombreuses fois où vous nous avez mis des "bâtons dans les roues", Seigneur Télestès ! Nous savons que vous avez dépêché un commando d'élite sur Tau-Thétis, dans l'espoir de mettre un terme à la Convention de Thèbes. Darius IV demande de lui livrer les responsables de cette agression infâme sur la station internationale ; une *décollation* risque de vous pendre au nez ! Que pouvez-vous nous dire, sur le sort des chercheurs et techniciens appartenant à la communauté scientifique, issus de plusieurs états ? Sans compter les sommes astronomiques mises en jeu concernant l'installation de la station, les contrats avec les entreprises, les laboratoires privés et les chercheurs des grandes universités ? Que répondrez-vous aux *yévn*, aux classes sacerdotales, à propos du sacrilège du téménos de Tau-Thétis ainsi qu'aux familles auxquelles vous avez arraché leurs proches ?

Le monarque Télestès – un homme corpulent et taillé pour s'illustrer sur les champs de bataille – émit un frêle rictus, tiraillé entre une grimace ironique et un sourire factice de compassion.

— Il s'agit d'une méprise. Sûrement l'attaque d'un groupe de mercenaires macédoniens, à la solde de Darius IV… Nous savons bien que les Perses ont paraphé la Convention de Thèbes à des fins purement mercantiles. L'essor de la station orbitale présentait des accords non négligeables avec des consortiums issus de la recherche expérimentale, quitte à la sacrifier après avoir déboursé une coquette somme en vue de sa construction…

Un grondement de colère envahit l'espace sonore de l'amphithéâtre.

— Vous êtes en train de vous moquer de la Coalition, seigneur Télestès ! fulmina le magistrat d'Athènes.

— Je n'ai que faire d'un homme de la plèbe, en mon royaume seul demeure sur le trône le descendant de Zeus, pas le menu fretin !

L'archonte vit rouge, ses yeux lançaient des éclairs, où seul un Zeus Kéraunios pouvait se glorifier de le surpasser, et le tonnerre en sus…

— Nous avons des preuves ! brailla un autre homme, le stratège du Haut commandement de Sparte. Tout en se levant, il dressa au-dessus de sa tête sa tabula, l'écran scintillant sous les luminaires de l'amphi. Oui, nous avons des preuves : notre satellite militaire a intercepté le trajet de vos deux vaisseaux d'attaque. Et nous pouvons vous remettre les coordonnées point par point de la trajectoire des aéronefs tactiques, de la base de décollage jusqu'à celles de l'impact des missiles !… Qu'avez-vous à répondre à la Coalition pour cet odieux méfait ?

Le monarque de Corinthe resta de marbre, rassemblant assez de force pour contrer l'assemblée. Même en cet instant, il pouvait mesurer la puissance de sa rhétorique, renvoyant le plus grand des orateurs – tel Démosthène – à celui d'un simple baratineur immergé dans la plus insalubre des gargotes.

« Mes actes se plient aux ordonnances de ma raison, je suis l'unique juge du tribunal de l'Héliée, rendant la sentence que seul un homme issu de la famille des Bacchiades est en droit de fournir… Point d'allégeance à quelques nations qui soient, qu'elles naissent du giron d'une Athénienne ou de celui d'une Thébaine… »

La séance tournait à l'orage, renvoyant les pensées des tribus des Hellènes aux plus sombres conflits que l'antique Grèce eût connus… Sous les cendres d'une planète Terre mortifiée, gisaient des strates de querelles intestines, fragilisant davantage la coalition hellénique ; des morts à la pelle, et des ratifications sous l'emprise de la force, contraignant tel ou tel État à passer un pacte avec le colonisateur, qu'il soit Dorien, Achéen, Ionien ou Éolien. La planète Terre ne possédait plus ce bleu outremer éclatant de beauté – sortie de ces eaux tourmentées, Aphrodite s'y était révélée –, mais offrait à la vue des nouveaux colonisateurs de la galaxie du Léthé, l'image troublée d'une poussière d'étoile. La planète

Déméter risquait de recouvrer ce que Gaïa, la vieille Terre, avait enduré durant deux millénaires.

Les dieux joueront toujours aux dés...

À l'extérieur des Nations Unies helléniques, un Éole fougueux agitait la frondaison des arbres. Le manteau nuageux recouvrait d'un ciel de plomb la cité d'Athènes, dont le faîtage des toitures vibrait sous l'assaut d'un Zeus des Tempêtes. Les derniers Athéniens, surpris par cette colère céleste, se dépêchaient d'entrer chez eux, pendant que d'autres s'engouffraient dans l'estaminet du coin, un cratère d'un vin rubicond, vacillant dans leurs mains tremblantes.

Le tonnerre gronda, autant à l'extérieur qu'au sein de l'assemblée des Hellènes...

Un clivage politique fragilisait les magistrats et les stratèges des Hellènes ; sur les bancs du Congrès, les anciens comme les jeunes coqs des ambassades helléniques montraient leurs crocs, hurlant et gesticulant tels des primates de Nubie subissant l'assaut d'un caracal affamé. Le héraut frappait de son maillet, quitte à le briser : il fallait ramener le calme au sein de l'amphi, ou clôturer une séance dont la verve des politiciens mettait à mal le fragile compromis diplomatique.

Asandros, le satrape de Carie, se releva et porta le verbe haut, afin que l'ensemble du symposium l'entende :

— Seigneur Télestès, les Macédoniens n'ont que faire de vos mercenaires, que vous-même avez enrôlés afin de briser le sceau de "l'Entente cordiale". Vous êtes arrivé à vos fins et avez provoqué l'irritabilité de mon Seigneur. Vous devrez répondre de vos actes devant Darius IV, où je crains le pire pour votre nuque !

Télestès sortit de ses gonds et bouscula les premières rangées de magistrats, sénateurs et stratèges issus de la Confédération hellénique. Il enjamba les bancs de l'amphi, débaula au centre de l'hémicycle et le prolongea, au grand dam du héraut, ordonnant à cor et à cri que le maître de Corinthe recouvre sa lucidité et regagne sa place…

Le service de sécurité – assuré par trois colosses scythes – déferla sur l'hémicycle, agrippant leurs foudres dans leurs grosses mains calleuses. Le regard sombre, un des colosses fit barrage, bloquant les intentions belliqueuses du Macédonien. Télestès plongea son regard de braises dans les yeux de l'homme, et malgré une stature plus petite, le roi offrait au Scythe l'image puissante de sa personne. Il en avait parcouru des champs de bataille, affrontant dans des combats déchaînés des adversaires bien plus coriaces qu'un homme du service de sécurité.

« La seule personne que je redoutais fut mon père », laissait-il entendre lorsqu'on lui assénait qu'il devait céder plus de compromis au sein de la Confédération hellénique…

Le satrape de Carie n'en menait pas large ; le regard fébrile, il n'avait de cesse d'observer son adversaire, planté sur le rebord de l'hémicycle, faire feu de tout bois contre l'empire Perse :

— Il y a quelques siècles, il exista un homme faisant fi de l'invasion perse, il s'appelait Léonidas, et malgré l'importante supériorité des forces ennemies en présence, il eut le courage d'affronter l'envahisseur, quitte à sacrifier SA vie pour la nation…

Asandros esquissa un demi-sourire. Télestès poursuivit sa narration :

— Seigneur Asandros, je ne m'appelle pas Éphialtès de Trachis[9] pour trahir la confiance de mon peuple !

Le magistrat de Carie se releva, le visage en sueur et les mains tremblantes.

— Comment osez-vous me prendre pour un délateur ? J'ai l'assentiment de la Coalition et l'appui de notre seigneur Darius IV… Vous êtes mal placé pour engager votre diatribe sur des sujets glissants ! dit-il en dressant un doigt décharné et tremblant vers le monarque. Remarquez, votre propension à travestir la réalité des faits, survenus sur Tau-Thétis, reflète votre état d'âme : toujours l'esprit porté vers l'état de votre bourse et la courbe ascendante de votre impopularité, riposta-t-il d'un ton fielleux.

Un silence pesant envahit l'hémicycle. Les lèvres de Télestès formèrent un sourire rageur :

— Tu n'es qu'un bouffon ! Mon peuple acquiesce à chacune de mes ordonnances, et si la courbe de mon impopularité grimpe de façon exponentielle, cela prouve que l'issue de mes arrêtés est conforme aux attentes de la société… Le peuple doit être dirigé d'une main de fer, déclara-t-il en formant un poing. Comment veux-tu conduire une nation vers la prospérité, si ton ego est désireux de sustenter les appétences du moindre quidam ? Quant à l'approbation de ton infâme souverain, n'est-il pas dit que "ce qu'un Achéménide donne de sa main droite, un jour ou l'autre il le reprend de sa main gauche" ?

Le gouverneur de Carie s'emporta, son émotivité galopante révélait un caractère languissant, où sa versatilité émotionnelle trahissait un besoin d'affectivité. Ce pédéraste de la Haute bourgeoisie comblait sa carence affective en révélant devant son éromène toute la puissance de son ego ; ce n'était qu'un secret de Polichinelle, à savoir qu'il s'adonnait au droit de cuissage des nouveaux promus du Collège des Sciences, de Carie.

— Soldats, sortez-le de l'amphithéâtre ! s'exclama-t-il d'une voix aiguë, en s'agitant comme un moucheron devant une fosse à purin. En cet instant, il révélait l'acmé de sa féminité…

Le garde était indécis, jetant un regard tantôt sur le roi de Corinthe, tantôt sur le héraut du Conseil des Hellènes, accroché à la barre. Le héraut ne savait que faire.

L'archonte d'Argos brisa le silence :

— Il n'existe aucun décret prescrivant l'éviction d'un membre du Congrès, décocha-t-il calmement. Il serait malvenu pour l'O.N.U.H d'éjecter le seigneur Télestès comme un malpropre…

D'autres personnalités, proches de la politique de Corinthe, approuvèrent les dires du magistrat, en proférant des mécontentements énergiques. Une certaine irritabilité descendait des gradins et portait ses fruits acerbes jusqu'aux oreilles du héraut.

— Seigneur Télestès, reprenez votre place, la séance est reconduite dans 1/24e die.

— Le seigneur Télestès a proféré des injures contre la Carie et le peuple perse, vous devez l'évinc…

— Vous n'avez plus la parole, gouverneur ! coupa sèchement le héraut. Je vous encourage à plus de diplomatie au sein du Congrès, sinon j'ordonne à la sécurité de vous raccompagner prestement jusqu'à votre katagôgè[10].

Télestès se tourna vers le héraut.

— De toute façon je signe le registre et je rejoins au plus vite ma dromone[11], stationnant sur le tarmac de l'aéroport d'Athènes.

Le héraut semblait désarçonné, mais aucun membre du Conseil ne pouvait obliger l'un de ses membres à poursuivre la séance, même si celle-ci lui était destinée.

— Bien, je consigne donc devant le Conseil que vous suspendez votre plaidoirie. Dès que le débat sera clôturé, nous dépêcherons un courrier et, après vous être informé des recommandations du Conseil de l'O.N.U.H, nous vous demanderons d'apposer votre paraphe sur chacune de ses pages et de nous les renvoyer dans les délais impartis par la clause, sise en fin de dossier… Merci de votre compréhension seigneur Télestès.

Au-dessus des toits athéniens, le crépuscule dévoilait sa toile flamboyante ; des ocres, des ors et des pourpres déployaient leur palette offerte aux différentes nuances de rouge. Le lourd manteau nuageux s'était effiloché, délivrant des éclisses de nuées emportées par un vent vigoureux vers l'intérieur des terres. Pendant que l'irradiant Phébus pénétrait le sombre Tartare, le tranchant sournois de la lune Hellên émergeait des flots rougeoyants de la mer Égée.

Hécate, la dame des Tartares, émergeait des Hadès.

Des lames de lumière mordorées pénétraient par les larges baies vitrées de l'amphithéâtre, baignant des dernières lueurs du disque solaire quelques visages sévères des membres du Congrès. Hélas cette enluminure spectrale dénotait à l'égard de la lourde sentence qui s'affichait sur l'immense dalle, accrochée sur l'un des murs de l'hémicycle de l'O.N.U.H ; les strates de lignes s'y affichaient, offrant aux regards des parlementaires le résultat de la décision de justice rendue par les membres du Congrès. Sur la droite du texte, un diagramme circulaire montrait les différentes sections correspondant à chaque tribu des Hellènes. L'une d'elles, d'un bleu héraldique, confirmait par l'importance de son espace, la proportion majoritaire : les sections de la Macédoine, suivie de l'Attique, de la Carie, de la Ionie et de l'Éolide s'étaient alliées pour condamner l'implication du roi de Corinthe, sur le sort de l'observatoire satellitaire de Tau-Téthis.

Le texte continuait à défiler sur l'écran : la résolution de l'O.N.U.H allait tomber sous peu…

Six mois plus tard :

Vêtue d'un ensemble vestimentaire d'un rouge fuchsia, la présentatrice revenait sur les dernières semaines éprouvantes pour la Coalition hellénique… À L'arrière de sa captivante plastique, des images au ton sépia permettaient de remonter le fil du temps, depuis la dernière séance du Conseil de l'O.N.U.H jusqu'à l'attaque terroriste du laboratoire spatial de Tau-Thétis. Sur un coin de l'écran, le visage sévère du roi de Corinthe emplissait une fenêtre, appuyant par l'image la responsabilité du monarque sur le conflit en cours.

Une prise de vue fugitive de l'intérieur du laboratoire prolongea les dernières informations transmises par la chaîne d'État, de la Nouvelle-Sparte. Les visages radieux des scientifiques et de quelques techniciens chargés de l'entretien, remplissaient le cadre de la dalle de télévision. Chaque scientifique passait devant la caméra, exprimant leur joie de confronter leurs recherches au sein de la station Corintho-Perse. Quelques gouttes de clepsydre plus tard, un soubresaut perturba la retransmission télévisuelle, suivi d'un halo étincelant affectant l'image ; le reportage se termina sur un écran d'ébène, dont la résonance des parasites clôturait la conversation entre le journaliste et les occupants de la station de recherche. Le présentateur se sentit perturbé par cette interruption qu'il savait de mauvais augure…

Puis la sculpturale présentatrice dévoila une vidéo plus récente : le roi Télestès présentait à la caméra sa noble personne, au côté d'une jeune malade, dans l'enceinte du Centre hospitalier de Corinthe. Pour la noble cause, le monarque avait revêtu une simple cotonnade d'un gris cendré, assis à côté du lit de la jeune malade. Il bavardait avec deux éminents professeurs de la faculté de l'Université de Corinthe, le service de soin affecté à l'unité neurologique et du directeur du site, tout en joie de la venue du souverain au sein du centre hospitalier. Et tout en causant des effets désastreux de la sclérose en plaques, il posait sa grosse main calleuse sur celle de la frêle enfant, impressionnée par cet impressionnant remue-ménage médiatique et politique.

Le technicien audiovisuel jouait sur les gros plans, montrant l'intérêt du souverain pour les grandes pathologies du siècle, et s'attardant sur la complicité qui se voulait entre le roi de Corinthe et la jeune malade.

Quelque temps plus tard, le petit groupe cheminait sur les allées boisées du parc universitaire. Le monarque s'entourait du directeur de l'hôpital universitaire, des professeurs de la faculté de médecine, de quelques infirmières et de la journaliste, accompagnée de ses deux vidéastes et du perchiste afin de rendre la scène médiatique suffisamment émouvante pour le commun des mortels. Les images montraient en ce lieu enchanteur le deuxième cadreur s'accrochant au plus près du noble personnage corinthien, à l'aise lorsque notre homme affectait ses penchants pour une cause médiatique. « Le peuple apprécie lorsque les grands de ce monde se penchent sur les malheurs qui les accablent, et en ces cas-là, que le potentat soit le plus corrompu des oligarques mais qui n'entrave en rien la ferveur du gueux pour son suzerain. »

Ils parcoururent un bon stade, les deux spécialistes du département de neurochirurgie expliquant au roi l'importance de leurs démarches. La journaliste, vêtue d'un complet sobre mais de bonne facture, abordait les maîtres d'Esculape en posant des questions parfois futiles – ce qui ne pouvait qu'irriter les chercheurs, lorsque le plus simple des quidams s'aventure sur les sujets glissants de la recherche médicale –, ou de bonnes factures en exprimant l'aspiration du téléspectateur à apaiser ses craintes et conforter ses espoirs, concernant cette terrible affection.

Ils cheminèrent ainsi jusqu'à la périphérie de l'université, où un important ballet de véhicules de travaux publics impressionnait par son espace scénique ; pendant que des engins arrachaient le cuir terreux de la mère Gaïa, d'autres aplanissaient et nivelaient déjà le sol, prémisses à d'imminentes fondations, que le promoteur de ce nouveau chantier titanesque n'était autre que le roi.

Le groupe s'immobilisa à l'orée du chantier, et pendant qu'un cadreur forçait sur les traits réjouis des récipiendaires du nouveau site de recherche en neurobiologie, l'autre effectuait un large plan où devaient naître les futurs bâtiments scientifiques. Ils s'approchèrent d'un immense panneau, révélant à grands coups de fresques numériques, l'importance de la future œuvre architecturale…

Télestès s'approcha du panneau et caressa de sa grosse main l'image sérigraphiée crée par une entreprise, appartenant *indubitablement* à sa personne.

« Mon bébé ! » dit-il tout en admirant les lignes de perspectives des bâtiments du nouvel institut médical.

La journaliste rejoignit prudemment le seigneur de Corinthe – car il est dit : « qu'aucun individu ne peut s'avancer à moins de cinq digits de l'avatar du seigneur Zeus, sauf si le Wanax consent cette impolitesse sur le protocole » —, pendant que le perchiste tendait son micro :

— Majesté ! Nous nous retrouvons, en ce lieu, sur le futur site du Centre de recherche en neurobiologie de la Nouvelle-Corinthe… Tout comme le candide téléspectateur, nous voyons que Votre Seigneurie semble attachée à un projet qui lui tient à cœur. Pouvez-vous éclairer notre lanterne afin d'ouvrir notre cœur et notre conscience à cette immense idée visionnaire qui a fait jour en Vous, il y a de cela tout juste un an ?

Le monarque rejeta sa tête en arrière, observant le cheminement des filets de nuées, parcourant le ciel azuré de Corinthe. Puis il se tourna d'un port de tête hautain vers la jeune fille, l'œil pétillant et les traits sculptés par l'âge et la force d'un caractère impétueux. Ses mèches de cheveux d'un blanc crayeux s'offraient aux souffles d'un Éole capricieux, soulevant par instants des feuilles de platane ; une envolée lyrique destinée à assouvir les caprices d'un roi.

— Vous avez pu constater combien cette terrible maladie affecte la vie de cette enfant, que nous avons laissée aux bons soins du seigneur Esculape, des praticiens et des infirmières. Comment voulez-vous que le maître de maison s'offre aux bras tranquilles de Morphée lorsque son enfant souffre le martyre ? Il en est de même pour le résident du palais de Corinthe, lorsque dans les foyers parcourant son territoire, des enfants, des femmes et des hommes implorent des soins qu'aucun autre pays de la Coalition ne peut honorer… Nous avons donc décidé, avec le soutien financier de la trésorerie de l'État, de construire le plus grand complexe de recherche et de soins sur la sclérose en plaques. Bien évidemment, des patients issus des autres tribus seront les bienvenus, après avoir réglé un droit d'entrée au sein du centre hospitalier, acquitté la taxe et les frais de séjour et les droits de douane en sus…

Télestès esquissa un sourire narquois, une feinte médiatique destinée aux belligérants des autres États helléniques. Et même si un conflit international risquait de lui causer du tort, suite à l'affaire de Tau-Thétis, il connaissait les us et coutumes des Hellènes et savait combien les différends politiques risquaient de déchirer le fragile compromis, concernant l'accord de Thèbes. Le monarque n'était pas dupe, au point d'enfoncer le couteau dans une plaie qu'il avait ostensiblement ouverte, en utilisant la force militaire. Seuls la confrérie orphique et les membres du Thyase risquaient de faire tomber le souverain de son trône, et encore… fallait-il l'aval de la Coalition pour mener à grands frais une guerre intestine, qui n'aurait pu qu'affaiblir les Doriens, les Achéens, les Éoliens et les Ioniens.

En revanche, un conflit n'était pas à exclure avec les Achéménides, car Darius IV détenait les axiomes concernant ses antécédents familiaux : la soif de conquête et la transmission du pouvoir ! Des gènes que la dynastie achéménide possède depuis la nuit des temps, et s'attaquer à ce qu'il y a de plus pur, comme une alliance scientifique et ecclésiale relative au planétoïde Tau-Thétis, révèle déterrer la hache de guerre et affronter la meute des terribles fantassins Immortels, au sang chaud et aux bras vigoureux…

— Sire ! Pouvez-vous apaiser la colère de Sparte et d'Athènes en développant, si Votre Seigneurie le désire, Votre point de vue sur ce qui s'est passé sur Tau-Thétis. La disparition des scientifiques et des techniciens de la station internationale ne peut qu'éprouver leurs proches : des épouses, leurs enfants, leurs amis, et les représentants des différents états concernés (manifestement, par la voix charmeuse de la journaliste, Télestès n'avait rien exclu dans son programme de séduction médiatique).

Télestès joignit les paumes de ses grosses mains et plaqua les deux pouces sur ses lèvres épaisses, habituées aux effluves d'un bon rôti, aux arômes suaves d'un retsina et aux salves de remontrances qui s'extrayaient de sa gorge, lorsque son exaspération gonflait et grondait.

— Ce qui s'est joué là, à quelques millions de stades de Déméter, conforte mon idée que chacune des parties, la nôtre comme celles des différentes fractions participatives, est responsable de cette terrible tragédie digne de Sophocle ; suite à la violation de l'éther de Tau-Thétis, que cela soit pour des motifs tactiques, scientifiques ou spirituels, nous ne pouvons que nous sentir coupables des terribles retombées affectant la Coalition… Comment trouver des mots d'apaisement lorsque, par désir de créer des dissensions au sein des tribus, certains chefs d'États font pénétrer le loup dans la bergerie. Et si quelques personnes ne comprennent pas ma métaphore, alors qu'elles tournent leurs regards en direction de l'Orient…

Le regard sombre de Télestès dévorait le cadre de l'image. Des pattes d'oie sillonnaient sa peau qui se parcheminait avec l'âge, mais la ruse, la soif de conquête, la force tactique qui l'habitaient détenaient bien plus d'axiomes et d'énergie que la charge d'une seule phalange grecque, devant les terribles colonnes de fantassins perses.

— Sire ! Ne craignez-vous pas de vous retrouver écarté de la Coalition hellénique après la dernière conférence de l'O.N.U.H ?

Le monarque sourit.

— Mes premiers soucis concernent l'état social de mon pays… Rien ni personne ne pourra me retirer cela de la tête, et en cet instant, ce qui m'importe c'est la santé de cette petite fille que je vous ai présentée si tôt. Mon cœur souffre de n'avoir pu réagir bien plutôt, préoccupé par des problèmes que tout chef d'État se doit d'assumer. Maintenant, si ma conscience doit se porter sur la sortie de Corinthe de l'Union, alors je le ferai sans aucun regret…

La tunique rouge fuchsia de la présentatrice clôtura le reportage de la chaîne d'informations. Elle dressa un papier devant la caméra :

— Nous venons de recevoir un communiqué émanant de l'Agence Hellade-presse… Il est écrit que, « À la demande de Sa Gracieuse Majesté Darius IV, illustre famille des Achéménides, les

États de l'Attique, l'Eubée, la Laconie, la Thessalie, la Béotie ainsi que quelques micros états de l'Union, ont décidé d'écarter l'État de Corinthe de la Coalition... » La Cour pénale internationale a recueilli la demande des gouvernements, consignée sur le rapport, que j'ai récemment téléchargé. Les membres de la Cour pénale internationale songent à éditer une ordonnance contre le maître de Corinthe. Une juridiction risque donc de compromettre les accords de paix entre les États, évoqués récemment, et la Corinthe s'évertuant à la négation des faits, recueillis par l'Alliance athénienne...

La présentatrice formula un demi-sourire narquois.

« Quel destin s'offre à la Coalition si le roi de Corinthe refuse toutes démarches procédurières ? Qu'en sera-t-il de l'Entente cordiale entre les États helléniques et le royaume achéménide si la Cour pénale rejette la demande de quelques États membres ? Un conflit ne risque-t-il pas de mettre le feu au fragile compromis de paix ? Restez informés des dernières actualités en téléchargeant notre appli ou en restant branché sur notre chaîne d'informations, 24 heures sur 24... Et n'oubliez pas : "au cœur de l'info, c'est nous !" »

Pendant que la chaîne d'infos terminait sur les péripéties libertines d'un célèbre athlète, Calchas pivota sa tête vers le plantureux repas posé devant lui. Entre deux coupes d'un vin de Théra tellement coupé qu'il pouvait en déceler les contours de ses doigts, il engouffrait les mets avec l'ardeur d'un Géant.

Les éclats de voix bourrus de Spiros cassèrent son envolée chimérique :

—... Calchas ! eh, Calchas ! nous allons être en retard pour le prochain cours.

Calchas redressa la tête, ses yeux d'un noir d'onyx avalant les particules de lumière passant à sa portée. D'une mâchoire puissante, il arracha un morceau de chair, de ce poulet mariné aux arômes de thym, et de miel issu des ruches du Péloponnèse. Le jeune descendant du fougueux Héraclès pointait son regard sur un paysage fantomatique, où les terres de Corinthe dessinaient un relief accidenté, obtenu par d'âpres salves, larguées par les mortiers et les missiles de la Coalition.

« J'enfoncerai ma dague dans la panse de Télestès, afin de lui faire cracher son venin… le venin des Bacchiades ! »

Soudain le fils du roi de Sparte bouscula d'un bras vigoureux son plat, l'envoyant valser sur les tomettes du resto U.

— Argh, Spiros ! tu m'exaspères et perturbes mon repas.

Autour des deux jeunes caractériels, le brouhaha s'était tu, enrayé par l'indicible colère de Calchas. Tous les yeux se tournèrent vers lui, chapeautés d'un silence pesant.

Il se leva.

— On y va !

Spiros lui emboîta le pas, tout en jetant un regard noir aux autres étudiants, attablés autour d'un copieux repas.

— Eh alors ? ! lâcha-t-il d'un ton agressif.

Le pédagogue pointa son stylet-laser en direction du tableau lumineux ; un schéma technique s'y dessinait, évoquant les diverses approches martiales destinées à enclaver une flotte de combat aérienne ennemie.

« ... En termes de conclusion, nous voyons combien l'enclavement en "forceps" permet ici de bloquer l'avance ennemie, il ne reste plus qu'aux vaisseaux de combat lacédémoniens d'abattre les nefs, tout en effectuant de récurrentes approches agressives, obligeant l'adversaire soit au repli, soit d'offrir leurs âmes à Charon, le passeur des enfers… »

Il pivota son corps athlétique vers l'amphithéâtre, tout ouïe devant les explications d'un ancien aurige de l'escadron d'élites des Argyraspides. Les étudiants débutaient leur formation par les divers aspects techniques, permettant d'étudier toutes les facettes tactiques qu'un aurige se doit d'apprendre avant de poser ses fesses sur un vaisseau rapide de Lacédémone. Le nerf de la guerre, c'est l'éducation à la dure ! et cela a toujours été le cas pour la Lacédémone.

— Comme vous le savez, en après-midi vous aurez à me détailler les différentes parties de la carlingue d'une dromone[11], alors j'espère que vous avez étudié sérieusement, parce que… vous serez notés !

Calchas et Spiros se regardèrent de concert. La journée se clôturera chaudement !

Du mental de Calchas émergea le portrait de son père féru d'une éducation rigide. Alors, il ne fallait pas décevoir l'illustre descendant des Héraclides. Soos II comptait bien mettre à profit son rôle de géniteur, dans la plus parfaite tradition de Lacédémone, et si le père affectionnait une discipline de rigueur dans les affaires de ce monde comme au sein de son foyer, le fils n'étalait pas cette science de l'assujettissement aux règles de la morale et du devoir accompli, plus à s'épancher sur les draps en satin des jeunes filles de bonne société, semblable aux prostituées issues des bas-quartiers de la Nouvelle-Sparte. Mais le père connaissait les faiblesses de son fils, et cédait du lest tout en ne le lâchant pas d'une semelle, afin de mettre en œuvre une politique éducative destinée à faire de ce rejeton, le prochain législateur de la Lacédémone.

— Devrons-nous énumérer et énoncer les différentes parties du système embarqué ainsi que détailler les caractéristiques de la motorisation ? demanda une voix fluette.

Calchas pivota son cou massif en direction de la locutrice de cette requête technique. Léda arborait avec fierté l'uniforme militaire des futurs auriges de l'escadron d'élites des Argyraspides. Une résille retenait sa chevelure, exposant un sublime port de tête, dont la grâce des mouvements en faisait succomber plus d'un.

C'est bien une question venant d'une femme, se dit Calchas.

— Non, répondit l'instructeur. Pour l'instant nous en resterons uniquement au profil et à l'esthétique de l'aéronef de combat.

Elle pivota sa tête en direction de Calchas, placé quelques sièges plus loin. Entre raison et passion, les deux ardents avatars d'Adonis jonglaient avec les sentiments. Espiègle à l'idée d'éprouver l'aspirant à de fortes émotions, elle jouissait de ce privilège d'Aphrodite que chaque femme possède au fond d'elle, héritage issu de la castration de Ouranos par Cronos… Ses lèvres dessinèrent un semblant de sourire, juste de quoi mettre de l'eau à la bouche à ce jeune mâle. Un invétéré séducteur, frustré que la plus belle fille de Sparte ne cède à ses avances. Éros possède bien des contradictions, qu'il faille accommoder au gré de ses humeurs…

En sortant de l'étude, Calchas et Léda se retrouvèrent et longèrent en commun les gradins de l'amphi. Côte à côte, ils éprouvèrent le besoin de jauger leur appétence séductrice.

— Le jour où le trône me sera dévolu, je m'empresserai de mettre fin aux lois et aux décrets instituant la parité homme/femme. Comment approuver une loi favorisant l'accès aux fonctions de la Défense, lorsqu'une femme demande si elle doit expliquer les différentes parties du système embarqué d'un vaisseau ?

— Le jour où tu seras en binôme en compagnie du descendant des Agiades, j'éprouverai un malin plaisir de te voir trébucher sur le tapis rouge menant au trône, laissant libre le siège de Lacédémone à la fratrie achéenne…

Il forma un sourire nerveux, entre le caustique et l'indifférence.

— J'irai me vautrer dans les draps de sa femme, car comme toute Agiade qui se respecte, elle ne peut s'empêcher de tromper son mari…

Léda lui coupa le passage et lui jeta un regard froid. Il immisça un sourire lorsque soudain elle lui décocha une gifle mémorable. Calchas ne broncha pas, restant maître de lui-même, puis se souvint : « Léda est issue de la dynastie Agiade ! »

Toute colère dehors, elle le laissa en plan, sous les regards amusés des autres étudiants.

« Elle m'adore ! »

***

« Paf ! » Une droite bien envoyée lamina la face hirsute de Calchas. Sa tête chancela sous l'imposant coup de poing de Onomastos. Il recula d'un pas, la tête dans les étoiles.

Un attroupement s'était créé autour de ce pugilat entre têtes de clans, issus des classes des sous-officiers de l'université militaire. Sous l'ombrage d'un hangar antique voué à collecter les rebuts de la base, les deux hommes s'affrontaient pour une suprématie de terrain. Chacun apportait son soutien verbal autour de cette altercation, entre jeunes hommes originaires de la classe sociale la plus haute de Laconie. D'un côté, une bande d'inflexibles insoumis, issus de la dynastie des Eurypontides, beuglait à se rompre le gosier, et de l'autre le groupe des Agiades, mené par le « Minotaure » - surnom donné à Onomastos pour ses narines en forme de naseaux de taureau, traumatisme causé par une antique altercation avec deux hilotes[12].

Calchas redressa la tête, s'ébroua tel un chien fou surpris par un orage, puis exécuta un sourire narquois à l'adresse de son adversaire ; juste lui signaler le peu d'importance accordé à ce coup de poing, mais qu'il avait tout de même du mal à encaisser tant l'ardeur de l'action fut puissante. On connaissait la vigoureuse droite de Onomastos, qu'il stimulait durant ses nombreux entraînements au pancrace sur le sable brun de la palestre, du gymnase militaire de Sparte.

« Vache ! Quelle droite », se dit-il tout en simulant une posture assurée.

— Vas-y, Calchas ! Montre-lui qui est le maître de Sparte, hurla Spiros, tout en dressant un poing vengeur à l'adresse de l'autre faction.

Les esprits s'échauffaient, on n'était pas loin d'une échauffourée générale. Au bout de quelques gouttes de clepsydre débarqua le stratège de la garnison, entouré d'une dizaine d'hoplites, matraques arrimées dans les mains. Un des magistrats de Sparte se tenait à ses côtés ; cela ne s'annonçait pas de bon augure !

Sous les rais sales d'un soleil crépusculaire, le cabinet de travail du stratège Glaucus débordait sous les ordonnances et les divers tracas administratifs qu'un haut fonctionnaire de la Nouvelle-Sparte devait régler quotidiennement, qu'il soit un fin commissaire de l'administration fiscale ou un fringant général, gérant une des nombreuses garnisons de Laconie. Des volutes de poussière dansaient dans un halo de jaune porphyre ; la poussière siliceuse se déposait sur l'amoncellement des dossiers. Les tons cuivrés d'antiques sarisses, accrochées sur le mur (dont le dossier du fauteuil séculaire, au cuir craquelé, s'y adossait fermement), réchauffaient la pièce. Pendant que l'austère magistrat Iphicrate achevait une besogne administrative, Calchas et Spiros se tenaient au garde-à-vous, sous l'œil sournois du stratège Glaucus (planté sur la gauche du magistrat), exaspéré par la jeunesse dorée, récalcitrante à toute discipline militaire.

Arrivé en fin de page, le calame du magistrat se fêla, provoquant un instant hilare, que les deux jeunes compères avaient du mal à contenir. Le fonctionnaire émit un râle de mécontentement, puis jeta agressivement le porte-plume dans la corbeille, submergée d'une montagne de papiers.

— Ma hantise du moderne me perdra…

Il redressa sa tête massive. Calchas et Spiros fixèrent un point imaginaire, juste derrière sa nuque.

— Que vais-je faire de vous deux ? Il tourna son regard vers Calchas. Votre père est las, las de vos dévergondages, Monsieur Calchas ! Comment allons-nous résoudre le problème ? sachant que vous faites partie de la dynastie des Eurypontides… Vous êtes loin de cette exemplarité que vous devez montrer… Vous avez oublié la teneur de votre position sociale, Monsieur Calchas ! la *typicité* de votre ascendance… Lorsque votre père se pencha sur votre berceau, la main de votre mère le retint : notre Seigneur n'était pas loin de vous jeter dans le gouffre des Apothètes ! Alors, votre père m'a expressément demandé de mettre un terme à vos enfantillages et m'a laissé "carte blanche", afin de vous remettre, je dirai plutôt, vous ancrer sur de bonnes bases, de notre vieux et bel "Exercitus[14]". Et comme votre *educatio* a porté une récolte fort décevante, votre stratège va vous remettre votre nouvelle missive, spécialement façonnée par MES soins afin de faire de vous un homme, prompt à réveiller en vous toutes les facultés de raisonnement, de responsabilités et d'exemplarités que l'on attend de chaque mâle, issu de l'Argolide…

Le stratège Glaucus s'avança et lui remit un pli non scellé. Calchas l'ouvrit et en parcourut le contenu, rédigé sous forme de manuscrit. Le lettrage y était impeccable, le trait régulier et les jambages dressés uniformément, sans rature ni inclinaisons démesurées. On y retrouve le caractère martial de l'auteur : rythme d'écriture équilibré, agencement des lettres parfait et l'espacement des mots ordonné de manière irréprochable.

Après avoir glissé son regard tout au long du manuscrit, Calchas redressa la tête et, le regard empli d'incompréhension, jeta sa verve à la face du magistrat :

— Je devais poursuivre mes études au sein de l'école militaire supérieure de Sparte ! dit-il d'un ton autoritaire.

Le stratège se tourna vers l'éphore (le magistrat militaire), laissant ce dernier répondre au jeune insoumis.

— Vous voulez être officier ? Mais vous n'en avez pas la teneur, Monsieur Calchas. Pas pour l'instant, en tout cas. Jetez votre dévolu sur ce que je vous présente, et alors, peut-être bien que nous reconsidérions votre mutation militaire…

Calchas resta muet, le regard égaré vers un horizon qui lui échappe.

— Reconnaissez que vous tirez votre épingle du jeu avec éclat ; faire partie du corps de cavalerie des Boucliers d'argent est une aubaine, dont peu de jeunes gens peuvent se glorifier d'appartenir. Vous participerez aux opérations de la 8e escadre de chasse de la base aérienne de Cydonia, en Crête…

Calchas resta sans voix, le mental perdu par ce qu'on venait de lui annoncer. Un coup de semonce qu'il n'attendait pas ; un uppercut dans sa fierté d'Égaux, de citoyen sparte. Comment pouvait-on, LUI, le fils d'un roi, l'expatrier sur ce "caillou" perdu en mer Égée ?

— En Crête ? Jamais je n'y poserai mes spartiates ! s'exclama-t-il, accompagné d'un poing dressé.

Le stratège Glaucus s'approcha du jeune frondeur.

— Vous y demeurerez malgré tout, ou nous nous ferons une joie de vous placer dans un cachot fort insalubre de Sparte, ou mieux : rejoindre un détachement d'hoplites du contingent des forces spéciales, établi sur les côtes de Pergame, afin de vous mesurer aux fameux Immortels, les fantassins perses.

— Votre père nous a donné "carte blanche", lança le magistrat. Alors, Monsieur Calchas, ne nous mettez pas de bâton dans les roues, parce que cela vous portera préjudice ! quel dommage de devoir vous envoyer *ipso facto* en Kymè, aux portes de l'Éolide… Attrapez dès l'instant la mèche de cheveux du dieu Kairos[13] ; l'opportunité est une chance fugitive qu'il ne faut pas laisser passer !

Un silence de plomb s'installa…

— Et Spiros ? demanda-t-il en se tournant vers son ami d'enfance.

— Notre cher Spiros rejoindra La base aéronautique, installée au nord de Laconie… répondit le magistrat. Il lui faut dominer sa volition belliqueuse et, de ce fait, la diriger vers une œuvre affectée à la Patrie ; l'Exercitus[14] est en cela un chemin, une voie salutaire aux forces intérieures issues d'un Arès présomptueux qui l'habite…

Sous les dires du magistrat de Sparte, Spiros resta de marbre, grondant intérieurement comme un Poséidon Petraios prêt à déchaîner un tremblement de terre…

«... et si son cœur s'ouvre aux joies de l'Exercitus[14], peut-être ferons-nous de lui un grand pilote de chasse… »

Le jeune insoumis regarda froidement l'éphore, un caractère bilieux qui l'emportait souvent vers de récurrents conflits entre fratries lacédémoniennes ; la baston faisait partie de sa vie quotidienne.

À l'extérieur, un vent particulièrement vigoureux enveloppait la Nouvelle-Sparte. Les gémissements de cet Éole auguraient un avenir bien sombre pour la coalition hellénique…

***

La Grande Mère n'avait pas eu la chance d'apprécier les fêtes agraires des Thesmophories, son corps reposant au pied du Télestérion, le temple de Déméter. Un vent d'automne emportait les feuilles mortes au-dessus de la cité sacrée d'Éleusis ; l'âme de la vénérée dadouque devait chevaucher ce souffle d'Éole capricieux…

Le char solaire déclinait derrière les pâtés de maisons, s'enfonçant dans l'antre du Tartare. Des rais de lumière d'un rose pastel et d'un rouge purpurin fractionnaient l'atmosphère en de multiples parcelles, offrant aux regards des profanes l'illusion fugace du rapt de Perséphone par le sombre dieu Hadès.

Avant que le soleil Phébus daigne retourner aux enfers, les lampadaires s'allumèrent, réglés par la magie d'un simple programmateur journalier… Des lumignons ornaient de leurs phares diaphanes le cercueil de la Mère ; elle reposait sur une étoffe cramoisie, vêtue d'une toilette de lin, dont la blancheur contrastait sur le pourpre du lit mortuaire, et parée de fleurs d'asphodèles. Les sons de l'aulos, des cymbales et des tambourins pénétraient les âmes meurtries, venues une dernière fois se recueillir sur la bière de la dadouque d'Orphée et de Dionysos Eubouleus, le maître des profondeurs.

Le peuple des Hellènes avait envahi l'esplanade d'Éleusis, croulant sous la masse des fidèles. Dans les mains du petit peuple, les rameaux de saule ployaient sous les assauts de quelques bourrasques, issues du golfe de Saronique. Vu de la hauteur des propylées, un océan de gerbes ployait et ondulait sous la ferveur de ce vent de ponant, apparu soudainement pour cueillir l'âme de la défunte…

Aux premiers rangs, protégés par un cordon de valeureux spartiates, les nantis prenaient place sur des sièges inconfortables installés à la hâte ; les représentants des états-unisiens des Hellènes y siégeaient, ainsi qu'un diplomate perse, encadré par un imposant dispositif de sécurité. La prêtrise orphique et dionysiaque se situait à l'opposé, assise à même les rangées par degré du temple du Télestérion, suivant la hiérarchie du ministère d'Éleusis. Tout en haut siégeait sur deux rangées le collège du Thyase et celui des orphiques : les Ménades et les Bacchants, prêtresses et prêtres nourriciers du dieu Zagreus, et enfin les prêtresses et les prêtres hiérophantes, des *yévn* – les grandes familles sacerdotales des Lycomides, Eumolpides et Kéryces – dont les toges cinabre et d'un blanc ivoirin se contrastaient.

De part et d'autre de l'entrée du temple, le socle était occupé par les mystérieuses Amazones, dont leurs plastiques ne relevaient pas d'une esthétique, qu'on leur attribuait à tort. Et si leurs courbes n'étaient point l'avatar de l'aguichante Aphrodite, leurs corps athlétiques ne retiraient en rien la beauté plastique qui s'y déployait, avec toute la grâce d'une poitrine ferme et d'une taille de guêpe, que l'on aurait bien aimé enlacer et caresser, si leurs caractères acariâtres n'émergeaient pas soudainement des profonds Hadès, vous faisant regretter cette convoitise inopinée qui vous a torturés depuis lors…

Au-dessus d'une toilette faite d'un lin assez dru, l'étole d'un ocre sombre déployait les attributs du sacerdoce de Cronos : le bipenne de Zeus Labrundos s'y étalait dans un enchaînement graphique, les double-haches enluminées d'un bleu Turquoise. Les visages sévères, les fougueuses vierges du Titan plongeaient leurs regards bien plus loin que la matière minérale ne pouvait atteindre en cet instant, en ce Tartare où demeure le terrible géniteur du grand Zeus…

Et si elles honoraient ces funérailles, ce n'était que pour mieux cerner les confréries orphiques et dionysiaques, afin de poursuivre un combat religieux – engendré par un ego ancestral démesuré –, qu'elles savaient sempiternel…

La lutte entre le seigneur de l'Olympe et celui des Titans – le Zeus à la double-hache – durait depuis la nuit des temps…

La chaîne de télévision locale se frottait les mains : après d'âpres négociations avec les autres chaînes helléniques, elle avait obtenu l'accord exclusif de retransmettre les funérailles de la Grande Mère d'Éleusis… Aboutissement à de rudes compensations financières qu'elle devait honorer.

Sous les projecteurs de poursuite, d'affriolantes jeunes filles pénétrèrent l'agora, et tout en dansant autour de la bière, leurs robes diaphanes se soulevaient au gré de leurs mouvements gracieux et de l'ardent Zéphyr, le vent du ponant venu jouer les trublions. Le son de l'aulos envoûtait les âmes, extirpant de chaque fidèle de fortes émotions, qu'il parvenait à exprimer, par des gestes de désarroi, des lamentations et des chants à la faveur de cet impressionnant rassemblement religieux.

Puis elles se dirigèrent vers le puits Kallichoros – en ce lieu où la déesse des moissons s'était penchée afin de se désaltérer –, chantant leur ferveur pour dame Déméter… Autour de la source Kallichoros, les circonvolutions se resserraient peu à peu. Prises de frénésie par l'envoûtante musique, les éphèbes se retirèrent de la résurgence, en formant des lassos de plus en plus larges, jusqu'à dessiner devant le cercueil de l'illustre récipiendaire dionysiaque, l'image éphémère d'un papillon s'envolant puis s'évaporant sur l'esplanade d'Éleusis…

Les cœurs étaient en joie, après ce spectacle venant ouvrir les festivités funéraires.

L'hiérophante se leva et rejoignit l'urne funéraire, accompagné d'un jeune initié, les mains supportant un plat empli de victuailles. Une fumée blanchâtre s'élevait du cratère, gagnant le velours du ciel où les premières étoiles osaient scruter ce théâtre, dédié à la dadouque d'Éleusis. Le prêtre déposa les parties d'un cochon de lait à même les braises, provoquant un dégagement d'étincelles et de flammes, et où une sombre fumée rejoignait l'éther… Tout en psalmodiant son rituel funéraire, les fumets du sacrifice pénétraient les narines des nombreux spectateurs, heureux de profiter de cette manne odorante, dédiée au dieu des éthers ; les nébulosités de fumée, d'un noir d'aniline, rejoignaient Zeus Hypatos, le Très-Haut…

Puis le prêtre aborda le cercueil, suivi de près par son jeune servant, et versa du jus de grenade sur le corps blafard de la Mère, agrémenté de lamelles d'or - déposés à même le corps cadavérique – attestant l'importance dignitaire de la prêtresse :

« *J'ai pénétré le sein de ma Maîtresse, reine infernale ;*

L'âme heureuse d'échapper aux cycles douloureux des renaissances ;

Afin de rejoindre les Justes et les Pures du royaume de Proserpine »

Les trois grandes familles sacerdotales les rejoignirent. Ainsi regroupée, la prêtrise entama une litanie, afin que l'âme de la défunte accède aux Champs-Élysées, sous l'aile protectrice de Zeus Ourios, Celui qui procure un bon vent…

Un chariot richement décoré apparut, tracté par des bœufs ornés de fleurs d'asphodèles. Le service funéraire s'occupa de la bière et la plaça sur le tombereau, puis la carriole se mut et rejoignit la salle de crémation où le corps de la Mère deviendra cendre, que la prêtrise transférera au sein du temple de Corée, reine des Hadès.

Le son de l'aulos émit son timbre particulier, dont son envoûtante musique emmenait l'âme de la Mère, tel un fragile papillon, sur les limbes du sombre Tartare…

Chroniques de Déméter :

Sous le couvert d'un olivier séculaire, j'écoutai les rhapsodies des cigales, désenchantées par le meurtre du grand Agamemnon… Au faîte de la cité athénienne, le Léthé étalait sa parure étoilée ; une étoile filante traversa la voûte céleste du Titan Coéos et s'enfonça en outre-tombe, en ce lieu où les Titans côtoient les dieux…

Mon regard se porta vers le bouclier Hellên émergeant du rebord du monde, à l'assaut des constellations du Léthé. D'une pourpre sanguinolente, le satellite de Déméter présentait sa face chthonienne - immense globe dévorant les Nymphes célestes. La carnation de la lune passa d'ocre à l'ambré, au fur et à mesure de son avancée…

En son cœur je discernai la nymphe Ino-Leucothée chevauchant son fils Mélicerte, transformé en dauphin bondissant et fuyant les ardeurs du roi Minos.

J'eus à ce moment-là, la conscience subite que le monde se figea.

« Secrètes Pensées », feuillet numéro dix.

Cléobule, maître d'éloquence, le neuvième jour de la seconde décade du mois de boédromion, durant la seconde année de la 1724e olympiade.

Casus belli

La grosse dalle du téléviseur montrait l'impressionnant cortège militaire (étiré aux pieds de l'Acrocorinthe, la forteresse de Corinthe) former un immense serpent de brun et de vert parcourant l'artère principale, dans un alignement parfait ; les bras et les jambes des fantassins s'alignaient et se mouvaient comme un seul homme, accrochés par les fils d'un invisible marionnettiste. Sur près d'un stade, une estrade avait été dressée sur le bord de la chaussée, occupée par la famille royale, tout le gotha de Corinthe et la haute administration militaire, fière de présenter au Wanax, la puissance militaire de la patrie. Un Éole particulièrement taquin soulevait les chapeaux et les robes de la noblesse. Ces dames ne cessaient de retenir leurs capelines, devant un parterre de fantassins et gardes du corps, richement rémunérés afin de protéger les nantis.

Le peuple stationnait de l'autre côté de l'avenue, partagé entre joie et appréhension qu'en a cette démonstration martiale de grande envergure. Une petite partie approuvait cet étalage de force, mais la grande part désavouait cette présentation stratégique aux yeux du monde. Se mettre la Coalition à dos risquait d'exclure Corinthe de la Communauté économique, et de retrouver le pays dans un état de crise financière sans précédent. Certains sifflaient, d'autres hurlaient leurs mécontentements, pourtant il était risqué d'exprimer son opposition politique sans se retrouver menottés ou couverts d'ecchymoses suite à une action précipitée du Groupe d'intervention de sécurité. D'ailleurs un drone survolait en un va-et-vient incessant les protagonistes de ces contestations, issues du prolétariat…

L'image de la présentatrice de la chaîne nationale de Sparte s'incrustait dans le coin gauche, en haut de la dalle. Malgré son joli minois, un visage sévère reflétait la terrible situation qui risquait de mettre le feu aux poudres à la coalition hellénique : la démonstration de force du monarque Télestès augurait un sombre avenir pour les Hellènes. De sa bouche pulpeuse, elle brossait aux téléspectateurs la caractéristique sournoise du roi de Corinthe, son ascension au trône, sa course à l'armement et son évolution au sein des états helléniques. On le craignait pour ses prises de position, pour la puissance militaire qu'il déployait, et pour sa personnalité hors norme et exécrable qu'il s'amusait à étaler. En fait, la chroniqueuse n'était point présente à cette réjouissance martiale, puisque Télestès avait renvoyé les reporters issus des contrées, réfractaires à la politique de Corinthe. Elle présentait l'émission journalistique depuis le bâtiment audiovisuel de Sparte, à l'abri des colères du cousin du Péloponnèse. Pourtant la Lacédémone (Sparte) n'excluait pas de se ranger auprès de son voisin, si ce n'est qu'il n'était pas de bon temps, en cette ère technologique et marchande, de se mettre à dos les autres tribus, sans causer du tort au système bancaire, aux cours de la Bourse et aux fragiles échanges import/export de la Laconie. Alors, Sparte jouait sur deux tableaux diplomatiques, quitte à se troubler avec la Nouvelle-Athènes, plus prompte à jouer le censeur et à rameuter le restant de la coalition afin de confirmer sa puissance diplomatique internationale.

Une image en fondu s'y incrusta : l'esplanade de la cité d'Éleusis finit par évincer les escadrons d'hoplites du roi de Corinthe… Une vue aérienne tournait en boucle au-dessus des temples de Déméter et de Coré-Perséphone, détaillant avec une minutie de haute définition, leurs toitures écarlates – un soleil éclatant nimbait de ses rayons la cité orphique.

Toujours vêtue de sa robe fuchsia, la présentatrice narrait le dernier symposium, établi par les confréries orphiques et dionysiaques, concernant le drame de Tau-Thétis et celui de la Grande Mère. La chroniqueuse établissait le lien entre les différentes affaires internationales, afin de rendre plus clair aux yeux du simple quidam, cet écheveau politique et polythéiste… Au sein du tribunal, la Rote[15]d'Éleusis avait fini par statuer (après de longues heures de prières et de palabres), quant à l'action à définir sur le sort du tyran corinthien…

Une condamnation par contumace !

Les portraits des principaux récipiendaires orphiques s'affichaient sur l'immense dalle, au fur et à mesure de la sentence : le roi de Corinthe se retrouve frappé d'anathème… "Seule la repentance de ses péchés permettra de se réconcilier avec les hommes et le Logos", exprima-t-elle mot pour mot.

En fin de discours, le visage énorme et rayonnant de Télestès inondait l'écran et répondait visuellement aux attaques sacramentelles des deux confréries…

Qu'importe, le roi est l'avatar de Dieu !

Cependant, ce qu'elle ne savait pas… c'est que le prêtre Callias avait obtenu des pots-de-vin des Achéménides, afin de faire basculer le scrutin : le temps allait partir à l'orage !

**

Tout en se détachant de cette vampirisation cinématographique, Calchas retourna à son élément de l'instant : avalé son plat de *Zômos mélas* – un infâme brouet de porc accompagné d'un exécrable Néméa –, que l'intendance a noyé de bromure de potassium, afin de calmer l'ardeur sexuelle de la jeunesse lacédémonienne. Face à lui, un rude gaillard engloutissait son repas à la vitesse d'un char d'assaut sparte, progressant sur les déserts sablonneux de Lydie…

Calchas le dévisagea, toujours étonné par la flamboyante appétence boulimique de son coéquipier.

— Eh, Gylippos ! comme toujours tu vas finir aux toilettes, après avoir englouti un repas de Titan…

Gylippos redressa la nuque, la bouche encombrée de victuailles et le regard vaseux.

« Tout ça pour peser quelques drachmes de plus », finit-il par conclure.

Sans avoir prononcé la moindre parole, le jeune homme émit un sourire nerveux et recourba son échine afin de continuer à se sustenter, la bave s'écoulant d'une commissure des lèvres.

Le jeune sparte s'adonnait à la musculation en salle, à l'art noble de la lutte et du pugilat : le fameux pangration athlima[16]. Tout comme le virulent Spiros, Gylippos aimait se frotter aux muscles vigoureux de ses compatriotes ; de fréquentes échauffourées garnissaient les murs arrière des baraquements militaires du corps de cavalerie des Boucliers d'argent, situé à Cydonia, en Crète. Cela allait de soi qu'il se retrouvait fréquemment entre les quatre murs d'une geôle de la base, et risquait de se faire exclure du corps de cavalerie…

Calchas en était au dessert que son ami dévorait encore quelques menues pièces de porc, afin d'atteindre le nombre de calories qu'il s'était promis de gagner.

— Nous allons être en retard aux cours de mécanique et de motorisation, Gylippos ! Et se leva avec toute l'énergie d'un fantassin sparte…

***

À l'aide de son stylet, le pédagogue suivait les différents éléments mécaniques, des durites, et autres systèmes mécaniques, électriques et électroniques situés sur un moteur de vaisseau de chasse, préalablement scindé en deux, afin d'en étudier son ventre.

— Bien évidemment, cet antique modèle ne réside plus sur la dernière version des Harpies, mais les éléments essentiels sont quasiment identiques, si ce n'est une simplification plus poussée, afin d'alléger la masse du vaisseau…

Les jeunes recrues se penchaient autour du moteur à propulsion nucléaire, fascinées par son impressionnante esthétique.

— Euh, les éléments radioactifs se placent ici, je suppose… s'exprima Gylippos.

— Oui, bien sûr… répondit le pédagogue Alector. Il est évident que vous ne les trouverez pas sur cet exemplaire destiné à l'étude… continua-t-il tout en redressant son échine et en regardant d'une aura de scholiaste – transporté par une vie entièrement dévouée à la cause milicienne –, les aspirants navigants des Boucliers d'argent…

L'homme avait parcouru tant de stades, qu'il pouvait vous énumérer et détailler les différents comptoirs helléniques d'une précision gyroscopique. L'ancien aurige avait accompli des prouesses de combat, que peu de paladins peuvent se glorifier. Il arborait au niveau de l'épaule gauche le blason des Boucliers d'argent. Après avoir offert ses services durant tant d'années à la Marine royale, et avoir été décoré de la parure des neuf phalères, il s'orienta naturellement vers l'éducation spartiate, en cette contrée où le Seigneur Zeus avait vu jour. Quoi de mieux pour une retraite bien méritée.

Jour après jour, mois après mois, Calchas se plongeait dans les études, approfondissant l'électromécanique, les combats au corps à corps au gymnase, les différentes matières se référant à la navigation spatiale et l'entraînement au simulateur de vol, permettant de faire du jeune homme un futur aurige de l'école militaire de Cydonia…

***

Deux olympiades après, en mois de maimactérion (novembre/décembre, première année de la 1621e olympiade) :

L'Aurore aux doigts de rose avait laissé place à un vent virulent, issu du septentrion. Au-dessous de la couverture nuageuse, d'un gris anthracite, des filets de nuées blafardes fuyaient vers l'austral, parcourant la mer de Crète d'une traite, afin d'annoncer aux mortels la fureur de Zeus Maimaktès, le dieu des tempêtes. De hautes vagues s'ourlaient d'une écume abondante et grisâtre, allant s'échouer et déflagrer sur les côtes abruptes de Cydonia dans un tonnerre d'enfer. On entendait les hurlements du dieu Océan depuis le tarmac de la base navale, balayé par ses souffles récurrents et offert aux griffes des embruns salés d'un Poséidon colérique. Les goélands se jouaient des éléments, sinuant au sein d'éther d'une facilité déconcertante. Si les navires marchands, halieutiques et de guerre étaient suffisamment amarrés derrière les digues et les bassins de la batellerie, les vaisseaux de l'air et les nefs de combat spatiaux dormaient sous les appentis en béton armés, adossés aux falaises et fortifications de la base stratégique, de la coalition hellénique.

Malgré la distance d'un stade séparant les bâtiments de la côte, les larmes de Thalassa giflaient la baie vitrée du mess, en partie vide en cette heure matinale tardive. Calchas était attablé au plus près de la baie, parcourant du regard le jeune engagé soumis au service de nettoyage de la salle ; il ne devait même pas atteindre les seize printemps.

Le regard vide, Calchas s'était noyé dans de récurrentes images d'un passé encore frais — les cris et clameurs de la jeunesse sparte comme le visage rémanent de la belle Léda inondaient son mental, formaté pour supporter la puissance d'encaissement de la force G lors des exercices d'envol, mais pas suffisamment pour occulter ses antiques péripéties aguichantes et les confrontations avec ses rivaux, où les belliqueux prétendants finissaient sur les bancs de l'infirmerie puis dans un cachot de la gendarmerie de Sparte, suivis de virulentes confrontations avec le verbe cinglant du magistrat Iphicrate… et les remontrances d'un père avide de réussite, dans un environnement où les mâles se devaient de se détacher de leur moindre part de féminité.

La voix sirupeuse de la chroniqueuse de la chaîne nationale le coupa de son évasion songeuse. Calchas tourna la tête vers la dalle de télévision, accrochée sur un des murs du mess des officiers et des sous-officiers. Comme toujours, elle se vêtait de tenues sexy, où les teintes chaudes du textile et les courbes provocantes de ses reins suffisaient à attirer le regard du téléspectateur, dans un rituel où les délits de droit commun côtoyaient le clinquant de sa plastique, passée par le scalpel d'une sommité de l'esthétique ; Chronos n'a cas bien se tenir. De sa bouche pulpeuse s'extrayaient des mots, des verbes et des compléments aussi fluides que l'eau de la source Castalie.

« ... comme nous vous l'avions signalé, hier soir, le roi Télestès vient de confirmer l'envol des derniers éléments, concernant le nouvel observatoire satellitaire de Tau-Thétis (des images de la base de décollage se dévoilaient derrière elle). Nous vous avions présentés, et ce par la grâce d'observateurs de l'O.N.U.H et de la perspicacité rusée de quelques reporters postés aux abords de la base militaire de Corinthe, les premières images du dernier décollage de la navette spatiale corinthienne. Malgré les recommandations de la Coalition, les mots austères et menaçants de Darius IV et la sentence de l'Exécutif des Nations unies, Corinthe finalise son programme satellitaire, résolue à placer sur orbite une base d'observation scientifique et militaire. L'homme, empli de son arrogance, risque de créer sur la Coalition une scission qu'aucun autre mortel eut osée depuis longtemps. Dorénavant, le destin vient de basculer vers un avenir empli d'inquiétudes et d'incertitudes. Le seigneur Photius de Thessalie a bien voulu venir sur le plateau et nous apporter de l'eau à notre moulin, afin que nous puissions comprendre les enjeux politiques de l'affaire qui se trame là... »

La caméra pivota sur son support et exécuta un travelling optique sur le vieil académicien d'Athènes. Son visage, creusé et ridé par l'âge et la sagesse, semblait sortir tout droit d'une antique encyclopédie poussiéreuse. Des pattes d'oie sillonnaient sa peau parcheminée par le poids des ans. Dans un langage platonicien, le célèbre sénateur, rhétoricien et écrivain, discourait sur les risques et périls de cette escalade en puissance de la voie scientifique et milicienne entreprise par le despote de Corinthe...

Le sage profita de sa présence pour révéler quelques noms célèbres, issus de la Pléiade hellénique : d'illustres poètes, écrivains, rhéteurs et scientifiques plaidant la cause de l'académicien sur ce qu'il appelait, « la déraison d'un homme ».

Suite à un appel sur son téléphone intelligent, Calchas s'arracha de l'écran ; la voix discordante d'un technicien parvint jusqu'à son oreille (on entendait le bruit de réacteurs et les divers éclats sonores métalliques parvenant des hangars).

« Dans quelques instants, votre appareil sera fin prêt, seigneur Calchas ! »

— Merci, Proxénos. J'arrive !

Il sortit du mess, redressant le col de sa tunique, afin d'être présentable devant le parterre de techniciens s'affairant sur la sortie du vaisseau de chasse, tiré par un chariot, puis releva la tête vers un ciel azuré – les derniers nuages se dissolvaient sur le claveau céleste de Crète. Des mouettes reprenaient possession des lieux, leurs ailes glissant au gré des convections thermiques. Calchas jeta un regard vers le fil de l'horizon ; les déferlantes, causées par les cavalcs d'un Poséidon irascible, s'étaient essoufflées, offrant à la belle Thalassa une mer d'huile comme filiation hydrique. Il entendait le clapotis des vagues venant s'échouer sur le rivage. Des effluves iodés envahirent ses nerfs olfactifs jusqu'au plus profond de son être ; enchantement maritime qu'il occulta de sitôt en rejoignant le vaisseau d'attaque.

Proxénos l'attendait, tenant le casque de Calchas fermement entre ses mains, pendant que le chariot-élévateur tractait l'impressionnante nef tactique – dont le lambda d'un rouge cramoisi ornait le flanc droit vers l'aire de décollage.

— Les conditions atmosphériques sont au vert, souligna le technicien d'envol et agent du service météorologique de la base.

— Oui, je sais. Il est temps de débourrer Aello, notre vieille monture… dit-il en caressant le flanc étincelant du vaisseau. Il en fit le tour, toujours avec cette ivresse des sens qui l'animaient juste avant l'envol. Observant ses lignes de fuite, la perspective agressive du vaisseau de combat, les ailerons, les quelques dispositifs de lance-bombes, le ventre paré d'un nombre impressionnant d'appareillages de radioguidage, tels que radar panoramique, de la charge atomique ventrale et des atterrisseurs, et, en fin de course, les tuyères d'où s'extrayaient les feux de l'enfer.

Il recula, comme à chaque fois, afin de mieux visualiser la bête de guerre.

Un jeune technicien l'aida à prendre le poste de pilotage. Il se harnacha et enfila son casque puis entreprit d'exécuter les diverses opérations précédant le décollage, transcrites sur la fenêtre du menu-déroulant. Telle la diffusion des lumignons sur l'autel de Zeus, les diodes s'allumaient successivement, passant par une multitude de spectres lumineux, du rouge au bleu, et du vert au jaune cinabre. Les techniciens reculèrent, pendant que le vaisseau se présentait sur la piste d'envol.

Le frémissement des tuyères parcouru l'ensemble du vaisseau. La monture de métal avançait lentement. La visière de son casque s'abaissa soudainement, comme activée par une force occulte. Il patienta devant le seuil de la piste de décollage.

— Aello à tour de contrôle. En attente de décollage !

Une voix sourde émergea dans le casque.

— Tour de contrôle à Aello. Piste numéro 3, libre. Quand vous le voulez, Aello !

Il effectua ensuite les dernières opérations, jeta un énième coup d'œil sur le tarmac et mit les gaz – l'appareil fila sur la piste comme une Harpie en soif de vengeance et décolla en formant une courbe ascensionnelle, agréable à l'œil. Il se retrouva au zénith de la base, à quelques stades des toits, rutilants sous les rayons d'un soleil d'hiver. Le vaisseau prit le large, tout en continuant sa progression au sein d'éther. La mer de Crète dévoilait son drapé encore d'un sombre bleu. De petits moutonnements d'écume se profilaient tout du long du rivage et venaient se dissoudre à son approche. Il commença les premiers tests d'envol, scrupuleux devant la charge de travail qu'il devait honorer. L'appareil progressa jusqu'en stratosphère. En bas, la Crète se dévoilait entièrement ; vaisseau de roches et de verdure émergeant d'un écrin de lame d'acier. La belle Thalassa ne pouvait que glorifier le berceau du grand Zeus.

Les tests défilaient comme les stades, l'ordinateur de bord emmagasinait les données, recueillies par des dizaines de senseurs fixés sur l'ensemble de la carlingue, des moteurs et des systèmes de navigation.

Il s'éleva ensuite jusqu'en mésosphère puis en thermosphère, et attaqua l'héliosphère, où la planète Déméter s'auréolait des rayons d'un Phébus éclatant. Les multiples cliquetis des nombreuses opérations informatiques effectuées instantanément, occultèrent le silence de l'espace. Il coupa les gaz, et exécuta d'autres interventions afin de découvrir de moindres indices, susceptibles de contrarier le vol et de fragiliser le coursier stellaire. Après quelques gouttes de clepsydre, il remit les gaz et fonça vers la courbe de la belle bleue. Les stades défilaient comme un Pégase soumit à une fringale galopante…

Le vaisseau d'attaque avala les stades et s'engouffra dans la couche atmosphérique, rougeoyant sous le frottement de l'air. Aello ressemblait à une étoile filante. La Crète apparut, enveloppée de la belle Thalassa. Il effectua un large crochet afin de descendre progressivement, jusqu'à effleurer les flots de la mer Égée. La nappe d'eau de mer s'étirait comme un lit d'un gris anthracite. Par instants, ses yeux découvraient les exploits de marsouins, sautant comme de jeunes enfants dans un bassin de la piscine de Sparte. Il avait largement ralenti son allure, jusqu'à profiter de cette heureuse escorte marine.

Après avoir caressé le drapé de la mer, il redressa l'appareil, remonta de quelques stades et effectua une première approche de la base, puis redescendit Aello et se présenta sur la piste d'atterrissage, conformément au protocole en vigueur et se posa sur le tarmac, dans une assurance énergique.

Calchas s'arracha de l'habitacle et s'approcha d'un technicien. Il retira son casque, ses mèches de cheveux d'un noir de corbeau formaient un diadème d'un sombre d'onyx – des reflets bleutés s'y incrustaient, étincelants sous le foyer de l'irradiant Phébus.

— Il faut rectifier les paramètres gyroscopiques : des divergences apparaissent entre l'angle d'inclinaison de la Harpye et l'accéléromètre.

— Nous allons récupérer les données et rectifier au plus vite. Vous avez bétonné[17] grââave ! lança le jeune technicien, en dirigeant son doigt sur sa tablette.

— J'ai strictement respecté le protocole ; je tiens à cette machine, malgré son âge avancé. Puis il salua le tech et, tout en rejoignant ses quartiers, fut apostrophé par celui-ci :

« Hé, seigneur Calchas ! le Pacha veut vous voir, au fait. »

Calchas se retourna.

— De suite ?

— Ouais !

« J'ai sué comme un bœuf, et il veut causer… il croit que je viens de faire le grand Huit ? se dit-il tout bas. Un bon bain, c'est tout ce dont j'ai besoin. »

***

Il frappa à la porte du cabinet de travail du stratège Brasidas. Lorsqu'il entra, un sous-officier l'accompagna jusqu'à la salle de conférence. Une impressionnante brochette d'officiers et de sous-officiers était attablée autour de l'immense bureau ovale.

Face au seuil de la pièce, le Pacha trônait en bout de table. Toujours impressionnant le Pacha ; une stature d'athlète, malgré l'âge grandissant. Plus proche de la retraite qu'un vaisseau s'attelant à atteindre le satellite Hellên. L'homme redressa sa tête. Ses tempes grisonnantes lui donnaient une image encore plus martiale. On le disait d'un tempérament bilieux, autoritaire et direct. Une sommité en l'occurrence. Il avait de qui tenir, son ancêtre éponyme avait eu une destinée exceptionnelle. À croire que le génie génétique était passé par là ; le descendant avait repoussé Darius IV d'une façon fort habile, et ce avec un nombre restreint d'hommes et une tactique digne d'un roman d'action. Il sortira par la grande porte, avec les honneurs dus à son rang, sous les acclamations de ses hommes, des généraux et de la souveraineté bicéphale des Eurypontides et des Agiades…

D'un bras vigoureux, il montra une chaise au jeune aurige.

— Prenez place, Monsieur Calchas.

Calchas s'installa entre un ancien officier des renseignements et un jeune loup sorti fraîchement de l'école des officiers de la Marine.

— Nous vous attendions, Monsieur Calchas. De récents événements viennent bouleverser notre quotidien. Et comme une image équivaut à mille mots, nous nous devons d'être conscients de ce qui se trame sur la terre de notre mère Gaïa, dit-il tout en appuyant sur un bouton, placé sur le rebord de la table.

Pendant qu'un écran descendit d'un interstice dissimulé par le relief du plafond, le projecteur démarra. Il actionna un autre commutateur, l'espace de l'écran passa en format 16/9. L'image de la présentatrice de la chaîne nationale de Laconie s'y déploya. Son visage grave ne cédait en rien à sa plastique d'Aphrodite. Moulée dans un fuseau d'ébène, elle s'était (comme elle le faisait habituellement) installée sur le rebord de la table, en une Amazone guindée de l'audiovisuel, plus habituée aux pièces dédiées à la télétransmission et des salons feutrés – où les grands de ce monde venaient étaler leur richesse et leurs soucis administratifs devant un bon Aïdani mavro (un vin de Santorin) –, que d'user le cuir de ses spartiates sur les chemins arides de Mykonos.

La présentatrice exposa la teneur d'événements suffisamment importants pour avoir osé interrompre la série nationale, regardée par la maîtresse de maison de Laconie, en milieu d'après-midi.

« Le maître de Corinthe a donc décidé de briser le traité de Thèbes, quitte à se mettre en froid avec le Conseil de l'O.N.U.H, expliqua t-elle d'une voix tonique. Les derniers éléments de la nouvelle station sont dorénavant en apesanteur autour de Tau-Thétis, protégés par un escadron de chasse corinthien, naviguant en haute altitude autour du planétoïde, en attente de montage par des astronautes, et assisté par un système robotisé de la puissante Corinthe. D'ici quelques semaines, la nouvelle station verra le jour, utilisée à des fins uniquement scientifiques, d'après les dires du seigneur de Télestès.

L'image en haute résolution montrait Tau-Thétis sous un rayonnement solaire, favorisant l'esthétique d'un bleu turquoise de son atmosphère. Par instants, l'océan d'eau douce émergeait des trouées de nuées, flottant mollement autour de la planète sacrée.

Elle se dirigea vers l'extrémité du plateau, où l'attendait son confrère, un éminent spécialiste en géopolitique.

— Bonjour, Arcésios. Pouvez-vous nous éclairer sur l'escalade hégémonique que mène Télestès ? Cette surenchère des violations du traité de Thèbes ne risque-t-elle pas de conduire les Hellènes vers un conflit armé ?

Installé derrière la console en verre, le chroniqueur engagea sa vision sur les desseins obscurs du despote de Corinthe.

— Bonjour, Ananké. Il va sans dire que le maître du canal du Diolkos[18] ne recule en rien devant la réprobation des Nations Unies, affirma-t-il en formant une chorégraphie de ses mains soigneusement manucurées. Et si le stratège de Corinthe se retrouve paré d'anathème par le collège des Orphiques et des

Dioscures — ne l'affectant pour rien au monde —, aucun état hellénique ne pourra le faire reculer, si ce n'est l'ingérence de Darius IV, suite aux décès des scientifiques et des techniciens perses, au sein de la base spatiale… alors, me semble-t-il, c'est à ce moment-là qu'il faut craindre une escalade des tensions entre l'O.N.U.H et les États médo-perses… On le sait, Télestès aime jouer sur les mots comme sur ses gestes, afin d'établir une confusion au sein de l'O.N.U.H qu'il déteste tant. Il a toujours posé des veto sur de nombreux traités communautaires. Télestès n'a jamais été un fervent admirateur de Solon, qui affublait le démocrate athénien de "pédéraste au service des Gentils". Il aurait préféré un homme de la trempe d'Atrée au sein de l'organisation des Nations Unies pour régler les tensions internes qui la gangrènent. Même s'il ne partage pas les mêmes opinions avec Persée II, son cousin d'Argos – illustre descendant d'Atrée –, l'homme de Corinthe se rit du décorum Élyséen se dressant dans l'amphithéâtre d'Athènes et s'accommode de la Rote[15] d'Éleusis, comme de la Cour pénale internationale, située à Thèbes, pour qualifier les juges thébains de « pantins aux services d'Athènes » et des « folles aux jambes rasées et à la voix chevrotante » pour les deux cultes à mystères : les Orphiques et les Dionysiaques…

— On le dit proche de Zeus Labrundos, le Zeus à la double-hache…

— On le dit ! mais rien ni personne n'a pu prouver ses liens de stratégie volutionnelle avec le culte aux Titans. C'est vrai que durant la cérémonie funéraire de la Grande Mère, des observateurs ont rapporté que le descendant des Bacchiades aurait eu un entretien en privé avec les Amazones. De là à affirmer que le Bacchiade a conclu un pacte avec les prêtresses labryades[19], personne n'a pu encore le prouver…

— Et si cela se révélait vrai ? demanda-t-elle, les lèvres formant un sourire mi-ironique, mi-austère.

— Alors, il est fort à parier que le monde hellénique entrera dans une ère de chaos, qu'aucun être humain ne pourra en pronostiquer l'ampleur, tellement la diplomatie internationale sera soumise à rudes épreuves… Dans ce cas-là, des conflits, des points chauds pourraient survenir en de multiples contrées de la planète.

Le pas assuré et le déhanchement engagé, la chroniqueuse rejoignit dignement sa place, sinuant entre l'immense table et l'écran géant assurant sa débauche de pixels, où la taille des images dévorait entièrement la cloison de la salle de rédaction. Un portrait restait figé sur le mur ondulé d'images : le visage austère de Télestès !

Lorsque l'œil gauche de Télestès fut agrandi par la grâce de l'optique de la caméra, jusqu'à atteindre le triple de sa taille, l'image télévisuelle rendit l'âme, cédant ses trames d'images entrelacées au ton ivoirin du mur du fond, souillé par le fil des saisons et les nombreuses réunions de l'amirauté.

Le stratège Brasidas redressa l'échine et se tourna vers ses officiers, ses deux mains jointes fermement, allégorie d'un homme qui se voulait tenace, droit et autoritaire devant ses subalternes.

— Nous en savons assez, dit-il pour clôturer ces informations télévisuelles. Mais nous connaissions déjà depuis plusieurs jours la teneur de ces infos, que le simple quidam n'avait pas encore eue connaissance. Le Haut commandement nous a instamment demandé de nous préparer à une intervention de grande envergure, que seuls quelques stratèges ont commencé à étaler sur le papier, dit-il en regardant les différents protagonistes de ce symposium.

Son regard perçant tranchait sur le cuir de son visage, brûlé par les soleils et la rudesse des terres de l'empire perse. Telles des fissures sinuant sur des terres desséchées par un Hélios vigoureux, de minces mais profondes rides d'amertume cheminaient des commissures des lèvres jusqu'au menton et de profondes rides du lion assuraient un caractère encore plus martial au vieux stratège de Lacédémone.

Il se leva et fit quelques pas en claudiquant jusqu'à la baie vitrée (conséquence d'une ancienne blessure de guerre), dont le spectacle de Thalassa ne cessait de l'émerveiller ; de puissantes lames s'ourlaient d'une écume brune abondante, venant s'échouer sur les brisants du bastion de Cydonia. Des Albatros planaient sur les courants aériens ascendants, offrant une image onirique du panorama s'étalant devant ses yeux. Les mains derrière le dos, procurant une carrure impressionnante pour son âge.

— Monsieur Calchas ! vous aller préparer votre besace afin de rejoindre Sparte et de-là la station Hélios… fit-il sans se retourner. Le prochain aéronef en partance pour Sparte décollera dans une douzaine d'heures.

— Maintenant, Monsieur ?

— Oui, de suite ! dit-il tout en se retournant et en s'approchant du jeune aurige.

— Mon père a-t-il connaissance de cet impératif ?

— Oui, votre père cautionne votre départ pour Hélios. Notre Seigneur estime qu'il est temps pour vous de passer du théorique à la pratique, de plus, le temps est compté pour la Lacédémone et la coalition hellénique : la politique que mène Télestès nous donne du fil à retordre. Les semaines à venir risquent de devenir orageuses. Les dieux jouent aux dés ! se dit-t-il tout bas.

— Quelles en seront mes fonctions ? demanda-t-il, le regard interrogatif.

Le pacha retourna vers la baie, le ciel se couvrait d'un moutonnement nuageux, ombrageant l'espace de la Crète en un instant.

— Vous le saurez assez tôt, fit-il en observant le vol des albatros dans un ciel de nuées cendrées. Il n'est pas de mon devoir de vous dévoiler votre ordre de mission.

***

Par la grâce de Néphélée, la déesse des nuages, un orage éclata dans le ciel obscur de Cydonia ; une pluie grumeleuse, froide et cinglante, s'abattit sur la baie vitrée du cabinet de travail du Pacha. Le rythme de cette rhapsodie battait la mesure, renvoyant l'esprit du stratège aux sombres images d'un passé douloureux : le viol de sa fille unique avait précipité le jeune père lacédémonien dans le corps d'élites des Boucliers d'Argent, puis il incorpora la troisième escouade des auriges de Sparte, avant de se faire rapatrier de Perse, après avoir subi un traumatisme de guerre et une intervention médicale d'urgence à même le sol de l'opération commando, lui laissant des séquelles pour le restant de sa vie. Les lueurs jaunâtres des lampadaires offraient un panorama ténébreux, glauque, digne avatar des terres de Tartare…

Le bourdonnement d'un coléoptère brisa son évasion mentale ; le battement d'ailes de l'helixpteron s'intensifia. L'hyménoptère métallique émergea de la bruine, dévoilant son corps rustaud devant le tarmac trempé de la base. Les reflets des feux de position et de son impressionnante masse s'y noyaient, troublés par les filets de pluie modifiant les images structurales de l'engin militaire en des faisceaux de couleurs bleus, jaunes et rouges écarlates. Le vaisseau se posa devant l'agent des pistes — décrivant une chorégraphie de ses bras, pour guider l'aurige dans sa manœuvre d'abordage de la piste —, puis les décibels des puissantes turbines déclinèrent, sans pour autant passer sous silence. Les pales continuaient de tourner à allure modérer, sous le couvert d'un rideau de pluie intense.

Le Pacha observait ce tableau de l'infrastructure aéroportuaire dans la plus grande attention. L'agent des pistes sortit de son cadre de vision, quelques gouttes de clepsydre étiraient les fonctions du dieu Chronos, où seules les pales de l'helixpteron provoquaient une étrange vision hypnotique de cette fugace apparition céleste…

Chroniques de Déméter :

Sous l'assaut d'une nuit d'hiver vigoureuse, le corps fluet de la belle Léto grelottait comme des osselets dans les mains du petit Dionysos-Zagreus, perturbé par l'appétit des Titans ; de ses doigts tremblant, elle déposa sur l'autel l'os du mouton, dépecé récemment par la confrérie dionysiaque. Sous le regard perçant de la nuée d'étoiles, les brandons irradiaient d'un rouge rubicond, crépitant sous les larmes de graisse s'écoulant de la carcasse du caprin, à l'instar de la cire dégoulinant des ailes de Dédale, provoquée par le courroux de l'astre solaire. Des écharpes de fumée rejoignaient les yeux glacés de la galaxie du Léthé, dont son cours paisible progressait au sein de la voûte céleste depuis que Phanès avait déployé ses ailes mordorées. Un holocauste offert à Dionysos Zagreus, le dieu de l'éther et des enfers.

Sous l'extase de l'omophagie et des effets hallucinogènes de l'opium, les Ménades dansaient, criaient et chantaient autour du bûcher ; une Catharsis afin de purifier l'âme, et une offrande au Grand Chasseur, le dieu de l'extase et de la rencontre des opposés…

Car il en fallait des dithyrambes et des danses sacrés pour se purifier et ouvrir sa conscience au dieu du Dedans…

Des retrouvailles

L'helixpteron approchait de la Nouvelle-Sparte sous des trombes d'eau. Quelques lueurs de la puissante Lacédémone en perçaient le rideau pluvieux, diffusant une aura glauque que le rideau de pluie intensifiait par l'entremise de Zeus Ikmaios, le Zeus qui apporte la pluie ; les feux des balises et de la tour de contrôle de la base militaire y dominaient par leurs intenses éclats. Un véhicule destiné à recevoir une dizaine de personnes aborda la piste et vint à la rencontre de l'aéronef se posant avec une extrême minutie. L'éclat des feux de route du bus se reflétait sur la piste d'atterrissage, étalant les traits de pluie sur la chaussée comme des milliers de flèches tirées par l'infanterie perse, les terribles Immortels. Calchas et cinq autres soldats, dont il fit connaissance durant le trajet, s'engouffrèrent dans le véhicule, pour se diriger vers une grande bâtisse, après avoir sinué entre les maints baraquements du site aéronaval de Sparte. La couverture nuageuse se fractionna soudain en de multiples parcelles, sous l'effet inattendu d'un vent d'austral ; les rayons de la pleine lune Hêllen y ornaient leurs festons d'un jaune crémeux. La silhouette de la nymphe Ino-Leucothée se dessinait sur le disque lunaire, surmontant le dos grisâtre de son dauphin : son fils Mélicerte.

Le minibus s'arrêta devant le seuil du grand bâtiment, où deux hommes : un gradé et un homme du contingent les attendaient. Le groupe émergea du véhicule sous le regard perçant de la voûte étoilée. Un vent froid et humide giflait les visages, engourdis par le voyage et l'heure tardive.

L'officier salua les nouveaux résidents, qui l'imitèrent, à la limite de l'indécence par leurs saluts exécutés d'une ardeur avortée.

— Bienvenue à Sparte, Messieurs. Je me présente : Oreste, votre stratège de la base aéronavale de Sparte. Nous ferons plus ample connaissance demain matin, en cet instant Dracon vous guidera jusqu'à vos chambrées. Monsieur Calchas ! vous ne faites que transiter sur la base, dès demain soir, vous rejoindrez la station Hélios ; la prochaine navette n'attend que vous…

Après avoir cheminé le long des interminables couloirs du bâtiment, il se retrouva dans une chambre des plus spartiates, avec deux autres militaires du contingent. Il prépara son couchage, se lava brièvement et vint s'allonger, éreinté. Quelque temps après, l'éclairage de la chambre rendit l'âme subitement, après avoir été soigneusement programmé avant leur venue.

Son mental errait, puisant dans ses pensées les images, les impressions et les épreuves surgissant d'un passé encore récent.

Une mère décédée durant la petite enfance (il n'oubliera jamais l'éclat intense de ses yeux, deux topazes d'un bleu rayonnant intense), un père souvent absent, retenu par les devoirs du Pouvoir… L'âge de l'agôgè lui ouvrait ses premières peurs, des conflits avec le pédagogue, le déni de l'éducatio ; Calchas préférait la lutte et le pangration athlima[16], aux chants des élégies du poète Tyrtée – c'était les premiers émois, les révoltes de l'adolescence, sans compter les conflits intérieurs dévorant ses entrailles : de récurrents cauchemars, où des serpents et des Ombres issus du Tartare, ne cessaient de l'importuner…

Les lamelles des persiennes laissaient passer une douce brise. Par l'entrebâillement des volets, il apercevait une section du disque blafard de la lune Hêllen, drapé par des filets de nuées s'enfuyant vers le nord. Quelques étoiles éparses perçaient le velours du ciel, tremblant sous les turbulences de l'atmosphère.

Il s'endormit dans une torpeur récurrente qu'il n'avait jamais su en découvrir l'origine.

À quelques pas de là, perché sur une branche d'un grand chêne, un hibou Grand-Duc émit son hululement grave, troublant la quiétude des mulots et autres rongeurs.

**

Le décollage de la navette avait pris du retard, suite à une avarie au niveau d'un propulseur. Mais rien de grave, et après avoir attendu deux heures durant – le temps que les techniciens remédient au problème –, le vaisseau fini par prendre son envol sur la piste de la base militaire de Sparte, sous l'œil globuleux et glaçant de la lune Hellên…

La lumière d'ambiance bleu fluo de la cabine donnait une atmosphère inquiétante et lugubre, déposant ses lueurs nébuleuses sur les êtres et les choses, comme le drapé d'un tissu en organza, déposé sur le corps cadavérique d'un trépassé. À la gauche de

Calchas, son imposant voisin scrutait le paysage, défilant derrière le hublot ; la planète Déméter offrait encore son relief tourmenté de la belle péninsule du Péloponnèse. Ses côtes tourmentées, enveloppées par la mer Ionienne et la mer Égée, surprenaient par ses contours déchiquetés, comme si les géants Hécatonchires en avaient façonné le littoral par leur voracité récurrente. L'homme possédait une carrure digne d'un lutteur, et son profil anguleux, découpé à la serpe, pronostiquait une âme dévorée par une ambition purement spartiate ; vu le contour tourmenté de son nez épaté et légèrement busqué, l'on devinait qu'il s'adonnait à la boxe et au pancrace.

« Je ne voudrais pas me frotter à lui », pensa Calchas, en haussant les sourcils devant la face écrasée du colosse.

— Magnifique, n'est-ce pas ? lança-t-il afin d'ouvrir le dialogue.

L'homme pivota sa face épaisse, laissant découvrir une mâchoire musclée, dont le relief tourmenté égalait bien la plastique tourmentée de la chaîne montagneuse du Taygète. Sa bouche exposait une petite cicatrice, entaillant la lèvre supérieure jusqu'à la lèvre inférieure, accentuant son apparence "Minotaure" qu'il devait affirmer avec la plus grande conviction lorsqu'un simple quidam provoquait son courroux.

Le "Minotaure" esquissa un demi-sourire, dévoilant en partie une dentition des plus abîmées par la boisson, une alimentation sûrement déplorable et la baston…

— Aucun État de l'Union est aussi majestueux que la Lacédémone ! affirma-t-il devant le regard profond et sombre du Titan.

— Ouais… répondit le colosse en se retournant pour profiter des dernières images du Péloponnèse, dont le crépuscule commençait à dévorer le territoire du roi Pélops. Déjà, les premières lueurs des réverbères, des gratte-ciel et de la circulation automobile animaient la Nouvelle-Sparte, telle une nuée de vers luisants exhibant leurs anneaux bioluminescents devant le visage ébloui d'un enfant.

Le colosse se retourna vers Calchas, ses larges épaules débordaient du dossier du fauteuil, dont le tissu élimé s'écrasait sous la force G du vaisseau, en partance pour la station stratégique de l'Union, dont l'État de Corinthe en fut tout récemment exclu, pour les antécédents commis au sein de l'atmosphère de Tau-Thétis.

La navette pivota sur elle-même et dévia de sa trajectoire de quelques degrés, offrant à cet instant le panorama sombre et somptueux du velours céleste, dont l'éclat étincelant de la galaxie du Léthé en perçait le manteau comme des échardes d'étincelles volées aux Titans.

— Je m'appelle Calchas, je suis natif de Sparte. On vient de me balancer une affaire aussi sombre que les terres du Tartare, peut-être as-tu plus d'infos à me fournir ? demanda-t-il avec un sourire forcé, et en lui tendant sa main.

L'autre regarda la main tendue de Calchas, et d'un élan vigoureux lui tendit la sienne. Le temps d'une franche poignée de mains, Calchas sentit sa main se briser sous la force titanesque de celle de son voisin.

— Hypérion, Hypérion de Carie. De la ville d'Halicarnasse plus précisément. Je suis comme toi, je n'ai pas d'infos en ce qui concerne le turbin…

Calchas avait encore des étoiles évoluant devant ses yeux ; mais pas celles du Léthé. Il se massa la main en toute discrétion.

— Mercenaire ?

— Non, même si mon père l'était. Mais après avoir offert ses services à la Lacédémone, la cité lui a ouvert ses portes et lui a offert un bout de terrain à cultiver, et pour y vivre dignement le restant de sa vie… Calchas… Calchas ? ! Le Calchas, fils du roi… Soos ?

— Celui-là même, répondit-il en souriant, et déploya ses deux bras afin de signaler qu'il est bien le légataire par filiation, du patronyme des Eurypontides.

Hypérion semblait décontenancé ; il retira sa grosse paluche de l'accoudoir, désarçonné par cette révélation magistrale.

— Dois-je… vous vouvoyer, et me prosterner ?

Calchas se mit à rire.

— Non, et je t'interdis de me vouvoyer ou de faire une proskinèse[21], rendons les choses simples et confortables, j'en ai eu ma *dose* tout du long de mon enfance, avec la proskynèse et le vouvoiement… Quel est ton turbin quotidien ?

— Méca !

— Une spécialité ?

— L'électronique de pilotage, les modules de navigation, d'interceptions des aéronefs et nefs spatiales, sans oublier les centrales gyroscopiques et les tachymètres… J'adore bidouiller et trouver les points faibles d'un organe télémétrique.

— Ben mon vieux, on t'a pas choisi par hasard ! Et, t'as accepté de signer les yeux fermés ?

— Tout comme toi. Mais, avec votre… *ton* respect, au vu de ta position sociale, n'as-tu pas souhaité un boulot plus… peinard ?

Calchas eut une montée d'adrénaline ; il abhorrait que l'on ose placer son ego sur un piédestal. Hélas : « aristo d'un jour, aristo pour toujours ! »

— Peinard ? Mais je ne veux pas être « peinard » ! Quelle était ta dernière « chaumière » ?

— La base navale de Salamine… Hélas, je n'ai eu que quelques heures pour cogiter et adhérer aux clauses du contrat.

— Des clauses ? On peut les connaître ?

— Là, désolé je ne peux pas !

— Tu viens de me dire que tu n'en connais pas les attributs ?

— Effectivement, je n'en connais pas la finalité, même si j'ai des éléments pouvant éclairer ma conscience et la diriger vers des faits saillant permettant de discerner les contours de ce à quoi je m'attends…

— Et à quoi tu « t'attends » ?...

— À résoudre un problème informatique des plus ardus !

Calchas resta muet un laps de temps…

— Pour ?

— Pour traverser une zone de turbulences… (silence).

— Et c'est tout ?

— Non c'est pas tout, là, je ne peux plus t'apporter d'eau à ton moulin, conclut-il en se retournant et en jetant un regard sur le Léthé ; parure d'étoiles jetée sur la toile céleste.

Calchas jeta un coup d'œil aux autres militaires, installés dans leur fauteuil au cuir fatigué par le énième trajet entre Sparte et la station internationale Phébus ; des hommes étaient plongés dans une semi-somnolence dévouée au dieu Morphée, pendant que d'autres s'immergeaient sur leurs appareils cellulaires, un casque stéréophonique enfoncé sur la tête, à l'écoute des derniers albums aux rythmes effrénés.

Lui aussi finit par sombrer dans l'univers des fils de la déesse Nyx, les Oneiroi, les divinités des songes.

***

Le python glissa subitement jusqu'à ses pieds, si vite qu'il n'eut pas le temps de fuir ou riposter à l'attaque de l'immense prédateur. La gueule du monstre s'ouvrit démesurément, présentant des crocs aussi longs qu'un bras d'homme et des mâchoires béantes, dont il pouvait en deviner la glotte, sous les lueurs d'un ciel jaunâtre dégageant une odeur fétide… Le serpent siffla et laissa pendre sa langue bifide comme un antique tapis Pazyryk issu des tombes Scythes, et après avoir contorsionné ses anneaux et prit son élan, le monstre s'élança à la vitesse de l'éclair, présentant son crâne aux crocs effilés à Calchas. Thanatos, le dieu de la Mort, allait faucher le descendant du puissant Héraclès…

Un tremblement de terre perturba son combat des Titans :

« Calchas… Seigneur, réveillez-vous ! »

Calchas sursauta, le corps en sueur et le rythme cardiaque soumis à une tachycardie due à un cauchemar démentiel. Hypérion arrêta de secouer son voisin, perturbé par son transit entre le monde de Morphée et celui des mortels.

Il ouvrit un œil, puis l'autre. La tête massive d'Hypérion n'était qu'à quelques doigts de son visage. Son faciès de Minotaure avait de quoi faire frémir les plus solides gaillards de la Lacédémone, mais l'homme possédait une placidité qui pouvait dérouter et étonner les plus fervents sportifs de Sparte ; n'empêche que le récipiendaire de ce jugement hâtif pouvait à tout instant passer du stade apathique au tempérament des plus sanguins, lorsque l'on osait le taquiner dans le mauvais sens du poil…

— La navette est en approche de la base…

Calchas redressa le torse, afin de mieux contempler le panorama qui se profilait devant ses yeux : le hublot encadrait la galaxie du Léthé, dont sa parure de diamants servait d'écrin au joyau technologique ornant le vide sidéral tel un caducée géant. La station internationale Hélios exposait sa forme longiligne torsadée, insérée de panneaux solaires formant deux immenses ailes sur l'une des deux terminaisons. Une dizaine de vaisseaux de chasse s'y cramponnait, formant une grappe de nefs de combat à tout instant prêt à repousser le sempiternel assaillant perse. Sa forme n'avait pas été conçue au hasard, car elle reprenait dans son ensemble la structure à double hélice du génome humain, afin de ne pas oublier que les Hellènes demeurent l'ossature du créatif Phanès, l'Éros divin. La station Hélios est issue du regroupement de plusieurs États helléniques, régentée par l'État de Sparte. La construction avait été réalisée par le roi Acrisios, le tyran d'Argos. Suite au drame des Atrides, lors de sa prise de pouvoir, le roi Persée dut renoncer à cet héritage maudit, dont sa maintenance asphyxiait les finances de la nation argolide. La Gérousie, Sénat de Sparte, avait accédé aux requêtes du trône bicéphale de la Lacédémone, offrant à Sparte cette manufacture martiale de grande envergure, face aux multiples assauts des vaisseaux d'attaque perses... – une fragile alliance que le souverain de Corinthe risquait de mettre à mal s'il s'évertuait à gérer une politique fédérative corrompue.

Un vaisseau de chasse croisa la navette, offrant sa ligne agressive au regard du jeune Calchas...

— Une Harpie ! s'exclama Hypérion, le front collé au hublot. Sacré vaisseau de guerre ! Les Perses en ont déjà éprouvé sa puissance de tirs...

Calchas observa le vaisseau d'attaque s'élancer dans le vide stellaire, sûrement une reconnaissance de routine ; de fréquentes incursions ennemies sapaient la diplomatie greco-perse, car les deux puissances de l'antique mer Égée jouaient au « chat et à la souris » depuis la nuit des temps.

L'embouchure de l'Hellespont formait un tableau saisissant, étirée à la poupe de la station internationale – d'où sa surface métallique exposait des esquilles de lueurs, scintillant autour de la tour centrale à énergie –, le collier d'astéroïdes créant un sombre écrin, que seul le primordial Chaos en imprime sa fureur depuis le fond des ténèbres... C'est en ces lieux que l'empire Perse ose s'y émerger, sous la coupe du plus grand stratège achéménide que la Grèce eût connu depuis la nuit des temps : Darius IV.

Le commandant de bord intima aux passagers de se harnacher convenablement, même si l'amarrage au niveau des écoutilles était relayé par une automatisation par guidage laser. Les immenses modules de la station dévoilaient les lueurs des habitacles et des éclats des feux de balisage rouge et bleu, clignotant autour de la bouche de l'écoutille. Le gigantesque caducée prenait toute sa mesure, lorsque le vaisseau de transport de troupe et de ravitaillement s'orienta vers l'un des ports d'assemblage, situé à l'extrémité opposée des deux bras détenant les panneaux solaires. Chaque module était paré des emblèmes de chaque État, appartenant à l'une des dix tribus des Hellènes, d'une envergure d'un stade sur environ deux de long, ce qui formait un impressionnant caducée de plus de vingt stades ; un spectacle stellaire que seule l'alliance des Hellènes pouvait en mesurer sa puissance et en oser supporter les conséquences trésorières. En cet instant, le module en question appartenait à la Lacédémone, dont le Lambda d'un rouge cramoisi chapeautait l'écoutille principale, évoquant par son blason un héritage martial des plus souverain. La navette s'en approcha lentement, guidée par le système d'autonomisation de la station. Les fanaux du port d'attache scintillaient comme des éclats de diamants devant le feu céleste de Déméter, apportant une note orphique digne des plus grandes tragédies Grecques. Calchas regarda Hypérion, le visage rayonnant du colosse offrait tout un panel d'émotions, passant subitement d'une joie béate à un soudain état anxiogène, lorsqu'il prit conscience de l'environnement autarcique auquel il serait confronté… sous le panorama majestueux et glacé de la Muse Uranie, la déesse de l'astronomie.

Le système de fixation de l'écoutille paracheva cette odyssée stellaire toujours aussi périlleuse ; les nouvelles recrues n'avaient plus qu'à investir leur nouveau bastion, en ce lieu où demeure le feu sacré du dieu Arès…

***

Un officier les accueillit, et après avoir reçu les consignes de bord, les nouvelles recrues furent réparties dans les diverses chambrées. Elles s'engouffrèrent dans une pièce, précédées du jeune officier. Il leur présenta les literies à deux hauteurs qui encadraient le modeste poste de couchage. En face de l'entrée, une porte partiellement ouverte donnait sur la salle de bains, et sur la droite, au fond, une console encombrée de paperasserie s'intégrait à la cloison ; une modeste dalle la surmontait. Des images affriolantes issues de la Toile s'offraient aux regards des nouveaux résidents, de voluptueuses naïades s'abandonnaient à l'œil libidineux de la caméra, allongées et se déhanchant sur le drapé des roches blanches de la plage de Sarakiniko, située en Grèce continentale. Les vaguelettes venaient y mourir et en lécher leurs chevilles déliées…

— C'est chaud ! lança Hypérion, en jetant un regard goguenard vers l'image 2d de l'écran.

Le jeune officier n'en fit aucun commentaire et présenta les lits et les casiers individuels…

— Voici les vôtres, et n'oubliez pas que les lumières s'éteindront dans deux heures. Ah, j'allais oublier, on a déposé dans la salle d'eau le nécessaire pour la douche, le rasage et le brossage des dents, mais c'est juste une trousse d'appoint que vous devrez vous procurer les prochains jours, à vos frais bien sûr… Le lever est à 6 heures. Vous avez rendez-vous avec l'épibate (le commandant) de la station vers 7h30', au pont supérieur, installé au poste des officiers. Soyez prêts, l'épibate Architas ne supporte pas les retards !

Calchas et Hypérion prirent leurs marques et vidèrent leurs bagages. Les deux hommes remarquèrent qu'un résident y demeurait déjà, la couche encore défaite et enfoncée sous le poids du militaire. Le mystérieux occupant avait délaissé son courrier sur la console. Calchas devinait que l'homme semblait réfractaire à l'ordre, tant les documents privés et administratifs étaient jetés sur la console et laissés aux regards des compagnons de chambrée. Il y jeta un œil scrutateur lorsque la porte d'entrée s'ouvrit brusquement… Calchas était encore recourbé sur les papiers et les quelques photographies, lui permettant d'opérer une étincelle de lucidité sur le caractère de son indicible propriétaire.

« Je rêve ou mes yeux sont bernés par une corde se faisant passer pour un serpent ? » songea-t-il en découvrant le portrait de… Spiros, le visage rayonnant sur l'une des photographies.

« Eh, toi… si tu touches un seul de mes papiers je te casse la main ! » rugit l'homme à l'adresse de Calchas. Ce dernier se redressa et pivota sa tête en direction de l'émetteur de cette sommation particulièrement virulente.

— Spiros ! ? haleta Calchas en voyant le visage carré de son ami d'enfance.

Calchas leva les bras et fonça à la rencontre d'un homme qui n'avait pas perdu une once d'un caractère fort en gueule lui étant dévolu depuis l'enfance. Les deux hommes s'étreignirent comme deux enfants, séparés par des contingences qui les dépassaient.

— Tu n'as pas perdu de ta superbe ! il l'examina, jaugeant la plastique d'un homme qui a passé régulièrement son temps entre la baston et la boisson… Tu t'es affiné, dis-moi ! Quelle est donc l'origine de cette transformation ?

Spiros redressa son échine, laissant dégager de sa plastique une aura de nouvel Apollon…

— L'Exercitus[14] ! , affirma-t-il d'un ton altier. L'Armée a fait de moi un autre homme. Mais « faut pas pousser mémé dans les orties » lança-t-il d'un ton ferme et catégorique, s'il le faut j'ai encore du répondant, prêt à en découdre avec celui qui ose me mettre des « bâtons dans les roues ! », s'exclama-t-il d'une intonation enflammée.

Les trois hommes s'assirent devant la console, la lumière crue de l'éclairage dessinait des reliefs à couper au couteau, formant des traits marqués par des ombres sournoises, amplifiant les contours de la mâchoire et créant des avens d'un noir d'encre au niveau des orbites. Calchas jeta un coup d'œil à la lumière ambiante.

« Comment peux-tu reposer tes yeux avec cette luminosité si violente ?… »

— C'est une lubie du stratège Architas ; on se doit d'être clair d'esprit, et cette virulence lumineuse est là pour nous pousser à nous dépasser et affronter la torpeur par une acuité toujours énergique et limpide…

Calchas fit la moue devant ces propos peu convaincants. Des images issues des premiers amours germèrent en lui, éprouvant en quelques fractions de clepsydre un sentiment d'amour qui l'étonna sur le coup. Il regarda Spiros d'un œil circonspect, l'esprit plongé dans les profondeurs d'un Éros hélas disparu.

— As-tu des nouvelles de Léda ? demanda-t-il d'une intonation caverneuse.

Spiros esquissa un frêle sourire narquois.

— Elle s'est récemment mariée avec un notaire fraîchement moulu de l'école notariale d'Athènes…

Désenchanté par cette confidence, Calchas esquissa un geste vague et maladroit, une annonce qu'il voulait montrer à Spiros qu'elle serait sans séquelle sur son avenir d'affriolant Apollon.

— Et son avenir professionnel ?

— Je ne pense pas qu'elle s'engagera au sein de l'Exercitus[14]. À notre dernière rencontre, elle était déjà enceinte depuis trois mois, annonça-t-il de but en blanc. Devant les recommandations de sa mère et les conflits récurrents avec le père, Léda avait fini par trouver l'âme sœur, une vie maritale la préservant des contingences d'un marasme financier qui éprouve la plèbe… Spiros tourna la tête vers Hypérion. Et toi, quel est donc le moteur de ton engagement militaire ?

— La solde ! révéla Hypérion. J'ai travaillé dur au sein d'une multinationale, mais mon évolution professionnelle prenait une tournure que je n'ai pas appréciée… alors j'ai signé pour deux ans, malgré l'opinion défavorable de ma femme.

— Sans doute la séparation du couple…

— Non, la peur de me perdre durant une opération commando.

Spiros jeta un regard étonné…

— Je fais partie du personnel navigant, pas d'un cul-terreux destiné à ancrer ses deux spartiates sur le sol de la base et à bouffer des stades de câbles optiques pour le plaisir d'un simple lochage[20]!

Le visage rayonnant, Spiros regarda Calchas tout heureux de retrouver un acolyte des années de lycée, où l'ardeur de la jeunesse resurgissait tel le fleuve Acheloos, prompt à révéler son tempérament bilieux lorsque le climat partait à l'orage… Les divines Heures – les déesses symbolisant le Temps qui passe et éprouve le mortel – apportaient leur floraison de radieux et sombres souvenirs, affleurant du mental des joyeux drilles issus de la classe des Homoioi (les Égaux), la classe aristocratique de la Lacédémone…

***

La station internationale Hélios tournait lentement sur elle-même, apportant une certaine quiétude gravitationnelle à l'ensemble de ses occupants. En fond de scène, à l'orée de la tour centrale à énergie, les premiers aérolithes de l'Hellespont sortaient de l'anonymat sous le pâle rayonnement de la lune Hêllen… Déposée comme un bouclier d'hoplite sur le sombre velours céleste, la planète Déméter semblait si distante des compagnons d'armes, que l'on pouvait se demander si la divinité primordiale Phanès pouvait, en ce lieu si glacial, apporter le réconfort animique des descendants du puissant Héraclès. Car l'avenir allait ternir l'âme enjouée des enfants des Homoioi, les rejetons de la classe aristocratique de Sparte…

La silhouette massive du commandant se détachait de la paroi du fond d'une netteté à couper au couteau ; de larges épaules soutenaient son port de tête trapu, dont le cuir chevelu coupé ras donnait encore plus d'envergure au corps athlétique du militaire. De ces orbites profondes émergeait une radiance bleu outremer, lâchant des ressacs d'amertume et de folles offensives martiales que l'homme de guerre eût connus depuis des lustres, tels les embruns d'une thalassa sournoise soumettant ses colères et ses caprices aux fragiles coquilles helléniques parties à l'aventure, sous les prémices d'un Éole bienveillant... Les nouvelles recrues écoutaient calmement le stratège Archítas, leur cul bien enfoncé contre le dossier des sièges de la salle du conseil, afin de montrer à l'autorité qu'il avait ainsi l'assurance qualitative des nouvelles recrues. Archítas plongeaient ses yeux de braises dans chaque prunelle des derniers arrivants, plongeant dans l'antre des fenêtres de l'âme afin de mieux sonder les faiblesses et les ressorts qui s'y lovent...

« ... Je ne vous cache pas que les temps ont changé... que la politique internationale ouvre des portes d'airain, que l'appel d'un Arès belliqueux risque, hélas, de régler les rapports diplomatiques par des moyens moins policés... Vos amies, vos femmes, vos parents ne sont maintenant plus que dans vos cœurs. Mais votre mental, votre corps appartiennent dorénavant à l'*Exercitus*. Tout ce que vous allez entendre, faire, créer, éprouver doit rester confidentiel... Vous êtes le corps et l'esprit de l'*Exercitus*, et en tant que tel vous n'avez qu'un seul devoir : agir ! »

Tels des bustes de bronze, les jeunes récipiendaires de cette auguste rhétorique ne bronchaient pas, n'émettant que des borborygmes issus du dernier repas pris en commun : la syssitie. Le stratège tourna son regard vers Calchas :

« ... Monsieur Calchas, tout le monde ici connaît votre appartenance filiale, mais ne vous trompez pas, l'Armée est votre demeure maintenant, ni votre ascendance, ni votre compte en banque ne sont en mesure de détrôner les principes fiduciaires que l'Autorité martiale conserve depuis des lustres... Votre père est, sur ce point, en accord tacite avec la pensée tacticienne qui demeure au sein de la Nation ; Vous pensez bien qu'« aucune autorisation antagonique aux principes de l'*Exercitus* ne pourra venir l'en ternir »… Je vous invite, cher Monsieur, à méditer sur ces dires… », formula-t-il en esquissant un frêle sourire narquois.

En vision périphérique, le colosse Hypérion regarda d'un air goguenard le visage semi-déconfit de Calchas ; le descendant des Héraclides avait conscience qu'une nouvelle page venait de se tourner : celle de la dépendance paternelle.

***

À moins d'un stade du hublot, le vaisseau d'attaque effectuait ses révolutions attenantes à la centrale à énergie, afin d'éprouver l'aurige et la machine, immergés dans le vide spatial de la galaxie du Léthé. Les astéroïdes créaient en fond de scène un étrange tableau stellaire, entrelaçant «   émerveillement et angoisse », tant ce spectacle orphique stupéfiait le commun des mortels… Des étoiles glacées en perçaient la trame scintillante, hypnotisant le regard de Calchas plongé bien plus loin que ces yeux de braise… Il ne discernait plus que l'image de l'intrigante Léda en surimpression sur la toile céleste.

Quelqu'un monta le son de la dalle, mettant fin à l'étonnant voyage onirique du descendant roi Soos, issu de la dynastie Eurypontide. Calchas se retourna, découvrant un Hypérion féru d'informations ; le journal de la chaîne nationale de Sparte étalait ses premières images, glauques, lugubres, offrant une scène atroce aux yeux des téléspectateurs. Hypérion resta planté sur le côté de la dalle, abasourdi, la mâchoire béante causée par le motif sinistre et le discours morbide de la narratrice, dont son portrait s'affichait dans une petite fenêtre, enchâssée au coin de l'écran. Calchas se rapprocha du téléviseur, accroché sur la cloison métallique du carré[21] des sous-officiers :

« ... Le corps démembré du prêtre a été découvert tôt en matinée, peu avant le premier office, dans un des vestibules attenants à l'Éleusinion d'Éleusis… » commenta la présentatrice, toujours vêtue de sa robe fuchsia (à croire que ses notes de frais avaient été revues à la baisse par le directeur de la station).

Les traces de sang avaient déjà été effacées par le service de nettoyage habilité par la cité et le temple d'Éleusis, dès lors que le service de gendarmerie de la Krypteia, la police scientifique et le médecin légiste eurent suffisamment récolté d'indices, pris des notes et photographié le lieu du drame sous toutes les coutures... Il n'en restait que de simples auréoles d'un rouge cramoisi et de quelques balises venant s'y greffer, le tout circonscrit par un ruban apposé par la police criminelle et scientifique. La miniature de la présentatrice finit par s'agrandir et dévorer la scène du crime ; l'objectif de la caméra s'attarda sur le visage de l'animatrice de télévision, un charisme qui rassurait la mère de maison et une plastique qui envoûtait (encore) le maître du foyer, incarnant la maîtresse que le petit fonctionnaire ou l'employé de grandes entreprises s'imaginant effleurer ses formes encore fuselées, sous les draps d'un lit d'une auberge de quartier... Ses traits tirés illustraient qu'elle était repassée pour la énième fois sous le scalpel d'un grand chirurgien, mais la maturité de son corps ne couvrait plus ce que le plus grand des esthéticiens s'efforçait à effacer, les chairs des joues et du menton ne possédaient plus cette plasticité dévolue à la jeunesse d'une Sylphide : le dieu Chronos pouvait en rire, lui qui est le maître du temps !

« ... Le Bacchant a été assassiné par strangulation, au saut du lit, avec le cordon de sa propre tunique, et ses deux mains ont été sectionnées par un objet contondant, dispersées de part et d'autre de sa dépouille... Souvenons-nous que *feu* le prêtre Callias est soupçonné d'avoir perçu des pots-de-vin des Achéménides, afin de faire basculer le scrutin de la Rote d'Éleusis, compromettant l'édit d'impunité du roi Télestès. La Rote avait statué pour une condamnation par contumace... »

« Hé Hypérion ! change-nous de chaîne... J'en ai marre de bouffer du curaillon ! » s'exclama Spiros, un verre à la main devant le comptoir en étain de la salle de pause.

Hypérion joua sur la manette faisant défiler les images pléthoriques des chaînes TV… Il tomba sur une des chaînes sport, dont les images illustraient un combat de lutteuses sur le sol ocre de la palestre de la Nouvelle-Sparte.

« Ah, enfin de l'action ! » lança Spiros.

Les deux jeunes femmes portaient un maillot moulant un corps athlétique, dont la poitrine généreuse de la plus petite promettait des monts et merveilles pour la gent masculine.

« … Artémis de Platée semble au meilleur de sa forme », expliqua la voix du narrateur Nous sommes loin des malheureuses péripéties de la dernière olympiade, où la sportive due subir de lourdes opérations du genou, la contraignant à faire une parenthèse dans son programme sportif. Il me semble qu'elle est en voie vers le succès depuis que son directeur sportif, le kinésithérapeute et son entraîneur ont su s'ouvrir aux recommandations du pugiliste Mélancomas de Carie… »

Chroniques de Déméter :

« … Vous n'avez pas l'esprit d'un enfant, seulement celui d'"un adolescent accaparé par son jouet informatique ! s'exclama le maître de conférences Antigone de Béotie, en voyant le regard d'un étudiant du premier rang plongé dans l'écran de son téléphone cellulaire… L'élève redressa la tête, les pupilles encore troublées par des vidéos bien plus prenantes que les commentaires sur le "Porteur de feu", que le naturaliste exposait au sein de l'hémicycle de l'Université de la Nouvelle-Sparte. De toute façon je ne suis pas votre père, j'essaie tout simplement de vous diriger vers un univers qui pourrait vous ouvrir vers d'autres dimensions… Je disais donc que l'âme déchirée du "petit cornu" (notre Dionysos Zagreus) par la voracité des Titans, fut conservée dans la cuisse de notre Seigneur sous forme d'un cœur purifié, loin des contingences de la matière. L'âme du monde s'élève au-dessus

des passions animales, subissant une caléfaction que le seigneur de l'Olympe en conserve ses desseins secrets... Il en est de même des Bacchants et des Mystes, par le Pneumatique, l'inspir et l'expir, les rituels de l'omophagie, de la Mantique et des dithyrambes que les collèges dionysiaques et orphiques portent dans leur cœur afin de l'épurer et l'ouvrir au Logos Spermatikos... ».

Conférence à l'Université de la Nouvelle-Sparte du seigneur Antigone de Béotie, naturaliste et géologue du Collège des Sciences d'Athènes, le huit de la troisième décade du mois de posidéon, durant la première année de la 1620e olympiade.

La nouvelle couverture Peltè

Dans la noirceur de l'espace, des bolides d'un gris cendré se mouvaient paresseusement ; les aérolithes issus de l'Hellespont se concentraient autour de l'unique boyau naturel, se frôlant et tournoyant sans jamais se heurter, ni reboucher l'énigmatique couloir menant au planétoïde Tau-Thétis... Un vaisseau de chasse passa devant le hublot, dans un silence monacal... Calchas se retourna, fixant Spiros affalé sur son lit, le regard plongé sur son appareil nomade.

« Je pense que notre emploi du temps sera assez fourni, afin de nous faire passer l'envie de flemmarder... »

Spiros redressa la tête dans une sérénité déconcertante.

— Nous sommes en état de guerre. Le stratège nous a concocté un agenda digne d'une opération commando : apprête-toi à bouffer des heures d'études, à maîtriser le simulateur de vol et à prouver que ta machine et toi faites corps...

Hypérion jeta un œil flegmatique aux propos de Calchas.

— J'aurai d'autres chats à fouetter que de vous regarder vous battre avec des images de synthèses et autres fariboles issues de l'intelligence artificielle… Mes données sont autrement précieuses, pour vous protéger si le cas semble désespéré.

— J'en ai consommé des heures de vol, au-dessus de Cydonia…

— Voler en haute atmosphère est une chose… maîtriser un engin au sein d'Éther en est une autre ! répliqua Spiros. D'autant que si nous nous trouvons à la périphérie de l'Hellespont, ce n'est pas pour profiter du panorama…

— J'ai acquitté ma taxe de guerre[23], justement pour ne pas être dépendant d'un stratège décidant de mon sort par simple plaisir du jeu. Ma liturgie me permet d'entretenir un vaisseau de chasse, pas de supporter les caprices d'un capitaine éprouvé par des mesures drastiques issues de la Haute autorité…

Calchas revint vers le hublot et jeta un regard en direction du champ d'aérolithes. Les bolides occultaient un astre que les différents cultes et fratries convoitaient.

— Quel que soit mon devoir, je l'assumerai comme il se doit…

La voix de la présentatrice du journal télévisé cassa son envolée chimérique :

L'image s'appesantissait sur la voie du Diolkos, située entre le golfe de Corinthe et celui de Salamine. Un vaisseau de guerre corinthien remontait paresseusement le canal en direction du golfe d'Argolide… La présentatrice narrait les derniers événements internationaux :

« … Le roi Télestès vient de prendre des mesures drastiques, concernant le canal de Corinthe : il a tout simplement rehaussé les taxes de douane, imposant fortement les armateurs helléniques désirant franchir l'embouchure du détroit. Déjà, l'Attique a sommé le monarque de revenir sur les bases du concordat en vigueur, s'en quoi des représailles commerciales risquent d'affecter les relations inter-cités ?... ».

La dalle offrait à la vue du téléspectateur des images d'archive du canal de Corinthe. En coin d'écran, une petite fenêtre présentait le portrait du tyran corinthien. Le galbe sylphide de la présentatrice remplaça le panorama du Diolkos... Elle présenta de ses doigts déliés une feuille sortie tout droit d'un télécopieur : «... Nous venons de recevoir de l'Agence-hellénique-presse un fax de plus haute importance... » Elle lut le texte devant des images d'archive du sanctuaire de Delphes : « ... Des informateurs militaires signalent la présence de vaisseaux d'attaques Amazones au-dessus de la célèbre cité oraculaire. Les prêtrises apolliniennes et orphiques condamnent le viol de l'espace aérien de Phocide ; des passages réguliers dans le ciel de Delphes ont été aperçus maintes fois ; la Phocide demande l'appui tactique d'Athènes et l'ouverture d'une enquête de la Coalition hellénique, afin de déterminer les raisons de cette intrusion commanditée par les prêtresses de Zeus Labrundos... ».

Hypérion changea de chaîne, tout en joie de revoir les combats de lutteuses, empourprées par le sable fin de l'agôn[24]...

Le mental encore accaparé par les récents événements de Delphes, Spiros engagea la conversation :

« Les jours à venir ne seront pas de tout repos ; je crains que les derniers incidents ne mettent le feu aux poudres... Il suffit d'aller faire un tour sur la Toile, pour se rendre compte que nous sommes à l'aube d'un conflit international... » Calchas se rapprocha de Spiros, le visage auréolé par la lumière diffuse de l'écran TV. « Nous avons intégré le commando des Argyraspides, justement pour mener à bien un combat contre des forces qui semblent nous dépasser... La Lacédémone a toujours su dresser le glaive lorsque sa souveraineté risquait d'être compromise... On ne va pas plier devant un roi fantoche et quelques pucelles à l'esprit belliqueux ! »

***

Le vaisseau de combat longea le seuil de l'Hellespont ; la nef d'attaque louvoyait entre les premiers aérolithes, appuyée par un système d'autonomisation de navigation embarqué, pourvu d'une I A[25] hautement performante… L'aurige du véhicule semblait perdu, et pourtant l'aurige n'en était pas à ses premières heures de pilotage :

« Seigneur Calchas, veuillez rétablir l'assiette de votre vaisseau, il en va de votre vie ! », s'exclama la voix métallique issue de l'I A. Calchas redressa l'assiette du vaisseau de chasse, mais juste à cet instant un bolide émergea du boyau et fonça sur le Griffon… Au sein de l'espace sidéral, le chasseur explosa dans une gerbe de feu !

L'écran 3d expira, plongeant le poste de pilotage du simulateur de vol dans une obscurité subite. Calchas retira son casque, la mine déconfite, puis sortit de l'enceinte devant le mur d'écrans où le capitaine Alessandro s'y trouvait, le regard accroché à la dernière image, figée par la collision entre le vaisseau et l'aérolithe virtuels… Le stratège pivota son siège, le visage barré d'un sourire pince-sans-rire.

« Oui, Calchas, ce simple exercice sur simulateur de vol préfigure bien des heures de labeur, avant de poser votre *cul* dans l'habitacle d'un Griffon… Et pourtant vous avez effectué environ 200 heures de pilotage… me semble-t-il ? »

Calchas fit grise mine, lui qui pensait maîtriser le sujet ; n'avait-il pas survolé Cydonia dans un ciel d'azur, effectué des loopings durant des averses issues d'un Zeus colérique et effectué des survols au-dessus d'une Crète plongée dans le linceul d'une nuit étoilée ?

—… L'embouchure de l'Hellespont vous révélera sa noirceur, son inexprimable assujettissement à Zeus Casius, le dieu des aérolithes… Vous aurez encore à travailler d'*arrache-pied* sur ce simulateur avant d'atteindre les marches d'un Griffon…

— Les Perses n'émergent-ils pas de l'Hellespont ?

— Les Perses maîtrisent leurs vaisseaux comme ils dominent l'Hellespont, c'est bien pour cela que Tau-Thétis est sous leur joug… Quoi qu'en pense le roi de Corinthe. Ils ont bien compris que les Hellènes sont loin de dominer la navigation spatiale comme eux la maîtrisent depuis des lustres…

Le capitaine Alessandro jeta un œil en direction de l'entrée :

« C'est votre tour, Monsieur Spiros ! »

Spiros pénétra dans la pièce puis se dirigea vers le simulateur de vol, le visage barré d'un sourire narquois. Les yeux emplis de noirceur, Calchas le regarda pénétrer l'enceinte de l'habitacle. Spiros lui jeta un regard vaniteux…

« Spiros, ne soyez pas si hautain ! Votre dernier entraînement n'a pas été à la hauteur de ce à quoi j'attendais… et de ce que votre potentiel d'action mérite. » s'exclama le moniteur Alessandro.

Et s'enfonça dans la carlingue, décidé à montrer à Calchas le tempérament rigoriste de sa personne…

***

Une atmosphère grivoise émanait de la cantine, devenue le soir tombant (aux heures de Sparte) une gargote, un estaminet, un défouloir pour la jeunesse de la Coalition hellénique… Les lumières d'ambiance apportaient ce tableau festif que tous jeunes fêtards enchaînent chaque fin de semaine, dès la nuit tombante… Des vapeurs d'opium et de vin glissaient sur les courants aériens planant dans l'un des modules de l'État thessalien ; la jeunesse, issue des différentes provinces, s'y mêlait, l'esprit immergé dans les mirages de la boisson, des jeux de table, de la séduction…, sous les sons hypnotiques de l'aulos, du tambourin et de la lyre électrique. Les cadets comme les anciens offraient leur âme à toutes ces distractions offertes par la Ligue hellénique, afin de rendre cette claustration la plus agréable possible. Sur un pan de mur, des niches s'y enchâssaient, où dans la moiteur charnelle des âmes s'y enlaçaient, du cadet au fougueux spartiate, à la recherche d'un Éros salvateur… Une alcôve plus loin, deux amants se fondaient dans un clair-obscur libertin, sous les ocres et les bleus héraldiques des appliques ; les rais de lumière glissaient et se délavaient sur les chairs fermes, engourdies par le fruit doucereux du jujubier et des vapeurs du narguilé…

L'on devina, au sein d'une pénombre revêtue d'un voile organza d'une pourpre éthérée, un groupe de jeunes affalés comme d'antiques voiles auriques, certains l'échine voûtée sur une table basse ancrée à même le bâti du module offrant leurs poumons aux chimères des opiacées, et d'autres enlacés en des positions lascives un verre à la main, à la limite de la décence : quelques officiers et sous-officiers, des auriges et des techniciens thébains issus du Bataillon sacré du Lokhos… exposant l'écusson à tête de lion sur leur veste et leur chemise froissées trempées de sueur, engendrées par des lascivetés des plus fougueuses – d'ardents regards s'entrelaçaient et fusionnaient, tandis que des caresses effleuraient les corps moites et brûlants des cadets béotiens, dans cette niche vouée aux flèches d'un Éros libertin…

Une cavité plus loin six hommes, comblés par six prostituées recrutées par la Coalition, couronnaient une table basse de leur masse athlétique ; dans une ambiance feutrée mais lourde d'implications, les militaires s'immergeaient dans les jeux de hasard, à la recherche d'une source de divertissements bien plus intenses qu'une simple libido avec le jeune fantassin du coin…

Le béotien Thérion – un aurige d'une carrure impressionnante – jeta les dés…

« Le coup de Midas… » lança Hypérion, le corps corpulent enfoncé dans l'assise en alcantara brun, assis à côté de Spiros.

Thérion reprit les dés et les fit mouvoir quelques instants dans le gobelet…

— Et *frétille*-moi ça avec plus d'énergie ! s'exclama son collègue Palamède, d'un ton acrimonieux. On risque de perdre plus que la face, reprit-il en jetant un œil inquiet sur le tas de jetons qui commençait à s'amenuiser au fil du temps.

Le géant jeta un œil maussade vers son acolyte puis lança prestement les dés sur la table… qui roulèrent durant quelques gouttes de clepsydre avant de présenter leur numéro. Sous l'excitation du jeu, Calchas et tous les autres se penchèrent, scrutant le résultat qui s'affichait :

— *Stésichore* ! S'exclama le joueur. C'est pas fameux, reprit-il, le visage barré d'une grimace.

— Ouais ! Huit petits points dans la besace… pour un Béotien, c'est mieux que rien, ironisa Spiros.

Palamède lui jeta un regard féroce. Les deux hommes n'avaient que peu de points en commun, et Spiros – comme tout soldat lacédémonien le savait – n'avait pas un caractère des plus commode. Spiros lui rendit son regard sournois ; il n'en fallait pas plus pour que les deux hommes commencent à se lever et en viennent aux mains… Les péripatéticiennes s'écartèrent des deux belligérants, talons aiguilles d'un rouge provoquant, bas résille et petites tenues à affoler le simple quidam. Calchas et Xiphidion – un autre Béotien – calmèrent les deux hommes.

— Allons, Spiros, tu ne vas pas nous gâcher cette belle soirée ! modéra Calchas, accompagné d'un sourire en coin. Regarde Calliope, elle tremble rien qu'à l'idée de voir ta belle petite gueule amochée à cause d'une échauffourée…

Les deux hommes se rassirent et se regardèrent en chien de faïence dans une tension palpable à vue d'œil… sur un fond de musique orphique que les six soldats de la Coalition ne percevaient même plus, tant cette affaire ludique les prenait aux tripes, car l'enjeu financier valait bien une petite semaine de vacances dans un célèbre palace de Corcyre. L'épibate – le commandant de garnison – assénait aux hommes que « toute personne prise sur le fait de corruption sera passible de prison, voire évincée de la station ainsi que de l'Armée », mais l'on sait bien que « La prohibition apporte un regain d'intérêt à ce que l'État s'évertue à bannir »…

Calchas relança les concordes en parlant sur un ton enjoué :

— Messieurs, nous n'allons pas rejouer la « guerre de Corinthe[27] » ? À qui le tour ?...

— C'est à Spiros… de nous prouver qu'il a la « main chanceuse »… s'enquit Hypérion.

Spiros jeta les dés dans le gobelet, il n'avait pas encore secoué le gobelet que Calchas lui bloqua le bras :

— Attend ! et lui proposa un verre de Neméa issu du Péloponnèse. Goutte-moi ça, et prie Agathodæmon afin que la chance soit de ton côté.

— Ouais ! À Agathodæmon ! et avala l'ambroisie d'un trait puis lâcha un rot de satisfaction, devant le regard éteint des filles à qui plus rien n'étonnait venant de la gent masculine. Un filet purpurin s'échappa de sa bouche et glissa tout du long de son cou, pour venir ensuite se perdre sous le col de sa chemise. Il s'essuya d'un revers de manche, renversa le gobelet puis les dés partirent à l'aventure sur la table… Le coup de l'éphèbe ! Dix-huit points.

Xiphidion, Palamède et Thérion restèrent figés par le résultat de ce jet. Les trois Béotiens risquaient gros, suite à toutes ces péripéties ludiques dont l'aboutissement n'était pas de bon augure pour leur bourse… Palamède darda un regard sombre vers les trois Lacédémoniens, et aux vues de leurs états financiers ils risquaient, de surcroît, devoir alléger leurs comptes en banque d'une *coquette* somme pour avoir laissé filer la victoire… Il arracha les dés de la table, empli d'une colère manifeste, puis les lâcha dans le gobelet et le remua à se démonter les articulations. Malgré la musique d'ambiance, on entendait les dés s'entrechoquer dans la timbale. Il allait renverser le gobelet lorsqu'un individu, accoutré comme une prostituée des bas quartiers de Sparte, perturba l'ambiance compétitive…

— Saluuut, les futurs nouveaux *héros* de notre belle Grèce… dit-il d'une voix flûtée.

Spiros se redressa et tonna :

— Casse-toi, tu vois pas que tu plombes le jeu ?

— Je suis venu pour vous proposer mes *services*, beau brun…

— Va donc voir les pétasses du Lokhos ! ils sont bien plus au courant des choses de la *paideaia*[28] que nous, qui sommes toujours vautrés entre les cuisses d'une femme… tout en caressant celles de la *dictériade*[29].

Le travesti se retira et, tout en pivotant accompagné d'une grâce feinte, se déhancha telle une péripatéticienne issue du cloaque d'un quartier mal famé d'Athènes, dressé sur ses spartiates aux talons aiguilles effilés comme des dagues. Le bas de la veste en cuir d'un rouge cinabre laissait percevoir des jarretelles, retenant des bas résille de piètre qualité. L'homosexuel se dirigeait vers de nouvelles proies lorsque Calchas le héla :

— Eh reviens, j'ai un marché à te proposer…

Il se planta devant Calchas, les mains sur le déhanché du bassin, amplifiant l'image efféminée de sa personne. Les autres regardèrent le Lacédémonien d'un air interrogateur. Spiros faillit intervenir lorsque Calchas lâcha sa proposition :

— Comme tu le vois nous sommes en plein suspens… Les gagnants remporteront une coquette somme, quant aux perdants… je te propose qu'ils soient les « heureux bénéficiaires » d'une nuit *endiablée*, chaperonnés de ta noble personne, souligna-t-il le regard pétillant.

Les Béotiens commencèrent à grogner, pestant qu'ils n'étaient ni pédéraste ni homosexuel pour s'acoquiner avec un satyre.

Calchas se tourna vers les commanditaires de ce désaccord formulé à l'unisson.

— Allons Messieurs, soyez bon joueur ! Cela ne peut qu'agrémenter notre soirée en lui adjoignant du « piquant »…

Thérion lâcha de sa voix de ténor :

— Tu te fous de notre gueule, Calchas ? nous approchons de l'issue finale ; évidemment que nous serons les perdants de cette partie. Ta démarche n'est pas justifiée ! tonna le Béotien.

— Tu te trompes, les cinq jetés prochains vous laissent suffisamment de marge pour remporter la partie : tu as largement la potentialité de tomber sur le « coup royal » pour voir ta mise recouvrer sa mine d'antan. Et puis ce n'est pas la fin du monde si tu passes la nuit en si bonne compagnie ! Le législateur béotien n'en saura rien. En ce lieu de perdition, quelle personne sera prête à en découdre avec le Sénat ou le magistrat du coin ? Le pacha a d'autres chats à fouetter que de tremper ses spartiates dans l'antichambre du dieu Éros…

Thérion jeta un regard de saurien vers la silhouette de l'homosexuel.

— Après tout, je me ferai une joie de lui enfoncer ma *férule* dans son petit cul, fit-il tout en caressant son propre sexe sous l'œil goguenard des prostituées, plutôt habituées à des ambiances feutrées dans les luxueux lupanars d'Athènes et de Sparte que de se vautrer dans les chambres exiguës de la station militaire.

Le jeu reprit… Xiphidion frétilla le gobelet, les dés s'y entrechoquant en une complainte discordante, que seules les oreilles d'un sourd en supporteraient les frémissements stridents.

Les dés présentèrent leurs faces dans une atmosphère pesante.

— Dix-huit points. Le coup de l'éphèbe ! commenta-t-il le visage barré d'un sourire espiègle.

— C'est mon tour, lança Hypérion… Les dés n'affichèrent que huit malheureux points.

Palamède prit les dés et remua le gobelet tout en jetant un regard hautain vers Calchas.

— Encore le coup de Midas ! tonna le Béotien. Je dois rejouer…

Il remua la timbale comme un homme à qui Thyché, la déesse Fortune, accéderait à ses désirs s'il s'évertuait à mouvoir le gobelet avec plus d'énergie qu'il en faut pour trancher la tête d'un barbare.

— Le coup du chien, maugréa-t-il en voyant le résultat s'afficher sur la table basse.

— Ouais ! Une face « maléfique », c'n'est pas un bon signe, gronda Thérion.

— Tais-toi ! tu nous apportes la mauvaise fortune avec tes remarques défaitistes. Si l'on perd, tu seras le premier à être *emmanché* par le sodomite…

Des rires fusèrent au sein de l'alcôve, sous les regards lutins des belles-de-nuit, accrochées aux épaules des soldats comme des sangsues sur les jambes d'un hoplite lors d'un exercice de combat dans les tourbières de Macédoine. L'homosexuel observait la scène, accompagné d'un regard taquin, il ne pouvait que se délecter de ces prochains jeux érotiques, où, l'un comme l'autre deviendront tour à tour le « gibier » puis le « chasseur », pimentant ainsi de longues soirées libidineuses…

Le temps s'étira, mais la dernière partie approcha lorsque, au bout du compte, les mises des Béotiens avaient fondu comme neige au soleil.

Calchas s'empara des quatre dés, les jeta dans le gobelet, le remua puis versa son contenu au-dessus de la table, encombrée des nombreux kylix[30] emplis d'un vin âcre, de faible taux d'alcool (l'administration militaire bannissait les alcools forts). À l'intérieur de l'une d'elles, on pouvait encore discerner l'image lubrique d'un couple, atténuée par la vétusté du récipient. Les dés finirent leurs révolutions chaotiques, révélant leurs points respectifs…

Calchas explosa de joie en découvrant le résultat :

— Le coup royal ! s'exclama-t-il, accompagné d'un large sourire. 100 points de bonheur ! 100 points pour Corcyre !

Hypérion et Spiros éclatèrent de joie, embrassant et caressant avec fougue les prostituées pendant que, en face, les Béotiens faisaient triste mine, exposant des traits tirés par la défaite et la tension. Les autres filles de joie ne demandèrent pas leur compte et quittèrent les lieux sur l'instant, comme si un terrible cataclysme s'apprêtait à se révéler…

— Et comme tu vois… le dieu Phanès a entendu tes prières, annonça Spiros à l'homosexuel, tout en joie de ses prochains ébats à la solde des Béotiens…

La mine désœuvrée et la bourse aussi vide que durant une fin de mois, les Béotiens quittèrent les lieux sur-le-champ, Calchas, Hypérion et Spiros restèrent en charmante compagnie : Calliope s'accrochait à Spiros, en amazone sur les cuisses puissantes du Lacédémonien, pendant que Calchas jouissait des caresses de la délicate Sibylle, et Hypérion le mental immergé dans des voluptés qui le perturbaient, au bon soin des rondeurs aguichantes de Briséis… Enveloppés d'une lumière tamisée et d'une complainte au timbre grave et au rythme scandé, les trois couples s'enfermèrent dans leur cocon d'intimité, où les câlins et les mots doux attiraient les flèches d'un Éros sensuel…

Les doigts déliés de la troublante Calliope agrippèrent une boîte à poudre pour fond de teint, l'ouvrirent et présentèrent à Spiros une capsule, puis une autre qu'il avala aussitôt… Calchas inclina sa tête, soudainement intrigué par cette becquée opiophage.

— Qu'est-ce donc ? dit-il tout en jetant un regard interrogateur sur ces capsules.

Spiros tourna vers lui un visage rayonnant, où un regard facétieux partait à la dérive vers des mondes chimériques…

— Du lotus ! affirma-t-il en se retournant vers la belle péripatéticienne, les yeux plongés vers son avantageuse poitrine.

— Tu en veux ? dit-elle en tendant son bras paré de bracelets en or, tintant sous ces oscillations répétées.

— Non, je préfère des mondes bien plus... charnels, dit-il en effleurant des « monts » et des « vallées » de peau veloutée, que l'aguicheuse Briséis dévoilait à son regard pétillant...

Quelques semaines plus tard :

Le fil était ténu : le lien visuel retenant les cinq vaisseaux de chasse à celui de leur instructeur ne tenait qu'à la puissance de concentration des cinq auriges ; l'Intelligence Artificielle avait été momentanément suspendue afin de retrancher le mental des pilotes au plus profond d'eux-mêmes, monopolisant leurs attentions et leurs gestes afin de glisser leur vaisseau dans la poupe scintillante du chasseur du formateur Boukolos, fonçant dans le vide stellaire...

Le gyros-compas s'affolait, égarant l'impétueuse assurance de Calchas : *« N'étais-je pas le premier élu de ma promotion ? Domptant mes destriers comme aucun autre de mon rang. »*

Une perle de sueur naquit de l'artère temporale puis dévala sa mâchoire pour aller s'enliser sous la lanière de son casque. À la limite de son champ visuel, le vaisseau de Spiros se découpait sur la vaste parure étoilée de la galaxie du Léthé – il se positionnait à une vingtaine de coudées de son vaisseau. Calchas eut une soudaine vision de son meilleur ami : le sourire en coin et l'œil goguenard, le détonnant Spiros doit bien rigoler !

En bâbord, le vaisseau de Arsenios s'y profilait, fusant dans une assurance de monstre d'acier... Le jeune homme avait commencé un cursus universitaire à Mantinée, en Arcadie. Fils d'un puissant avocat, il rejoint l'académie militaire de la Nouvelle-Sparte sur un coup-de-tête, fuyant son possessif géniteur, lui destinant un avenir professionnel tout tracé... Calchas discernait la tête massive du jeune aurige, la silhouette sombre contrastant sur l'aura diffuse des diodes du tableau de bord. Les cinq chasseurs coursaient celui du *pempadarque*[32] Boukolos, ouvrant la voie en longeant la barrière d'aérolites de l'Hellespont…

Le champ d'astéroïdes formait un obstacle naturel, empêchant toute intrusion au commun des mortels vers la planète médo-perse Anâhita et du planétoïde sacré Tau-Thétis, annexé actuellement par la cité de Corinthe. La nouvelle construction du belvédère des étoiles avait été rendue possible grâce à l'appui technique de Corinthe et surtout « occulte » des mères labryades ; en quelles circonstances et avec quels moyens techniques avaient-elles pu mener à bien cette grande aventure scientifique ? voilà la question énigmatique que la Coalition se posait. Hélas, aucune preuve formelle, aucun élément matériel ne pouvaient revendiquer l'appui illicite du sacerdoce de Zeus Labrundos, à l'édification du laboratoire spatial corinthien. Seul le goulet de l'Hellespont en permet l'accès, hélas son passage en est ardu, extrêmement étroit et délicat à emprunter tant la déambulation des astéroïdes en est aléatoire. Les bolides célestes semblaient se mouvoir par la grâce d'une vie propre, dirigés par un Zeus Casius, dieu des météores, grand ordonnateur de la vie minérale…

— Monsieur Calchas, vous vous écartez de la formation ! signala le formateur Boukolos.

Calchas corrigea la position du vaisseau et se positionna aile contre aile au niveau de celui de Arsénios – un écart de quelques coudées les séparait. Les deux autres vaisseaux fermaient la formation, talonnant les nefs de Arsénios, Calchas et Spiros. La vélocité des appareils affectait la vision du paysage céleste : les astres ne se dessinaient plus qu'en simples traits lumineux, cintrés par la vitesse et la giration des chasseurs de combat tout du long de l'Hellespont.

Des aérolithes s'arrachaient des écueils cosmiques, soumis à la lente mais inexorable attraction gravitationnelle (quoique lointaine) de l'astre Phébus. Partant à la dérive, les bolides rocheux risquaient à tout instant frôler la catastrophe en s'approchant trop près du quai stellaire où s'amarraient les vaisseaux de la Coalition ;

une équipe de techniciens, formée à la récupération des aérolithes en perdition, était affectée à cette tâche particulièrement délicate, où un bras robotisé venait les « glaner » – par la suite, un consortium privé s'occupait du sort de l'astéroïde, où des trépans et autres excavateurs en arrachaient les matières les plus nobles… pour les revendre après traitement, faisant bondir les cours de la Bourse lorsque le marché devenait juteux.

Les cinq vaisseaux formèrent un arc dans leur mouvement cinétique ; à quelques encablures la centrale à énergie présentait son image phallique, entourée d'une cohorte de vaisseaux de guerre, prêts à appareiller sitôt que l'un des divers belligérants ouvre les hostilités…

***

Au sein de l'hémicycle de l'ON.U.H :

Le profil massif de l'antique ancêtre des Hellènes se découpait sur l'aura incandescente de la coupole de l'O.N.U.H, crinière sombre au vent et arcades profondément développées afin de rendre au noble patricien de l'Hellade un caractère volontaire et martial. Le portrait du roi mythique Hellên se paraît de fleurs d'acanthe d'une pourpre sanguinolente, sous le rayonnement d'un Phébus éclatant.

L'immense vitrail de la coupole de l'hémicycle de l'O.N.U.H diffusait ses rayons de bleus Aigue-marine et outremer, son jaune cinabre, un rouge cannelle et de pourpre phénicien sur l'échine du héraut, arquée comme un épi de blé durant un mois d'été desséchant… Ce dernier suait *corps*… (sous les dards d'un soleil agressif, dont la climatisation de l'illustre Conseil avait rendu l'âme dès les premiers rayons de soleil, et ce malgré l'intervention rapide des techniciens)… *et âme* (en cause le vacarme régnant au sein de l'hémicycle), lorsque notre héraut avait annoncé *« persona non grata »* le monarque de Corinthe sous la pression de la Cour internationale pénale, du hiérophante d'Éleusis, des ménades orphiques, de la prêtrise de Dodone et apollinienne du sanctuaire delphique…

Quelques Maisons (l'Étolie, la Béotie et l'Épire notamment) osèrent timidement élever le ton, mais la coalition d'Argos, de la Nouvelle-Sparte et de la Nouvelle-Athènes sonnèrent le glas des réclamations des baronnies de Corinthe concernant leur demande de retour en grâce du seigneur Télestès, arguant que des preuves irrécusables accablaient le souverain Télestès. Aux dernières rangées, les *yévn* – les familles sacerdotales – prenaient la dimension de cette disgrâce en dressant les bulles du Synode d'Éleusis au-dessus de leurs têtes : le funeste corinthien était bel et bien évincé du célèbre temple à mystères (pour l'occasion, le stratège Dracon représentait son seigneur au sein de l'hémicycle)…

Le héraut frappa du maillet afin de remettre de l'ordre dans l'amphithéâtre…

« Messieurs ! Seigneurs, faites preuve de retenue ! Nous ne sommes pas des barbares… »

Il fallut l'appui d'un magistrat pour mettre fin à ce pugilat verbal où des noms d'oiseaux fusaient d'un banc à l'autre. Le héraut s'adressa au stratège Dracon :

— Seigneur Dracon, la Coalition somme le seigneur Télestès à administrer les engagements du Diolkos dans les règles de l'art, sous peine de remettre les clés de la voie d'eau au magistrat dévolu de sa fonction… Le temps est compté et le protocole doit être *rétabli* dans sa juste mesure… Ainsi que de satisfaire aux exigences de la Coalition sur les intentions martiales et scientifiques de Corinthe, concernant le sanctuaire de Tau-Thétis… Votre État vient d'enfreindre l'aire du téménos, outrepassant les règles de l'O.N.U.H et affectant la relation des États membres… Nous vous demandant, et cela avec le soutien des ministères orphiques, éleusiniens et dionysiaques, de respecter les accords sur le téménos Tau-Thétis en démantelant votre observatoire, sous peine de subir des sanctions internationales issues du Conseil de sécurité…

Le stratège Dracon – un homme d'une trempe extraordinaire et d'un ego surdimensionné qu'aucun bailleur de fonds n'oserait discréditer tant son caractère versatile évoluait comme une mer soumise aux rigueurs du dernier ouragan – gonfla le torse :

— Mon Seigneur vous a remis, il y a de cela tout juste un trimestre lunaire, le protocole signé de l'ensemble des parties sur ce nouvel agrément concernant la voie du Diolkos… sans compter l'assujettissement à l'exorbitante fiscalité et la charge explosive de son service d'entretien, que l'État se doit d'assumer À SA CHARGE… Quant à la colonisation du sanctuaire, Corinthe n'a en aucun cas ratifié au Concordat approuvé entre les différents États membres, les cultes à mystères et les Écologistes… En quoi Notre Seigneur se donnerait-il la peine de revenir sur des contrats tacites, dont Il n'a jamais apposé son sceau ?

Quelques Maisons applaudir le discours du stratège Dracon, sous la huée d'une majorité d'archontes et de stratèges issus de la plupart des États membres. Le héraut semblait défait face à la répartie de l'officier lorsque la voix nasillarde du gouverneur de Carie rompit sa platitude retenue :

— Seigneur Dracon ! VOTRE maître omet le terrible sacrilège que l'Empire de Perse et des mécènes helléniques aient essuyé depuis des lustres : celui de l'abominable attentat, éprouvés par d'illustres scientifiques et des techniciens de maintenance. Et cela dans la plus grande impunité. Oui ! seigneur Dracon, votre monarque a ratifié les accords d'Athènes… et les a tout bonnement balayés en un tour de main quelques semaines plus tard, imposant de subtils décrets à la Coalition sur la taxation douanière du Diolkos… Et que dire de l'immonde abondement que votre État reverse aux investisseurs et autres institutions corrompues que vous protégez, afin de vous garantir du pourcentage de la redevance que vous devez reverser à la Coalition… Et je sais, de sources sûres, que VOTRE monarque utilise à des fins purement mercantiles et martiales les retombées scientifiques de Tau-Thétis… De toute façon votre État vient de transgresser le plus important de ses devoirs : violer l'enceinte sacrée d'un téménos !

— Vos sources sont corrompues, Monsieur ! ce ne sont que des ouï-dire de personnes de peu de foi… des ragots colportés par des hommes ignorants, par des vieillards impotents… Quant à Tau-Thétis, notre wanax ne considère pas le planétoïde comme téménos, mais uniquement une terre à étudier, afin de faire progresser la science… Je soutiens les valeurs sociales que Mon Seigneur diffuse par sa grande bonté. Notre miséricordieux Seigneur n'a de cesse d'apporter le réconfort matériel, affectif et spirituel à son peuple ; ce n'est donc pas vous ou un quelconque État de la Coalition qui peut venir contrecarrer les plans du descendant des Bacchiades…

Venant de l'opposition, une huée d'onomatopées, d'interjections et de noms d'oiseaux fusèrent au-dessus de l'hémicycle de l'O.N.U.H. Le satrape de Carie se redressa, le visage déconfit et empourpré par une colère grandissante.

« Ô éclatant Tistrya[31], combat l'immoralité en ce lieu ! » implora le satrape puis, le regard perçant, jeta un œil arrogant vers le sous-fifre du roi de Corinthe, tout en lui présentant un doigt accusateur, le bras ballotté par des frémissements nerveux : vil profanateur ! Mon Seigneur Darius, *Shah* de la Nouvelle-Anshan, va expédier ton corps difforme sur la planète Agamemnon, afin que tu purges tes fautes en creusant son sol aride avec tes doigts souillés par la corruption, pour y extraire du thorium jusqu'à ton dernier soupir…

Le stratège Dracon émit un sourire narquois à l'intention du satrape, puis redressa le torse en un simulacre d'engagement martial à la lisière des terres de Perse… et lança son discours sur un ton mi-mielleux mi-fielleux vers le héraut de l'O.N.U.H :

— Vous venez d'entendre ? le *tâcheron* de Télestès insulte MA personne, me provoque et me fait du chantage devant l'assemblée…

— Je prends note, seigneur Dracon.

— Seulement ?

— Seulement ! répondit-il sur une inflexion de voix sans timbre, tout en apposant une note sur le document.

Dracon se mit en colère, et rua comme un cheval sauvage sur l'un des bancs de l'hémicycle.

— Je demande réparation ! lança-t-il en hurlant comme un damné du Tartare, soumis aux pires tortures des enfers.

— Calmez-vous, seigneur Dracon ! nous avons pris note des propos du seigneur de Carie…

— J'en demande davantage…

— Cette affaire fera jurisprudence en temps voulu…

— Je ferai part de cette injustice à mon maître, riposta-t-il.

— C'est cela, Monsieur Dracon. Maintenant, calmez-vous et reprenez les brides de votre mental. Il y a tant d'affaires à régler en cet instant…

L'effigie de l'ancêtre roi Hellên dardait des rayons d'un Hélios particulièrement virulent au sein de l'hémicycle, embrasant son espace d'un jaune d'or et de rouge écarlate. Sous les ors et les pourpres du siège de l'O.N.U.H, les nantis de la Coalition n'en étaient qu'aux prémices d'une querelle qui s'envenimait et ne faisait qu'enfler comme une outre d'un bon vin, soumis par étourderie aux dards brûlants d'un soleil implacable.

Et l'alliance des Hellènes allait comme cette baudruche, subir des déconvenues politiques risquant de faire imploser le fragile compromis des États helléniques…

Des bruits de bottes n'étaient pas loin de s'entendre sur les plaines côtières de la mer Égée, ainsi que le vrombissement des chenilles des blindés sur les terres des différentes tribus de l'Hellade et le sifflement des missiles balistiques parcourant l'éclatante parure de la galaxie du Léthé…

Chroniques de Déméter :

« Sans l'ombre d'un doute, notre sacerdoce aspire à un renouveau ; j'en suis personnellement convaincue. L'âge d'or, tant espéré, émergera du Chaos. Notre Père, Notre Kronos, rétablira la Vérité... Et ce n'est pas quelques cultes pseudo-orphiques ou bacchiques qui viendront contrarier la noble révolution que les Labryades attendent depuis la nuit des temps. C'est bien pour cela que Notre Zeus Labrundos a, par Sa grande sagesse, soumis notre culte à tant de sacrifices et d'épreuves... Le Temps est notre allié et rien ni personne ne pourra venir contrecarrer les plans sacrés du Divin. Nous terminerons notre mission afin qu'« ad vitam æternam » Notre Père Kronos reprenne le trône qui lui a été volé par les Olympiens... Déjà nous avons établi les fondations d'un plan, tenu dans le plus grand secret : le forfait commis contre la Grande-Mère orphique est l'axiome à d'autres événements bien plus magistraux...

L'univers est un échiquier, notre culte est en voie de reconquérir ce qu'il a perdu : l'Âge d'or ! Des détracteurs doutent de notre capacité à rétablir notre hiérarchie au sein des Hellènes, par l'entremise de notre Seigneur Kronos, pourtant nous avons déjà assuré nos pièces et nous nous intéressons maintenant au pion du roi de Lacédémone ; ce noble sujet ne se doute à aucun moment qu'il deviendra la pièce « fantoche », permettant à notre culte de parvenir à la renaissance kronienne. Des forces extérieures à notre culte sont venues à notre secours, il ne nous reste plus qu'à mettre en branle la machinerie qui fera de notre sacerdoce le moteur de la renaissance en la souveraineté kronienne...

Rhapsodies kroniennes de la prêtresse Alcinoé, au sanctuaire de Labranda, en Nouvelle-Carie. Le sept de la seconde décade du mois de gamélion, durant la deuxième année de la 1620e olympiade.

Premières âmes vers les Hadès

Les prémices de l'hiver avaient surpris autant les autochtones de Phocide, que le fidèle pèlerin venant consulter l'Oracle ; un drapé opalin recouvrait le mont Parnasse, en ce lieu où résident les neuf Muses. Dès le matin, le froid surprit le simple dévot peu coutumier à affronter les rigueurs du froid. Phébus avait pourtant parcouru un bon chemin depuis qu'il avait émergé des Hadès, mais une froidure persistait, et nous n'étions qu'au milieu de la saison estivale…

Les doigts rivés sur le fusil d'assaut, la sentinelle athénienne redressa son port de tête, jetant un coup d'œil atonique vers l'astre solaire ; le soleil de Déméter allait vers son couchant et semblait aussi pâle que le derme de sa peau, agressé par un vent si glacial que le factionnaire fut surpris par son intensité subite, sur la terre sacrée du grand Apollo Pythien. Le soldat Ponos était croyant par ascendance, mais non dans la pratique ni dans la foi. Assujetti à son devoir, le militaire aurait préféré l'exercer en d'autre lieu et en d'autres temps, bien plus agréable pour le corps et l'esprit. Mais l'*Exercitus*[14] a cela de commun à sa fonction, c'est que *le fantassin effectue ce que le stratège ordonne !*

Suite à l'intrusion illicite d'aéronefs appartenant au culte de Zeus Labrundos, le Zeus à la double-hache, la Phocide demanda l'appui tactique d'Athènes. La cité d'Athéna dépêcha *illico* une troupe de fantassins à même la Phocide, établissant un rapport force avec le potentiel ennemi, malgré le peu de certification satellitaire en la matière.

L'homme avait effectué une bonne partie de son devoir lorsqu'il vit passer un groupe d'une dizaine de fidèles entièrement féminines, encapuchonnées jusqu'au front, et le visage sévère plongé en direction de la Terre-mère Gaïa, dans un recueillement que le fantassin ne comprenait pas.

« Sûrement des fidèles issues d'une secte dépravée », pensa-t-il en les regardant longer la statue d'Apollon, dressée à l'entrée du célèbre temple oraculaire.

Les femmes traversèrent le péristyle et entrèrent dans le vestibule, afin d'obtenir une consultation avec la pythie…

« Au vu de leur nombre, je pense qu'elles vont se faire rejeter par la prêtrise… », songea-t-il, tout en affrontant les rigueurs d'une dépression venant de l'intérieur des terres, tapant des pieds et se déplaçant lentement sur une portion de voie qui lui était attribuée d'office. Il jeta un œil abattu vers son chronographe, dans une période de latence qui n'en finissait pas : lorsque le dieu Chronos s'imposait, l'espace-temps semblait interminable !

Un fantassin gravit les marches sacrées et s'avança vers le soldat de faction. Ponos fit grise mine et le semonça :

« Qu'est-ce que tu as foutu ? Tu es en retard et je me gèle le scrotum ! » rugit-il en le regardant d'un œil sombre.

— J'ai eu maille à partir avec deux paysans du coin, se rebellant contre l'impérialisme athénien… Si les Phocidiens ne dépensaient pas leurs oboles dans les cultes à mystères, ils ne demanderaient pas l'appui militaire d'Athènes ! Bien contents de se retrouver sous l'aile protectrice de notre Athéna Soteria, protectrice de la cité.

Déjà l'étoile Phébus s'enfonçait dans les Tartares, offrant un ciel empourpré d'un drapé flamboyant. Les ombres s'étiraient, déployant leur pelisse, dévorant peu à peu le relief tourmenté de la cité oraculaire…

— Sinon rien à déclarer, si ce n'est la venue d'une bande d'illuminées… Sûrement un culte dionysiaque de petite envergure. Le temple devrait refermer ses portes sous peu ; je n'ai pas croisé d'autres pèlerins depuis lors. Maintenant, je m'en retourne vers la garnison m'envoyer un ragoût de porc accompagné d'un bon kylix[33] de retsina ; je t'en dirai de mes nouvelles sur le « Réseau », après avoir longuement ripaillé près du brasero…

Le fantassin dévala le sentier sacré, le claquement de ses pas troublant la sérénité du lieu…

Les premières étoiles apparurent, lueurs stellaires frissonnant sous l'effet des convections thermiques. Un brasero avait été allumé par un serviteur du culte, et le fantassin s'y adossait, profitant de son rayonnement calorique pour s'y réfugier. L'embrasement éclairait les alentours : le buste d'Apollon et le fronton du temple s'y jouait une fresque chatoyante où les ombres défiaient la lumière dans un perpétuel combat de Titans… Un groupe de femmes émergea du temple, les capuchons rabaissés sur leur visage. Tout en le dépassant, l'un d'elles redressa son port de tête et le fusilla d'un regard noir. Ses yeux semblaient dégager deux gouffres sans fond, aspirant la puissance vitale de la sentinelle ; éprouvé par cet étrange sortilège, l'homme vacilla modérément sur ses membres agités de spasmes nerveux et d'une tachycardie foudroyante qui le surprit sur l'instant… Il lui sembla entendre des voix de lamentation surgissant de Tartare, en ce lieu où demeurent les âmes des damnés. Il se reprit, une main chancelante posée sur le piédestal de la statue d'Apollon, et tourna un regard embué d'un voile lacrymal vers l'échine des dernières dévotes, les regardant traverser sereinement l'esplanade. Le groupe descendit la voie sacrée dans un silence sépulcral.

Le ciel se couvrit rapidement d'un sombre manteau nuageux, cachant la parure céleste et le dernier quartier de la lune Hellên afin de dissimuler de « l'attention des dieux » un *méfait*, que les divinités auraient manifestement bataillé dans la plus grande joute rhétorique qui se doit en de telle circonstance… Le vent glacial redoubla d'effort, troublant la combustion du brasero. Le portrait glabre du dieu pythien passait de l'ombre à la lumière, cadencé par l'opiniâtre souffle d'un Éole capricieux, déterminé à troubler l'ambiance austère du téménos.

Une ombre émergea du sanctuaire, chancelante tel un spectre famélique sorti du Tartare ; ses pas incertains frôlaient l'entablement des colonnes, glissant et trébuchants en dévalant les marches, titubant comme un ivrogne sortant du plus miséreux des troquets du coin… Son visage jaillit de l'ombre, lorsqu'il s'approcha de la statue d'Apollo Pythien ; le fantassin prit peur en voyant le vieil homme, dont les lueurs rougeoyantes du brasero le faisaient passer pour un échappé des Hadès, assoiffé par l'énergie vitale des vivants. Il releva instinctivement son arme d'assaut, prêt à tirer sur l'inconnu, lorsqu'il reconnut la toge sacerdotale du prêtre, s'affaissant à quelques pas de là, la poitrine souillée par un épanchement de sang. Il rabaissa son arme et couru à sa rencontre. Il s'abaissa à son niveau, tout en ne sachant comment prendre une initiative compromettant sa sécurité, jeta un rapide coup d'œil autour de lui, avide d'une aide providentielle, à moins qu'il ne s'agisse d'un regard d'appréhension, luttant intérieurement contre une prise de panique lovée entre deux éclairs de conscience. Le soldat observa le corps du prêtre baignant dans son sang ; il avait reçu un objet contondant dans l'estomac, laissant échapper un filet rubicond visqueux, venant tremper sa tunique en une énorme tache sombre, contrastant avec le tissu sacerdotal d'un blanc ivoirin. Il posa son arme à ses pieds, déchira un pan du chiton du prêtre et en fit une boule qu'il coinça entre la plaie et la tenue sacerdotale, puis entreprit de relever la tête du servant de la sibylle, allongé sur le flanc. Des mèches de cheveux retombaient sur son front, le faisant ressembler à un vieux fou sorti d'un asile. Son fond de teint, afin de paraître plus jeune qu'il ne l'est, craquelait sous un rictus de souffrance. Une sudation inopportune dévoilait une peau parcheminée par l'âge, des ravines s'y dessinaient en créant un relief tourmenté soumis à l'aridité d'un sol, assoiffé par un déficit de précipitations.

L'homme de Dieu balbutiait et s'exprimait difficilement, essayant de relater un événement douloureux que le militaire essayait de saisir en lui offrant une oreille attentive.

— ...La pythie… La pythie ! souffla-t-il avec gêne. Les femelles de Zeus Labrundos ont exécuté la pythie…

Le soldat reposa la tête du prêtre avec douceur puis décocha son récepteur. Après un temps d'attente paraissant éternel, une voix sans timbre et monosyllabique lui accorda son attention (manifestement, le radio s'était assoupi). Il expliqua la teneur de l'événement, prenant soin de ne pas s'emporter face à la situation d'urgence qu'il venait d'essuyer. À l'autre bout, l'homme ne semblait pas comprendre les circonstances du drame et lui demanda de répéter.

— Abruti ! explosa le vigile, averti tout de suite le stratège Hipponicos ! Vous devez bloquer au plus vite la route de Livadia : les Amazones viennent d'assassiner la sibylle ! Et alerte aussi les Secours… la pythie est morte et le prêtre a été touché au sternum avec une lame… Dépêche-toi !

Il s'inclina vers le prêtre. L'homme avait pâle figure, mais les lueurs du brasero se réfractaient et dansaient dans ses yeux, présageant la dernière traversée pour les Champs-Élysées.

— Les Secours ne vont pas tarder, Seigneur. Que vous ont-ils… *t'elles* fait ? Tout en glissant une main vers la poitrine.

— La plus jeune m'a enfoncé une lame dans le ventre, dit-il d'une petite voix. Mais peu importe, ce qui compte c'est de les arrêter. Elles ont volé le trépied oraculaire et assassiné la pythie de Notre *Apollo Pythô*…

Soudain un vrombissement emplit l'atmosphère, passant de l'aigu au grave. Le son venait de plus bas, issu d'un vieux quartier périphérique de la Nouvelle-Delphes. Un jeu de lumière jaune et rouge perça l'obscur *velum* du ciel, tremblotant comme des étoiles à l'agonie… Le vaisseau progressa tout d'abord lentement au-dessus du site sacré, décrivant une boucle en direction du mont Parnasse, la demeure de Gaïa, puis présenta son ventre constellé de diodes au regard du fantassin, figé par la pléthore de lueurs et la dimension gigantesque du vaisseau. Une rafale de vent impromptue perturba l'atmosphère ambiante, comme née de Chaos ; la bourrasque fit dresser sa chevelure aux quatre vents, emportant les feuilles mortes parsemant la cité oraculaire. Puis le vent expira soudainement qu'il apparut, rendant au domaine sacré son silence olympien…

Le bruit des moteurs et des tuyères à propulsion se turent aussitôt, comme effacé par l'auguste dieu Harpocrate, déité du silence. Seule une petite brise sournoise s'invita entre les deux hommes et la machine. Le vaisseau resta là, sans bruit et en sustentation durant quelques secondes. En un rien de temps il obliqua et fila vers la voûte des cieux en une vitesse exponentielle, crevant la couverture nuageuse.

Le fantassin se rabaissa vers le prêtre. Il avait pâle figure, on sentait que ses dernières heures étaient comptées. Il l'entendit s'exprimer à demi-mot, le souffle court et la voix saccadée :

— Entends-tu ? dit-il d'une voix à peine audible. Le son magique de la lyre…

Le fantassin sonda les alentours d'une oreille attentive, mis à part le chœur des grillons et le murmure d'un vent de septentrion, aucune octave sortant d'une harpe ou d'une lyre s'immisçait dans l'aire du temple d'Apollo Pythien. Il lui fit signe qu'il ne perçut aucun son émanant des environs.

Le prêtre ouvrit de grands yeux, le regard perdu vers un monde invisible.

— N'entends-tu donc pas la musique de notre chantre Apollo ? dit-il d'un ton à peine exacerbé. Les notes s'élèvent comme des oiseaux épris de liberté : légères, insouciantes et sauvages… Et les cordes pincées par Notre Seigneur, « arc musical » redoutable, dont leur but exclusif est d'atteindre la cible du *cœur*… Il toussa puis cracha une bile jaunâtre ; le militaire lui essuya la bouche écumeuse. Écoute, mon enfant ! Notre Apollo décoche la Mantique des mantiques…

— Seigneur, ne vous essoufflez pas inutilement…

— Que d'idioties ! s'exclama-t-il d'une voix éraillée. Il est plus sage d'étudier les «   rhapsodes » de notre Seigneur et rendre l'âme ensuite, que de s'enliser dans une ignorante béatitude menant votre âme à la déchéance…

Un bruit de gros bourdon perturba l'atmosphère sereine du lieu. Le jeune fantassin pivota sa tête en direction de l'Éther. Le gros coléoptère métallique émergea des nuées dans un bruit de tonnerre, décrivit une boucle avant de se poser sur l'esplanade, ses pales expulsant une poussière ocre sur une centaine de coudées. Des soldats armés en émergèrent et se dispersèrent comme une armée de fourmis en maraude, accompagnés d'un prêtre de la liturgie de Delphes. Le stratège Hipponicos posa ses spartiates sur le sol sacré, fier comme un coq, le menton relevé et la poitrine gonflée par l'ardeur au combat, l'entrain musculaire et une vivacité de commandement qui faisait l'honneur de ses hommes. Il n'avait même pas trente ans et déjà il briguait de hautes fonctions. Sous sa férule il dirigeait une centaine d'hommes, et rien ni personne ne semblait en mesure de décroître sa superbe expansion martiale... Le soldat se releva en voyant son supérieur approcher. Des hommes du *Caducée* arrivèrent rapidement au pied du malheureux officiant, pendant que l'infanterie cernait le temple oraculaire. Le factionnaire se mit au garde-à-vous et fit le salut de rigueur.

— Comment se fait-il que vous soyez seul, soldat Ambrosios ?

— L'ordre vient du décadarque Automolos, Seigneur.

— Nous en reparlerons plus tard, dit-il en faisant la moue ; situation qu'il désapprouvait, et où le stratège sentait monter une colère explosive qu'il avait du mal à contenir.

— Le prêtre a subi une agression au couteau...

— Il est mort, coupa le médecin urgentiste. Tout en se redressant et en aidant son collègue à placer le corps sur la civière.

Le commando s'était placé en situation de combat, prêt à intervenir sur le terrain. L'officier retrouva le Corps d'élite en position d'attaque et, d'un signe de tête, assigna à ses hommes de passer à l'action... Protégés par les boucliers, deux hommes pénétrèrent dans la *cella* – le saint des saints du temple, là où demeure l'autel d'Apollon –, soutenus par les fantassins dressant leur fusil d'assaut devant leur gilet pare-balles. L'autel où demeure la pythie avait été soumis au plus ignoble des saccages que les hommes d'action découvrirent en un lieu sacré, les étoles et les panneaux servant à occulter la pythie, ayant été lacérés, déchirés dans un accès de colère que l'on devine à la façon que les lambeaux de tissus recouvraient le sol. Le mobilier liturgique était renversé, et les vases de libation brisés avec une intensité démesurée. La pythie était pendue par les pieds, un poignard enfoncé jusqu'à la garde entre les omoplates. Le sang s'écoulait encore en un goutte-à-goutte répugnant, clepsydre de Thanatos ayant fauché son âme avec une férocité diabolique.

Le stratège Hipponicos contourna la *cella,* quelques colonnes plus loin il tomba sur l'oratoire ou demeure l'omphalos, le « nombril du monde » ; la pierre ayant servi à remplacer le nouveau-né Zeus afin de tromper le dieu Kronos de son appétit insatiable... Le piédestal révélait une absence fort étrange : le bétyle sacré avait tout simplement disparu !

Le député de la Fédération religieuse de Delphes resta de marbre, troublé devant le vide où aurait dû se dresser l'omphalos divin.

« Comment est-ce possible ? »

« Comment est-ce possible de ravir le plus important symbole du seigneur Zeus ? s'interrogea-t-il en soutenant son menton comme un fardeau – un bétyle pesant près d'une demi-tonne ! » À ses côtés le stratège Hipponicos n'en semblait point troublé, le militaire avait d'autres préoccupations bien plus terre à terre, comme « garantir la sécurité du site religieux, satisfaire le polémarque[34] d'Athènes et celui de Delphes en gérant efficacement la sécurité des pèlerins... » et tout cela avec un financement revu à la baisse par la Coalition...

En retournant vers l'enceinte sacrée, l'esprit troublé, le député tourna son regard vers le stratège :

— Il est fort à parier que nous allons droit vers une nouvelle guerre sacrée !

Pendant ce temps-là, deux fantassins descendaient la dépouille de la pythonisse...

Chroniques de Déméter :

« *Il sortait tout juste de l'éphébie, l'échine voûtée et la mine grise. Le jeune homme s'approcha, craintif, vers mon corps dilaté soumis aux nombreux soubresauts d'un antécédent état nymphal : mon corps et mon esprit n'avaient pas encore atteint l'étape finale d'imago*[35]. *Il redressa sa tête, le regard perdu et les lèvres pincées – l'affolement émergeant de tout son être ; je le ressentais au plus profond de mes cellules !*

— *Que votre Seigneurie m'excuse de Vous importuner…*

Mon corps titanesque frémit, lançant des influx nerveux au sein de chaque cellule. J'eus une brève vision… puis les images s'engloutirent dans les abysses colossaux de Chaos.

— *Il est de ton ressort de rejeter tes justifications… Répondis-je en finissant de mâcher quelques feuilles de laurier. S'excuser est l'avant-garde de ton asthénie à recouvrer l'* « *autre* », *qui n'est en fait que le miroir de ton âme…*

Un silence pesant écrasa ses épaules. Il entrouvrit fébrilement les lèvres.

— *Il y a de cela six mois, je fis une retraite au sein du temple de Dodone ; je voulais entrer dans les ordres…, (lourd silence) mais le prêtre m'a suggéré une thérapie cognitive-comportementale avant de me lancer dans l'ascèse.*

Mes ombrelles se contractaient et mes cils locomoteurs s'affolaient sous l'effet des impulsions nerveuses parcourant tout mon être… D'anciennes synapses se dissolvaient pendant que d'autres fleurissaient, apportant de nouvelles informations, de nouvelles connexions créant un macrocosme prêt à s'offrir au Soi divin…

— *As-tu suivi ses exhortations ? Le jeune homme grimaça, réponse informelle que je pris pour une négation. Avant d'accoucher, une mère se doit de passer par différentes étapes : accueillir la semence de son mari, accepter le processus de changement que son corps opère au fil des mois, se soumettre aux recommandations de son médecin et de la sage-femme… et, après cette lente et parfois douloureuse métamorphose que son corps et son psychisme subissent, vient le jour de la délivrance.*

Le prêtre de Dodone te soumet à des impératifs que tu ne peux négliger. Il est de ton devoir de passer par une « maïeutique », un accouchement de ta conscience… Pourquoi hésites-tu encore ?

L'ascèse a débuté le jour où le père t'a demandé une « catharsis ». Tu es en devoir de séparer le bon grain de l'ivraie. Va ! Et ne déçoit pas la Communauté oraculaire de Dodone !...

Phanès Protogonos,

Épîtres aux Hellènes, incunable aux Canons apocryphes du mont Sépias.

Zeus Agêtor

Le mess faisait salle comble ; l'ensemble du personnel se dressait comme un seul homme, devant le plus grand stratège que la Lacédémone eût enfanté : le roi Soos II ! Les bannières retombaient sur les cloisons métalliques, déployant un Lambda écarlate sur un fond crème. L'étroitesse du lieu imposait une retransmission télévisuelle au sein de la section lacédémonienne comme de l'ensemble de la station internationale – cet enjeu relationnel augurait une « main mise » politique de Sparte sur la Coalition. Que ce soit Athènes, Argos, Thèbes ou la Macédoine, aucune entité hellénique ne disposait autant d'emprise que la puissante royauté bicéphale de Sparte. Leur puissance militaire n'avait aucun égal, même si le seigneur de Corinthe illustrait sa ferveur tacticienne par une démonstration de force qui se devait magistrale. Mais les Agides comme les Eurypontides gloussaient devant leurs écrans, lorsque l'armée de Corinthe étalait sa force tactique aux yeux du monde.

Le roi s'entourait de deux éphores – des magistrats tenus de rendre des comptes au roi de la dynastie agiade et du Sénat de

Sparte –, du devin Mégistias, de l'amiral Téleutias, du commandant Architas, du conseiller technique Alessandro et de la garde royale (les Somatophylaques), dont la vaillance n'avait d'égale que par la ferveur qu'ils vouaient à leur roi… Le souverain revêtait un costume militaire bleu grisâtre, de solides spartiates et d'un calot agrémenté d'un liseré rouge où un lambda métallique réfractait la lumière ambiante, en de fulgurants éclats d'un jaune cinabre. Face à Calchas, Hypérion incorporait l'équipe des *électromécas*, soigneusement dressée dans leur tenue cendrée ; sur la file des auriges, Calchas, Thérion, Arsenios et Spiros renforçaient la section de l'escadron des Boucliers d'argent, fièrement campés sur leurs bottines aux cuirs maintes fois lustrés. Les traits marqués du roi dessinaient de profonds sillons serpentant sur un visage austère que les charges de ministère avaient tracé au fil du temps…

« — Si en ce jour je suis près de vous, c'est que les temps ont changé ! Oui, les temps où l'oisiveté supplantait l'action ont bel et bien expiré… Les soldats restaient de marbre, pendant que le roi de Sparte remontait les deux colonnes, sagement dressées au garde-à-vous en une attitude emplie de force, mais où le mental s'ombrait dans une confusion que leur souverain allait bientôt épurer… Là ou le politique a échoué, le stratège prend le pas ! Et ce malgré les nombreuses démarches ambassadrices que Sparte a déployées en vue de redresser le déplorable contrat commercial que nous avions conclu avec Corinthe… Il passa devant Calchas, mais ne lui consacra aucune attention. Comme vous le savez, Corinthe a développé toute une diplomatie corruptrice afin de « saper » le concordat de la Coalition ; étant gestionnaire du canal de Corinthe, il profite de l'occasion pour en intensifier les taxes et ainsi faire pression sur l'embargo commercial que la Coalition impose suite à l'agression du belvédère des étoiles et son expansionnisme hégémonique du téménos de Tau-Thétis. Sous de fausses investigations scientifiques, le roi Télestès monopolise le site sacré en vue de programmes expérimentaux et militaires de grande envergure, et ce malgré les recommandations de la Coalition et les mises en garde des prêtres d'Éleusis. Ces perspectives semblent désormais se tendre aux champs des possibles. L'œuvre que

Corinthe révèle n'est point en relation au secteur curatif mais bien vouée à l'image de démesure de son maître : *le protéiforme !* Peut-être que ce mot ne vous interpelle pas, mais il est lourd de sens ; il implose dans les consciences des maîtres de guerre, il préfigure une nouvelle race de combattants pouvant mener à bien diverses opérations tactiques sans que quiconque puisse mettre les commandos hors d'état de nuire… et il forme un clivage au sein des cultes à mystères… »

Soos II revint sur ses pas puis s'immobilisa à mi-chemin, juste à quelques coudées de Calchas. La bannière de Sparte déployait ses couleurs chaudes derrière les hommes et le roi, tel un halo incandescent irradiant le corps trapu du monarque, dans la force de l'âge. Il jeta un regard sombre vers le profil de son fils, puis continua sa diatribe… Calchas reçut cette attention comme une provocation ; il faillit vaciller, s'effondrer devant la puissance de ce regard martial et animal.

« ... Le téménos de Delphes a été souillé par deux abominables crimes sourdant d'un complot des Mères labryades… Le culte de Zeus Labrundos a sournoisement commandité cette attaque en vue de provoquer une dislocation des cultes à mystères et conclure une coopération *tacite* avec Corinthe. Un prêtre et la pythie ont été assassinés, malgré l'appui tactique des Casques bleus. Le commandant athénien Hipponicos a été formel quant à ces représailles : le culte aux Titans émerge des entrailles du Tartare ! leur but est de recouvrer un empire perdu, que le dieu Kronos espère reconquérir par la force et la corruption. Il fit un regard panoramique sur les auriges et les *électromécas* de la Lacédémone. Nobles soldats d'élite des Boucliers d'argent !… Nous n'oublions pas la cause première de votre ouvrage : la protection et la soumission à la terre de vos ancêtres… Sparte est un camp militaire dont les étendards se déploient au-delà de ses frontières. et c'est en tant qu'avatar de Zeus Agétor que je vous demande de vous apprêter à combattre… pour la Vérité et la Liberté de la Nation.

Un grondement humain disloqua le mutisme des combattants, sourdant des voix rauques soumises aux chants de guerre qu'ils affectionnaient tant. Mais ces hommes étaient bien loin de la hardiesse de leurs ancêtres, où chaque aurore flattait la rudesse des combats et le sort malheureux des « va-t-en-guerre » : ces nouveaux guerriers n'avaient que peu de ténacité belliqueuse face à leurs semblables aïeux, car le luxe et les plaisirs du monde passèrent sur leur corps et leur esprit comme un rouleau compresseur sur l'ancien revêtement de la chaussée !

«… Votre commandant vous expliquera tout cela dans les moindres détails, quant à votre souverain il s'en retourne sur la terre de Sparte, car la diplomatie m'astreint à entamer des heures sombres sur le pourtour de la mer Égée. »

Le roi s'en retourna vers le corps sénatorial, le devin Mégistias et l'amirauté, savamment protégés par le cordon des Somatophylaques. Leur sombre cuirasse semblait boire la lumière, semblable à des trous noirs dévorant la masse stellaire d'une étoile. Derrière le trait de khôl ceignant leurs yeux, d'obscurs éclats y scintillaient, illustrant leur dur profil de combattant. Un fard à paupières de malachite leur conférait une physionomie austère et lugubre, une nuance d'un vert cuivré sortie tout droit du Tartare. Les gardes du corps ne bronchaient pas d'un cil, plantés comme des piquets sur les pâtures d'un troupeau de vaches issu d'une riche exploitation foncière de l'Élide.

Le wanax[36] , entouré du corps diplomatique, sorti du mess sous la pompeuse symphonie militaire de l'Embatèrion émergeant des enceintes suspendues au niveau des encoignures, sur des accords de basse mélodique aussi assourdissant qu'un troupeau d'éléphants dirigé par les cornacs d'Alexandre le Grand… Pendant que le corps d'élite des Argyraspides se dressait comme un seul homme, jambes légèrement écartées et bras positionnés sur une échine impeccablement droite afin d'honorer l'*Exercitus*, ce noble art martial que le dieu Arès ne cesse d'exalter en mètre étalon…

***

Le maître de guerre déposa sereinement son calame en élastomère sur le bureau, juste à côté de la tablette ; il redressa la nuque et regarda froidement le nouvel officier fraîchement promu, planté comme un piquet sur le liseré sinueux d'un lopin de terre de Lacédémone.

— Je n'ai de vous que des compliments de vos supérieurs…, dit-il à son fils, d'un calme olympien. Votre mère aurait flatté votre ego, si le dieu Asclépios lui avait accordé ses faveurs thérapeutiques… Hélas Chronos en a décidé autrement, lui offrant les vertes pâtures des Champs-Élysées… (silence pesant) Il se leva et contourna le bureau d'une contenance tout à fait martiale, puis se planta devant Calchas, le regard bien moins fier qu'il ne voulait le montrer, mais la dynastie avait supplanté à l'instant l'autorité militaire… Soos posa ses deux mains sur les épaules de Calchas, celui-ci se cambra et faillit reculer sous cette démonstration affective, effarouchant l'éphèbe résiduel sourdant des entrailles de son inconscient…

— Mère aurait préféré des études d'art dramatique et la philosophie socratique, comme la Maïeutique, à l'encontre de l'*Exercitus* ! s'exclama Calchas, le regard perçant la carapace affective de son père.

Soos vit rouge, exprimant sa vision du monde de façon plutôt belliqueuse :

— Votre mère avait certes un sens exemplaire du discernement… Sauf lorsqu'il s'agissait de l'*agôgè* !..Son éducation portait des lacunes qu'elle n'avait pu combler, en cause votre grand-père maternel détenant un complexe d'œdipe démesurément écrasant... Dès l'*agôgè,* votre mental comme votre plastique ont été hypothéqués pour l'*Exercitus,* l'art militaire. Vous devez la soumission ainsi que l'entière contribution de votre conscience dans, ce que je considère, « la voie menant la jeunesse sparte vers l'incorruptibilité »... Le *pathétique*, la *tragédie*, vous les retrouverez sur les champs de bataille, rien d'autre ! Car il n'y a aucune alternative que l'armée. Si je vous ai accordé un peu de mon temps, c'est pour plusieurs raisons : tout d'abord afin de discerner l'ampleur de votre travail, depuis que vous avez quitté l'université, ensuite vous aviser de ce à quoi vous devez vous attendre, dans les jours à venir…

Il s'écarta de son fils afin de se diriger jusqu'au hublot restituant le reflet du cabinet de travail, affecté à sa personne durant quelques heures. Au sein du vide céleste, la ceinture d'astéroïdes se fondait avec le panorama stellaire ; d'un gris cendré, les bolides semblaient se dissoudre dans une nuit éternelle, où quelques étoiles vibraient d'une lumière crue, regards froids et austères à l'affût des agissements et des intrigues des humains, déterminés à annexer la galaxie du Léthé… Il se retourna et, d'un regard d'un bleu acier, fixa la silhouette athlétique de son fils.

—… Vous allez détenir une place stratégique au sein de la station : vous serez le chef d'escadre d'une unité du corps d'élite des Boucliers d'argent !…

Calchas resta bouche bée devant cette soudaine déclaration. Soos dressa un bras dessiné par une musculature hors norme, devançant les pensées de Calchas :

— Et ne croyez pas que cette promotion est due à votre position sociale ou à une quelconque promotion issue d'un pot-de-vin !

— Quelle en est la teneur de l'événement ?

— Un secret-Défense que votre commandant vous délivrera sous 48 heures…

— Serais-je amené à dépêcher mes camarades de combat ?

— J'en doute… De toute façon vous vous en remettrez à votre supérieur. Je compte sur votre compétence pour mener à bien une opération d'envergure TOP SECRET… Et je ne pense pas me tromper sur vos qualités de stratège et d'acuité que vous avez développés, depuis que vous avez intégré la Marine. Soos se retrouva de nouveau face à lui, si proche que Calchas devinait les contours de son visage vibrant sur les pupilles de son père. C'est une odyssée à risques… Le père refit place au stratège : ... C'est par la grâce de ma souveraineté que vous allez vous retrouver en première ligne, afin de briser le sceau affectif qui nous relie, et non pour accéder à un grade par simple gratification, émanant d'un haut lignage aristocratique…

Il fit une pause, laissant un lourd silence imposer sa présence… Des pattes d'oie et des plis de lion dessinaient un relief buriné par l'action et le temps, peuplé de méandres ciselant leurs sillons crayeux sur un grain de peau hâlé par la rudesse d'un soleil brûlant ; contrairement à son homologue Agis V de la dynastie des Héraclides, Soos II avait choisi un itinéraire martial, ou l'ardeur au combat permettait d'évacuer le stress de la gouvernance et du protocole régalien... Je dois te dire une chose, lui dit-il dans le tutoiement et d'un ton grave ; loin de l'étiquette qu'il s'efforçait à maintenir et imposer pour chacun de ses sujets.... Les jours à venir seront offerts à Déimos et Phobos ! La Terreur et la Panique… La Coalition hellénique est mise à mal par des complots issus même de certains États membres, dans le plus grand chaos que la Grèce eût à endurer, depuis fort longtemps…

Calchas resta silencieux, offrant son ouïe à chaque flux verbal de son père. Un père qu'il avait rarement côtoyé, juste le temps imparti entre deux entretiens protocolaires.

— Dans tes instants d'incertitude, ou s'installe en toi l'incohérence et le chaos, sollicite l'appui de la Métis, reine de sagesse, de ruse et de prudence… Elle seule éclairera ta voie, lorsque le trouble ébranlera ta foi et tes facultés de jugement.

Au sein de la commissure de l'œil, un éclat lumineux naquit soudain de l'ombre : une larme enfla, dévala le visage granuleux du roi puis ondula le long de sa nuque ; Soos essuya d'un geste empressé cette marque lacrymale, attestant une perturbation émotionnelle d'un homme de guerre qui devait affirmer sa maîtrise émotionnelle en toutes circonstances. Il récidiva son geste, harponnant les épaules de Calchas comme un homme à l'agonie sourdant les dernières forces en lui afin de retrouver du réconfort dans le regard bienveillant d'un bien portant – les orbites creuses et bleuies par les épreuves et l'âge, Soos révélait son avers « vulnérable », celui qu'il détestait présenter à la face du monde.

— J'ai parcouru l'univers, espérant y mettre de l'ordre, hélas aveuglé par ma soif de conquête et de justice, j'ai commis la méprise de négliger mon foyer, et qu'en mon âme le ménage était à faire...

— Père, vous avez fait ce que votre charge et votre rang vous demandent d'honorer, s'exclama Calchas, la voix éraillée par l'émotion. (Il s'arracha malgré tout de ses bras, juste le prix d'un pas vers l'arrière)

Soos porta un regard qui n'irradiait plus de sombres résolutions martiales figeant les opportuns adversaires – qu'ils viennent de l'Orient comme du ponant –, mais réfléchissait cet amour paternel qu'il avait emprisonné au fond de son cœur depuis si longtemps, qui l'en recouvrit la saveur sucrée et mielleuse à l'instant ... Un regard profond, empli de bonheur et de joie, limpide, lumineux comme un lever de soleil au-dessus des terres de la puissante Lacédémone... Un rêve devenu réalité, le temps de quelques gouttes de clepsydre...

Au faîte de la station internationale Hélios, un point lumineux irradiait d'une limpidité de cristal sur le velours céleste : tel un bouclier sparte reflétant la lueur du soleil, la lune Hellên présentait sa face radieuse...

***

Le nouveau belvédère de Tau-Thétis n'avait rien en commun du précédent, sa masse en étant plus dépouillée, moins imposante, et sa centrale à énergie étendait ses tours à combustibles sur un demi-stade, pointant leurs hampes technologiques vers les étoiles comme authentification de puissance martiale sur le velours céleste de la galaxie du Léthé ; le dôme du laboratoire scientifique hébergeait une dizaine de scientifiques et de techniciens émanant d'une coopération entre l'État de Corinthe et celui d'Éphèse, en Ionie. Un vaisseau de chasse en longea l'édifice de métal et de carbone, protégeant ce réceptacle de connaissances, construit et élaboré par des ingénieurs issus de la confrérie kronienne, dont les Amazones en personnifiaient les illustres sœurs résidant sur les rives du fleuve Thermodon…

Un éclat lumineux vint perturber le neurologue Karcharias, il redressa la tête en apercevant le fuselage agressif du vaisseau de guerre corinthien frôlant la station expérimentale.

— J'ai déjà ordonné au capitaine Katascopos de repousser la trajectoire des vaisseaux de surveillance d'au moins un stade ! et comme toujours, il n'en fait qu'à sa tête… Voilà bien la nature d'un militaire : l'esprit toujours porté sur sa fonction, quoi qu'il arrive et quelle que soit la teneur des relations entrant en jeu avec le simple citoyen.

Il effleura une touche sensitive, actionnant le déploiement du volet d'occultation de la baie vitrée ; un clair-obscur annexa le laboratoire, permettant d'amplifier la lueur bioluminescente se dégageant d'un petit vivarium. Le neurologue continua la dissection d'un ludion gisant de l'autre côté de la façade vitrée, par la grâce de deux bras robotisés qu'il commandait en jouant des deux gâchettes des manettes de contrôle… Maggia, sa consœur, se pencha tout près de son visage, scrutant l'opération de dissection s'effectuant par le truchement des bras robotisés. La lueur bleutée de l'animal se diffusait sur leur visage, aussi sévère et sombre que deux lémures sortis de leur tombe.

— Par le puissant Kronos, cette *chose* est encore vivante malgré la dissection à vif ! Comment une telle endurance puisse-t-elle être possible ?

— Ces animaux détiennent des influx nerveux exceptionnels qu'aucun être de Déméter ne peut égaler… Il effectua un échantillonnage d'un mince lambeau de chair issu du cerveau de la méduse des airs, puis les bras robotisés déposèrent la lamelle de chair sur un plateau du microscope électronique, offert par le roi Télestès en personne. Karcharias plongea son regard dans le binoculaire du puissant microscope électronique en transmission, puis effectua le paramétrage de l'appareil. Il jeta son regard dans le binoculaire, observant le subtil échantillon neuronal s'offrant au faisceau d'électrons. Je ne suis pas encore certain de la zone à explorer, malgré la carte neuronale mise à disposition. Regardez, Magéia, l'image nous restitue une zone d'un axone[37] ! ; il procéda au grossissement de l'image, se plongeant au sein de la cellule… Regardez au niveau de la fibre nerveuse !..., lui dit-il d'un ton solennel.

Elle se pencha sur le binoculaire, puis exprima son étonnement par une découverte qui la laissa sans voix :

— Les… les axones[38] sont entièrement recouverts de myéline[39] ! s'exclama-t-elle, étonnée par cette découverte.

— La vitesse de propagation de l'influx nerveux semble grandement facilitée..., dit-il d'un sourire rayonnant. Regardez de nouveau au niveau des neurites[40] ! ...

— Le nombre de synapses semble croître de façon exponentielle… Les neurofibrilles sont bien plus nombreux qu'à l'accoutumée, comme si le stress engendré par la vivisection encourage la duplication neuronale… Elle se redressa, émerveillée par cette découverte scientifique.

— Nous touchons le doigt de Dieu ! dit-il d'un air captivé. À nous le séquençage des nucléotides, afin de mettre en lumière les gènes appropriés à cet animal, afin d'aborder pour nos deux nations une nouvelle synergie vers la prospérité ; qu'importent nos querelles de clochers, si les fruits de notre partenariat amènent notre Kronos vers un nouveau règne… Un nouvel âge d'or ! J'en suis sûre. Cette synarchie en devenir renversera le trône olympien, mis à mal par une asthénie galopante…

Soudain un stimulus électrochimique mit un terme à la vie du neurone, subissant sa dégénérescence inéluctable en deux gouttes de clepsydre ; le tissu neuronal se racornit comme un bourgeon privé d'eau.

— Je crois que « le doigt de Dieu » vient de suspendre notre expérience du jour !

D'un air maussade Karcharias s'écarta du microscope, le mental défait par cette énième déconfiture scientifique. « Qu'importe ! s'exclama-t-il d'un air grave, à chaque pas nous progressons vers notre objectif ; ce n'est qu'une question de temps ! »

***

Un rai de soleil s'invitait dans le Sénat de Sparte et, comme par le fait du hasard, enveloppa Agis V d'un manteau de lumière. Le souverain n'était qu'à une dizaine de coudées de son égal, le roi Soos II, les deux hommes placés au centre de l'hémicycle de la Gérousie, devant un parterre de sénateurs et des Anciens du Sénat. L'heure était au règlement de comptes :

— Nous subissons le joug de l'opinion public, la DOSCA ! dit-il d'un air ombrageux, tout en jetant un regard hautain vers son homologue. Le peuple se demande « pourquoi sommes-nous tombés si bas ? ».

Soos ne lui renvoya pas l'affront verbal qui lui était destiné, dressant son menton vers le but qu'il s'était fixé : encourager la nation à délaisser son lymphatisme, issu par des décennies d'euphories sociales, bourgeoises et technologiques, afin de bousculer la « zone de confort » par un stress, une lutte durable permettant d'affronter des lendemains fort épineux… Les deux rois devaient, dans les minutes à venir, avertir le peuple d'un éventuel conflit militaire avec Corinthe ; mais la population n'était pas dupe, les jours fastes s'étaient fanés depuis plusieurs mois, lorsque Corinthe décida de bousculer la Convention de Thèbes… Afin de redistribuer les cartes du négoce et des rapports de force entre les diasporas religieuses.

Il tourna sa tête massive en direction de son binôme, sachant pertinemment qu'il était dans une situation de faiblesse : Agis V avait omis, volontairement, de l'avertir des malversations d'une unité d'élites sur de jeunes Achéennes, des hilotes, une ethnie soumise à l'esclavage depuis l'aube des temps… (le légiste lacédémonien avait pourtant fait évoluer les lois dans le bon sens, depuis que des agressions d'ordre sexuel avaient plombé les relations communautaires, au risque de provoquer une fracture sociale menant la nation vers un conflit intérieur), et fallut toute la finesse diplomatique des familles sacerdotales pour enrayer des antagonismes fédératifs prêts à exploser à tout instant… Par la grâce des confréries orphiques et bacchiques les tensions intercommunautaires s'étaient apaisées, alors que des groupuscules armés – issus de la jeunesse achéenne – battaient le pavé, le visage caché sous un foulard et la tête blindée par un casque aux couleurs de la révolte, embrasant des quartiers populaires et une partie du centre historique de Sparte à grand renfort de torches incendiaires et de coups de bâton…

— Seigneur Agis, ce n'est pas la *Dosca* qui vous lie les mains, mais bien la corruption au sein de vos plus proches collaborateurs, qui affecte la bonne marche de l'État et du Sénat !...

Un grondement remplit l'hémicycle de la Gérousie, dévalant les sièges de l'assemblée comme une avalanche déboulant soudainement du Taléton, le sommet dominant du Taygète…

D'un regard de tigre, le roi Agis sentit monter une colère explosive, prête à anéantir des semaines de tensions politiques entre les deux belligérants d'une même fratrie lacédémonienne…puis prolongea sa diatribe :

—… Vous accusez *mes* hommes de toutes les malversations du monde, alors qu'une unité d'infanterie de VOTRE magistrature n'a pas économisé ses forces sur des jeunes issus de la communauté achéenne ! Nous avons eu vent des « péripéties » de l'un de vos stratèges, le seigneur Xiphidion, sur les bas-côtés des voies vicinales de Sparte, lors de la fête des Heraia… Nous vous avions *déjà* prévenus de l'affaire qui se tramait là, dit-il en jetant un regard railleur vers son collaborateur, opinant de la tête comme un vulgaire pantin de bois. Mais vous n'avez pas tenu compte de nos appels et vous avez fait l'autruche lorsque votre officier a souscrit à l'inanité de ces agressions commise du 8 au 10, lors du mois de l'hécatombéon. Alors, ne venez pas m'accuser inutilement des *félonies* du seigneur Xiphidion et de ses subordonnés sur d'innocentes âmes, souillées par d'odieuses exactions commises par des gradés à la solde de la Nation, seigneur Agis !...

Le roi Agis resta de marbre devant la répartie de son égal. Il n'était pas dupe quant aux dissimulations de Soos de ses manigances stratégiques afin de couler sa politique unificatrice au sein du Sénat et de l'Assemblée législative – Agis souhaitait forcer le Sénat à collaborer militairement avec l'État de Corinthe, et par cette alliance, recouvrer ainsi une force fédérative pour contrer Athènes, hélas ce n'était pas sans compter l'appui des éphores, dont leur pouvoir égalait la royauté… Un statut régalien permettant de mettre en lumière les agissements occultes de la famille des Agiades : une implosion au sein du Pouvoir risquant de mettre à mal la société de Sparte ; les Héraclides se déchiraient pour un trône enseveli par la corruption et le détournement de fonds. Et, quelle que soit la tête royale, l'une comme l'autre pouvait se reprocher de malversations occultes, dont les faits furent décelés par quelques nébuleux journalistes, toujours sur la « brèche », grâce à des pots-de-vin sur quelques malheureux subordonnés et majordomes des deux familles royales, régnant dans une dyarchie[41] corrompue…

La caméra aérodyne sans-pilote se rapprocha lentement des deux souverains, puis fit un gros plan sur le faciès d'Agis, forçant ses traits de caractère et ses rides dans un souci du reporter-cameraman, d'esquisser le portrait d'un homme cruel et condescendant, qu'une grande partie du peuple rejetait (malgré de nombreuses démarches, le roi Agis ne put annuler la retransmission télévisuelle demandée par son homologue Soos II ; la chaîne télévisuelle n'était pas dans les complaisances du descendant des Agiades), pour des faits de malversation sur des hilotes.

S'élevant légèrement au-dessus des marbres bleus du Sénat, la seconde caméra aérodyne s'approcha du descendant des Eurypontides et fit un gros plan sur son visage, creusé par l'effort et la rudesse de ses nombreuses interventions militaires sur le pourtour de la mer Égée... Muscles saillants sur un visage coupé à la serpe, dont les traits d'une rudesse extrême auguraient un engagement martial à la hauteur de son pouvoir ; malgré un rapprochement avec la dynastie achéménide (il fallait bien sacrifier son antipathie de l'empire Perse sur l'autel des négociations et d'une politique fédérative, né des contingences sociaux économiques et religieuses pratiquées par Corinthe et le collège des Amazones...). Des diodes bleues se mirent à clignoter sur la façade avant des appareils de prise de vues, annonçant l'ouverture imminente de la fenêtre de la chaîne nationale d'informations... Elles passèrent ensuite au vert, et le sigle de la chaîne nationale s'afficha en grand sur l'écran géant fixé à l'une des cloisons de la Gérousie, puis l'image grandiose du seigneur de Lacédémone s'afficha sur l'écran, monopolisant les regards éteints de la magistrature et des sénateurs de Sparte...

— Cher peuple de Sparte ! aujourd'hui le monarque Soos II et moi-même venons vers vous afin d'apaiser vos craintes, concernant une crise politique internationale augurant bien des tourments dans votre vie... (l'image grossie jusqu'à ce que sa bouche prenne l'ample étendue de l'aire spatiale de l'écran), et je sais ô combien vous priez notre déesse Artémis Orthia afin de La solliciter de Son amour infini pour une nation qui a sans cesse vénéré Ses divins pieds... La Lacédémone a, par son passé glorieux, affronté bien des conflits... et toujours elle sut se relever après d'âpres luttes intestines comme autant des engagements militaires qu'elle a toujours su honorer... (il jeta un coup d'œil vers Soos). Vous savez combien votre roi (en parlant de lui-même) a pu s'investir au sein de l'O.N.U.H en prônant la voie de l'Entente cordiale, et ce n'est qu'après de longs mois de négociations avec Télestès que nous avons pu mener un Concordat fédératif... Certes à notre corps défendant et en prenant des décisions que la Nation s'en sorte toujours avec les honneurs... (silence pesant) Il agita un bras pesant et fatigué devant la caméra : ... Et ne tombez pas sous les boniments de fallacieux pamphlétaires, toujours à l'affût d'une chimérique chronique à se mettre sous la dent et à vous faire prendre des vessies pour des lanternes. Il y a tout juste quelques heures, j'étais en communication avec le roi de Corinthe ; nous avons eu de franches conversations où la justesse des mots frappait notre entendement, afin de faire évoluer les plateaux de la conciliation du bon côté...

Le descendant d'Héraclès étira ses sourcils, abasourdi par l'invraisemblable communiqué que son égal venait d'avancer.

« Il est fou ! » pensa-t-il en songeant que le peuple n'était pas dupe sur la finalité des démarches infructueuses menées par l'O.N.U.H, les ambassadeurs de la Coalition hellénique et des nombreuses rencontres protocolaires entre Télestès, Soos, Agis, l'archonte d'Athènes et le roi d'Argos... Des lendemains aux émanations de soufre. Soos sentit gronder en lui une colère démentielle, prête à l'irréparable... En d'autres circonstances, il aurait demandé des explications de manière forte à Agis, sur l'anachronisme des événements... Quelle est la raison de cette échappatoire, dont la majorité des sénateurs restèrent la bouche bée et les yeux globuleux face à la fausseté de l'histoire ?

— Nous marchons sur des œufs, je ne vous le cache pas, mais nos rencontres protocolaires, malgré nos divergences sur de nombreux points comme, par exemple, le chenal du Diolkos, permettent une avancée sur la voie d'un compromis à venir... Il s'épongea maladroitement le front, puis jeta un œil frémissant vers Soos, empli d'une incompréhension manifeste. Nous avons encore du pain sur la planche dans les jours à venir... Mais l'espoir de résoudre ce conflit diplomatique entre la Coalition hellénique, Corinthe et ses alliés, semble s'élever au-dessus des brumes de la discorde. Quant au culte aux Titans, j'ai pu converser avec la grande prêtresse labryade de la cité de Thémiscyra, afin de développer nos différents points de vue sur l'annexion du planétoïde Tau-Thétis à des fins exclusivement dévotieuses… Il y va de la paix des âmes au sein des différents ministères religieux… Les cultes orphiques et dionysiaques ont été bien clairs sur ce sujet, et je ne peux qu'approuver les exégèses des textes sacrés concernant la souillure d'un téménos. Je laisse maintenant la parole au seigneur Soos, afin de conclure cette diffusion télévisuelle. Bien entendu, le service journalistique de la chaîne d'État vous tiendra au courant de l'avancée protocolaire des différents dossiers, que je vous aie succinctement dressés…

L'image du roi Soos fondit sur celui d'Agis, offrant le portrait d'un homme charismatique, dont le regard magnétique ne rendait personne indifférent ; ce Pouvoir bicéphale recelait depuis des millénaires autant d'embûches et de haine que la Lacédémone eut à supporter, mais que la constitution ne pouvait supporter d'y mettre un terme, car bien des enjeux politiques entre les divers tribus de Lacédémone n'offraient aucune autre potentialité de gouvernance que cette dyarchie trônant par la grâce de deux dynasties…

Soos jeta un regard froid vers son homologue, ce dernier le jaugea avec dédain et n'attendit même pas que son égal ne commence son discours pour aller se sustenter dans un angle de la pièce d'accueil... Le descendant des Eurypontides se concentra puis redressa son crâne massif devant les deux objectifs des caméras aérodynes, adaptant leur objectif au contour du visage, tourmenté par l'âge, son intrépidité et sa ferveur patriotique. Une grande partie de la populace rejetait ses idées démesurées, un ultraconservateur aux valeurs dépassées et dangereuses pour la nation, encline à chérir des groupuscules aristocratiques nationalistes… mais qu'aucun rédacteur de presse ne pouvait affirmer l'exactitude des faits sans prendre le risque de se retrouver sur les bancs d'une assise. Cette deuxième couronne bicéphale avait tout de même ses élus, de proches populistes hardis partisans de mesures drastiques sur les migrants… Même si Soos revendiquait une politique d'ouverture des frontières, tant que celle-ci l'octroyait uniquement à des demandeurs d'asile.

— Madame, Monsieur, Je n'irai pas par quatre chemins : les jours à venir ne seront pas aussi roses que durant les dernières décennies ! Mais je sais que mon peuple à assez de force de caractère pour ne pas se laisser morfondre dans une torpeur qu'elle n'a jamais admise par la grâce d'un idéal formateur, comme l'a toujours souscrite la Grande Rhêtra… Il nous faut remercier notre Apollo Pythien pour son occulte présence et permis de rapporter la constitution offerte par notre Apollo à notre valeureux ancêtre Lycurgue… Nombre de vos dirigeants soutiennent que notre État se veut à l'abri de contingences conflictuelles de l'Hellade… – dit-il tout en jetant un regard austère vers son comparse, soulevant un sublime kylix[42] de vin, dont l'excellence du cru était renommée de part et d'autre de la mer Égée –… Ne les croyez nullement, car notre Lacédémone s'englue dans une politique fédérative vouée à s'enliser dans un conflit récurrent. Votre roi vous demande de retrousser vos manches, chausser de bons spartiates et de vous prévenir des menaces qui planent sur notre grande Sparte en enflammant d'un fer rubescent, les valeurs de notre Patrie sur les chairs infâmes de nos ennemis. Ne craignez pas de funestes conflits, car vous êtes de descendance homérique, dont les valeurs guerrières en sont issues de notre intrépide Héraclès !...

Effleurant le rebord du monde, le phare solaire Hélios s'immergeait en ponant, pendant qu'au sein de la Gérousie les nantis de Lacédémone poursuivaient leurs rhétoriques en des controverses politiciennes enflammées, fissurant le Sénat de Sparte pour de longues heures et d'éreintantes semaines de concertations… Et au zénith de la Lacédémone, brillait un planétoïde pas plus gros qu'une tête d'épingle : d'une lumière froide, Tau-Thétis devenait l'assistant involontaire du drame que les Hellènes allaient endurer durant de longs mois…

***

Perçant la pénombre, deux agents de sécurité pressaient le pas dans l'antre du hangar des Harpies ; leur visage, coupé au couteau par l'éclairage des néons bleutés, leur donnait une sévérité sans pareil, éveillant dans leurs esprits les séculaires ancêtres, le glaive dans une main et l'aspis[48] dans le second. Le plus petit des deux semblait disposer d'un échelon au-dessus, portant sa main sur l'oreillette, afin de mieux converser avec un interlocuteur anonyme :

—... À quel emplacement ?... Secteur IV. Nous nous y dirigeons tout de suite...

— La Harpie *Aello*, de l'aurige Calchas, confirma son second tout en jetant un œil sur son appareil nomade.

Le premier débrida la lanière de l'étui en cuir placé tout contre sa poitrine, puis retira l'arme de poing. Ils se dirigèrent prestement vers la Harpie en question, reposant sur ses pattes, enclavées par les courroies de maintien tendues comme les fils d'une toile d'araignée. Ils entendirent des pas émerger de l'ombre sournoise de l'appareil...

— Qui va là ? Première et dernière sommation avant de tirer, dit-il sur un ton inflexible.

Un homme, grand et maigre, émergea d'une demi-obscurité parasitant durant un laps de temps le visage de l'inconnu. Il s'approcha, dressant ses longs bras décharnés au-dessus de sa tête aux traits dévirilisés par des courbures androgynes, et à la mine émaciée.

— Ne tirez pas ! dit-il d'une voix flûtée, je ne porte aucune arme...

— Donne tes papiers à Agamède, et sans faire de mouvements brusques ! Quel est ton nom ?

— Períergos.

— Il fait partie du service d'entretien, lança Agamède.

Le meneur le regarda de travers...

— Je me suis perdu dans l'entremêlement des corridors, affirma-t-il en se rapprochant des deux agents.

Il se contorsionna, visiblement empêtré par les conditions de cette interpellation. Je suis confus de vous avoir fait déplacer pour si peu…, dit-il d'un ton contrarié, je ne pensais pas aux conséquences que cela pouvait engendrer…

— Mouaiiis ! c'est bon pour cette fois. Mais que je ne te surprenne pas de nouveau en ces lieux !

Agamède lui redonna ses papiers, pendant que Périergos lui fit un discret clin d'œil, une allégorie libertine qui ne lui échappa pas… L'homme s'éclipsa rapidement, avalé par la première coursive du coin.

— Et en plus c'est un sodomite…

— Un ami psy m'a révélé que cela provient de l'enfance : un facteur émotionnel perturbant la puberté… Cela engendre des troubles bipolaires.

— Tu parles ! Il aime se faire défoncer depuis qu'il a compris qu'il ne pourrait plus bander.

L'homme efféminé se bloqua contre une cloison, puis porta les deux mains contre ses tempes. Le panneau métallique renvoyait sournoisement une image tronquée et dilatée de son profil. Son visage vira au rouge puis blanchit sous une contrainte interne ; les vaisseaux sanguins se dilatèrent, puis son apparence se modifia sous l'effet conjugué d'une mutation ADN et d'un apport d'oxygène rythmé par une incantation, dédiée au puissant Kronos… Une image apparut en son esprit, puis des mots s'y inclurent, des phrases tout d'abord incompréhensibles, puis limpides comme une eau de source :

— Avez-vous bien fait tout ce que je vous ai demandé, Sircéa ?

— Oui, Mère. Exactement tout ce que vous m'avez ordonné.

— Alors, dès que possible rejoignez notre congrégation, vous aurez droit à tout mon égard et à bien d'autres plaisirs qui combleront votre ego…

— Merci, Mère. En attendant la prochaine navette, je dois rendre visite à quelqu'un qui a été envoûté par ma personne. Ma libido est en état de stase, je ne peux que satisfaire cette demande qui, je le sais, le comblera, ainsi qu'à moi-même… Mais je lui laisserai avant de partir MA carte de visite, finit-t-elle par dire en dressant un lacet devant ses yeux d'un noir d'onyx. Elle ne peut garder pour elle ce que je lui offrirai, dans ce cas le forfait est consenti par Notre Seigneur Kronos.

— Bien ! Bien ! Revoyons-nous à la prochaine navette, une sœur vous attendra sur le tarmac, et laissons les dés augurer de doux lendemains pour la communauté labryade. L'avenir est entre les mains de Notre Seigneur…

Ses traits féminins s'estompèrent pour redevenir ce *mâle* si peu convaincant qui l'accompagnera jusqu'à la fin de sa mission. Sircéa sourit de cette aura kronienne qui la renforçait dans sa dévotion au grand Zeus Labrundos !...

***

« Le cordon ombilical de Zeus », c'est ainsi que l'on nommait le chenal naturel de l'Hellespont ; l'escadrille des Boucliers d'argent pénétra l'étroit boyau, dont sa morphologie intriguait les scientifiques les plus émérites, Calchas étant attentif aux interactions entre ses hommes, leur monture et le milieu hostile auquel les vaisseaux de chasse évoluaient… En bâbord comme en tribord, au zénith comme en Hadès, les écueils d'aérolithes formaient un rempart imprenable, un goulet où l'erreur comme la maladresse signifiaient une mort certaine. Les monolithes s'y mouvaient sans jamais en obstruer les lieux, comme si une main invisible y imprimait sa force, manœuvrant les masses minérales afin que jamais elles ne viennent s'y engouffrer et bloquer l'étroit corridor naturel, dont son existence demeurait une énigme pour la gent scientifique – le rationnel côtoyait l'irrationnel, le religieux comme la magie. Les cinq chasseurs formaient une seule et unique entité, une formation en V fonçant et longeant le chenal dans une assurance toute fragile ; Calchas prenait la mesure de sa fonction avec toute la ferveur de la jeunesse, ouvrant le passage devant ses coéquipiers, jetant un œil dubitatif sur les sombres masses stellaires évoluant dans une gravitation mystique, une danse de l'organique, du carbonique vibrant avec les énergies de l'éther… Ils arrivèrent au point de clôture que le stratège Architas avait demandé, et que Spiros nommait grivoisement « le point G de l'infortune ». En aboutissant, on devinait la fragile fenêtre de « l'autre monde », où demeurait le planétoïde Tau-Thétis, la planète perse Anâhita et bien d'autres mystères stellaires que les Hellènes dévoileraient si l'occasion se présentait. Calchas effectua à la machine un looping, qu'il effectua dans les règles de l'art ; le ventre du destrier stellaire effleurait à moins d'un stade les écueils naviguant au gré d'une occulte gravitation et se heurtant avec une lenteur sournoise. Les quatre autres vaisseaux suivirent, manœuvrant dans une boucle similaire avec une régularité à perfectionner, par force de travail et de ténacité… Ils ressortirent du boyau, émergeant face à la station internationale Hélios, où l'armada de la Coalition stationnait, n'attendant que l'accord des hauts responsables, pour en finir avec l'hégémonie du roi Télestès et des accords occultes entre Corinthe et les Labryades.

Sous les ventres des vaisseaux de combat, le collecteur continuait sa récolte hebdomadaire de plusieurs écueils, s'arrachant du corridor de l'Hellespont par le fait d'un étrange hasard. À quelques stades de là, on distinguait l'antique bouclier Peltè du roi Acrisios dormant d'une atonie minérale, écartelé entre l'ombre et la lumière…

Chroniques de Déméter :

« *Le seigneur Phanès largua à l'encontre du jeune Kynikós – ex-mercenaire dévoué à la cause du Maître –, une décharge de neurotoxines, brisant net ses intentions délétères... Foudroyé sur l'instant, l'homme tomba à la renverse dans les flots tourmentés de l'océan Ogénos, le corps chavirant sous l'emprise du rythme atone des flots. Un capricieux ressac mourrait à chaque fois sur le corps affaissé du terroriste, son corps tremblotant sous l'assaut défensif du Rédempteur : le maître avait ressenti le danger éclore comme une sombre fleur d'asphodèle – comment pouvait-on imaginer que le plus doué de ses élèves aurait pu fomenter un attentat envers Sa Personne ? Avant même que le traître commette son méfait (il détenait un poignard empoisonné sous le bras gauche, savamment dissimulé sous l'ample chiton). Eilikrinis-le-Béotien s'approcha de la forme semi-immergée de Kynikós, et lui souleva la tête amorphe hors de l'eau... L'homme eut un soubresaut puis un râle d'agonie mit fin à ses jours, sa nuque basculant à la renverse dans les mains du disciple, un filet d'eau s'écoulant de la bouche, les lèvres déformées par une hémorragie cérébrale.*

Du haut de son demi-stade, Phanès Protogonos émergea des flots, aspergeant d'une fraîche ondée la petite communauté ceignant le corps du traître ; un ressac rafraîchissant parvint jusqu'aux cuisses des disciples, contemplant l'étincelante plastique du Seigneur de Tau-Thétis... Au-dessus de sa tête se déployait un diadème étincelant : accrochée à même le crâne du dieu-fait-homme, une dentelle vivante de corail rouge et jaune s'y dressait, tel le diadème flamboyant d'un Poséidon jaillissant des fonds abyssaux d'Océan... Des lames de posidonies épousaient son corps, arrachées par l'émergence du dieu du sein de Ogénos. Un visqueux rhizome retombait sur son large poitrail, vêtant le Seigneur d'une toilette de filaments limoneux. Sa peau semi-diaphane révélait un réseau veineux d'un bleu saphir, le parcourant comme le corps anguiforme d'un millier de murènes ; on discernait son rythme cardiaque, rien qu'à la congestion de ses muscles saillants et congestionnés par l'effort. La cambrure de son échine se dessinait sur le bleu céruléen du ciel, s'arc-boutant de chair et d'os entre la voûte céleste et les flots turgescents d'une mer agitée, balayés par un léger aquilon filant au-dessus du plateau du Sépias. Des cils locomoteurs en recouvraient ses bras, accolés à son corps puissant douché des eaux turquoise de Ogénos. Sous l'effet du rayonnement solaire, des drapés d'irisation et de paillettes nacrées l'auréolaient tel un démiurge de cristal, dont seul le verre précieux résonnait des timbres sacrés de Sa divine présence…

— Bien avant sa venue, l'Oracle m'avait alerté d'un risque majeur envers ma personne… Des nudibranches chamarrés de jaune, de bleu et de rouge glissaient sur ses puissantes épaules, partant à la rencontre d'un torse râblé comme le puissant demi-dieu Héraclès ; étonnant chapelet de limaces d'eau douce rampant sur le corps du maître du Temps et de l'espace ! En cet univers, il existe deux configurations de force : l'Amour et la crainte. J'ai choisi d'établir la crainte, car elle pourvoit à l'Autorité ! C'est par la Mètis – la raison et la ruse – que le premier principe des choses évolue !...

— Maître, que devons-nous faire du cadavre ?

— Jetez-le par-dessus bord, à une dizaine de stades du littoral. L'océan Ogénos résorba sa carcasse en quelques heures. Né de l'onde, son corps retournera à l'onde… ! »

Phanès Protogonos,

Épîtres aux Hellènes, incunable aux Canons apocryphes du mont Sépias.

D' Artémis la Sanguinaire…

Nés de Chaos, trois vaisseaux d'attaque y émergèrent, filant à une vitesse vertigineuse en direction de leur cible : la station expérimentale corintho-perse, dont sa silhouette se dessinait sur le bleu outremer de Ogénos. Les trois vaisseaux cataphracti s'élançaient sur le velours céleste de Nyx, la Nuit, épiés par les yeux glacés de la galaxie du Léthé.

— Par Ahura Mazda, nous allons mettre un terme à ce sacrilège ! tonna le capitaine Farjad… Zartosht ! Rashid ! Dès que mon chasseur oscille, vous faites le ménage dans le temple de notre déesse Anahita ! pendant que je me consacre au sort du chasseur amazone… Surtout ne détruisez pas le laboratoire ! Par contre vous pouvez offrir les têtes de ces damnés à notre grand Verethraghna…

Les yeux ceints de khôl lui offraient un regard insondable et sombre, sombre comme son cœur, inondé de chagrin lorsqu'il apprit que l'aire du saint planétoïde avait été souillée par la main de l'homme.

Les vaisseaux de chasse se rapprochèrent rapidement du laboratoire satellitaire, dont sa masse grossissait à vue d'œil. Des filaments de nuage s'effilochaient à leur passage, se dissolvant dans la haute atmosphère du planétoïde. En dessous l'océan Ogénos se drapait d'une pénombre bleutée, accrochant par instants les lueurs des étoiles comme de froides escarbilles d'un brasero, affaiblies par une carence en combustion. Les trois aigles de métal et de carbone se séparèrent lorsqu'ils parvinrent à quelques encablures de leur cible ; à quelques stades, un point grisâtre souligné d'une lamelle d'argent surgit du revers satellitaire, incurvant sa course afin de se retrouver de front à l'ennemi perse.

Le combat s'engageait :

« Voilà le mal dans toute sa splendeur, s'auto-conversa Farjad. Je vais lui couper ses ailes afin qu'il aille rejoindre en enfer les légions maudites de Ahirman… »

Pendant ce temps-là, les deux autres auriges perses enclavèrent le laboratoire stellaire, y gravitant en faisant de multiples apparitions rapides devant les hublots, d'où des visages inquiets s'y accolaient, s'interrogeant sur la finalité de cette incursion belliqueuse.

Ô Saint Zarathustra, je détruirai la nuisance de tous ceux qui nuisent, la nuisance causée par les Dévas et les hommes, les Yâtus et les Pairikas, les Çathras, les Kavis et les Karapans[43] … et que je demeure fidèle aux Gathas, les livres sacrés…

La Camare – le vaisseau labryade – semblait croître à vue d'œil, offrant l'image d'un puissant destroyer que celui d'un chasseur d'attaque ; la nef de guerre impressionnait par sa taille, dont sa silhouette en T s'inspirait du labrys, la double-hache des Amazones. Sa masse équivalait bien le double du cataphracti perse, effilé comme une dague akinakès. Le chasseur ennemi pivota sur son axe longitudinal, approchant à la renverse, présentant son ventre sombre et effleurant le cockpit de Farjad ; le Perse redressa la tête vers la verrière et distingua durant un bref instant le crâne échevelé de l'Amazone. Aucun des deux belligérants n'avait lancé le premier les hostilités : ce n'était qu'à des fins de jauger les forces adverses… De simples manœuvres tacticiennes ! À quelques stades de ce premier contact, les deux vaisseaux revinrent à la charge, prêts à en découdre. Le chasseur amazone retrouva sa position initiale. À mesure que le vaisseau d'attaque ennemi approchait, Farjad fut pris d'une terrible angoisse : des incantations maléfiques prenaient possession de son mental…

L'aurige de ce navire des Hadès roula ses globes oculaires dans ses orbites et lança son lancinant réquisitoire oraculaire :

« Ô Seigneur du Chaos ! Puisse Ton indicible puissance se révéler aux yeux de ce répugnant mortel, afin qu'il aille expurger ses fautes sur les terres soufrées du Tartare ; en ce lieu glauque où les âmes des damnés errent durant des éons… Ô terribles Kères, Sirènes et Harpies ! Dignes femelles vengeresses, par vos ailes déployées, vos gorges asséchées d'une longue réclusion et vos griffes acérées, dévorez les entrailles de vos proies, afin que leur sang aille étancher la soif du Seigneur des Titans !...»

La nef de guerre ennemie n'avait pas encore parcouru le tiers restant que des formes sombres et chimériques semblaient s'écouler du vaisseau, telles de vengeresses Érinyes venues tourmenter les vivants… Elles se créaient d'une nuée d'un noir de fumée, s'écoulant du navire de guerre sous forme d'émanation brumeuse et s'agglomérant en de lugubres chauves-souris aux crânes garnis de longues chevelures d'un gris anthracite, flottant dans le vide stellaire… Le capitaine Farjad écarquilla ses yeux d'un noir d'onyx, sidéré par ce démoniaque ballet cosmique. La gorge nouée et le visage livide, jamais durant sa vie il avait croisé des entités issues des enfers ; ne l'avait-on pas conté que, durant les derniers instants d'un conflit, le vol des Kères augurait de funestes festins ? Mais en retour il ne fit que sourire de ces allégations sans fondement scientifique ; tant de mythes et légendes émergeaient d'un sombre passé où les anciens s'aventuraient dans l'inexplicable d'un monde sauvage…

« Par Zarathoustra ! D'où surgit cette légion du démon ? » il reprit ses esprits, sachant qu'il devait être maître de son mental et de ses gestes afin d'exterminer la vermine issue de ce Kronos qu'il abhorrait…

Durant cette brève chorégraphie démoniaque, les Kères se divisèrent en deux escadrons et, pendant que le premier monstre fonçait vers le vaisseau de Farjad, les deux autres se dirigèrent vers les deux autres navires de guerre, en approche d'appontage sur le laboratoire spatial Corintho-perse… Après avoir un temps virevoltés autour des chasseurs, les deux Titans foncèrent sur leurs proies d'acier, de carbone et de chair, et n'en firent qu'une bouchée en s'y agglutinant comme de la poix sur les structures en ronde-bosse des vaisseaux, se détachant des lueurs clignotantes du tarmac stellaire ; en quelques gouttes de clepsydre il n'en restait que de vagues carcasses de carbone, s'échouant au sein de l'atmosphère de Tau-Thétis, s'y embrasant sous l'effet de la vitesse, et causé par l'attraction terrestre du planétoïde… À moins d'un stade du démon, Farjad anticipa son attaque, se risquant durant son approche à larguer un missile à guidage laser sur le sombre ennemi. L'objet balistique transperça le démon, et y émergea de l'autre côté sans causer la moindre blessure au dragon ; l'engin se perdit au sein de l'atmosphère, s'y embrasant sous l'effet de quelques mystères. Durant ce temps, le chasseur amazone revint à la charge, accompagné de son projectile des Tartares…

L'Amazone offrait des thrènes[44] démoniaques à Kronos :

« Puisse l'Indicible Kronos présenter rhombes, astragales et toupies aux mortels descendants de Dionysos ! Puissent ces jouets, sous la forme de Kère, désarçonner le frêle mental de l'homme ! Filles de Nyx ! Tueuses du noir Trépas ! Allez vous

repaître de ces pâtures faites de chair et d'os. Ô noble Kronos ! De Chaos je me prosterne, de Chaos nos formes sont procréées et y retournent en des cendres purifiées par Ta divine volonté !... »

Lorsque l'entité parvint tout près de son vaisseau, Farjad eut la clairvoyance d'effectuer un décrochage inespéré, virant de bord d'une extrême justesse quand le monstre fut à son niveau. L'animal frôla l'engin de son ventre d'un noir charbonneux ; Farjad sentit une décharge électrique remonter le long de son échine, et venir agresser son esprit en une lente calcination éprouvante, enflammant toutes ses facultés mentales. Un gouffre sans fond le paralysa momentanément, lui faisant perdre la maîtrise du pilotage durant quelques fractions de seconde : le vaisseau s'était éloigné bien plus loin de la position gravitationnelle du laboratoire spatial, qu'il ne le pensait. Il redressa l'appareil en perdition, observant le panorama de Tau-Thétis glisser de haut en bas du champ de vision… Le chasseur ennemi se rapprocha, précédé du sombre géant ailé filant tel un aérolithe des enfers retrouver sa pâture humaine…

L'aurige perse effectua nombres décrochages, évitant de justesse les attaques de la prédatrice du Tartare… Le vaisseau labryade ennemi profita de ce combat de Titans pour arroser le coursier stellaire de Farjad de nombreux tirs nourris. Farjad luttait contre deux positions d'attaque, ayant suffisamment de lucidité et de perspicacité pour flairer les affrontements à venir entre le missile balistique issu des divinités infernales et celui du chasseur labryade, dont l'Amazone devenait telles les Furies du domaine de Tartare : assoiffées d'une sourde vengeance !

À l'issue d'un remarquable subterfuge de dégagement, suite à une attaque du sombre prédateur des Hadès, Farjad se retrouva nez à nez devant le chasseur labryade puisant son énergie cinétique par la force mentale de son Amazone… Il redressa trop tard son appareil : deux missiles balistiques émergèrent de leur antre, fusant tels des Cerbères à la poursuite de leur proie ; lorsque Farjad effectua un virage de dégagement, les missiles arrivaient déjà sur lui… Le vaisseau cataphracti explosa dans une gerbe de feu !

L'immense nef camare surplomba les résidus du vaisseau perse, aimantés par la gravité de Tau-Thétis ; l'aurige de ce terrible navire de guerre amazone esquissa un sourire narquois en observant les milliers de morceaux de métal et de carbone s'enflammer sous l'effet de la vitesse au contact de la friction de l'air – par la grâce des Amazones, la station expérimentale semblait hors d'atteinte des attaques de l'ennemi !

***

Calchas se réveilla en sursaut, le rythme cardiaque en tachycardie, la tête prise dans un étau et le corps en sueur ; des palpitations cardiaques tambourinaient contre ses tempes comme une attaque des Géants, lors d'un affrontement en Terre Ardente contre les Olympiens. Il s'essuya le front d'un revers de main chancelant, écoutant son souffle rauque briser le silence sacerdotal régnant dans la cabine. Depuis sa tendre enfance des terreurs nocturnes accompagnaient ses nuits, le plongeant dans un sommeil démoniaque, d'où d'ardents cauchemars révélaient leur puissance ; et au fil du temps, ses torpeurs devenaient de plus en plus animées de sombres mésaventures chthoniennes, l'âme aspirée vers les Hadès, en ce Tartare où les entités démoniaques luttent afin de reconquérir le monde du vivant… Les années passant, ses terreurs nocturnes s'amplifiaient, malgré les anxiolytiques pris régulièrement, et l'appui d'une psychothérapie qu'il avait fini par mettre un terme tant elle devenait récurrente…

Il se leva, jetant un œil vers Spiros et Hypérion plongés dans les bras de Morphée, puis se dirigea vers la salle d'eau et se doucha rapidement. Calchas sortit de la cabine et s'immergea dans les corridors de la station internationale, d'où le râle des extracteurs d'air impulsait de lentes agonies venues des bouches d'aération. Les lueurs des diodes rouges évoquaient une descente aux enfers, dont le descendant des Héraclides en devenait le protagoniste. Il bifurqua de nombreuses fois avant de pénétrer la salle de sport, le corps encore engourdi d'une sourde torpeur. Calchas s'étira et s'échauffa, puis saisit les bandes de résistance, suspendues aux larges patères ; il multiplia les répétitions et les séries, entouré de divers appareils de musculation, jusqu'à ce que ses muscles gagnent en congestion brûlante, saillant sous le maillot trempé de sueur paré du coutumier blason de Sparte : le fameux lambda. Durant un exercice, des images remontèrent de l'inconscient : des allégories de viols, d'agressions physiques et de crimes dans la plus éprouvante des imageries fantomatiques… Il jeta la bande d'élastomère et s'échoua sur le plancher, recroquevillé comme un enfant à qui l'on refuse un caprice… puis enserra sa tête entre l'étau de ses deux mains, l'esprit perdu entre l'ombre et la lumière ; des embruns pénétrèrent sa conscience, perturbant sa raison et son entendement, brouillant ses facultés cognitives, l'immergeant dans une brume intemporelle qu'il avait du mal à s'extraire… Des formes sombres en émergeaient, se liquéfiant puis se reformant à travers le prisme de l'imaginaire ; images du Moi, de l'ego d'un descendant des Héraclides soumis aux épreuves d'une mutation organique et psychique ; enchevêtrements douloureux de la raison et de la déraison, poussant sa conscience au plus profond de l'inconscient. Il se voyait le crâne et le corps enfler, se dilater et muter comme un Titan ; chrysalide humaine en transit pour le Tartare… Il hurla. Était-ce lui ou seulement l'ombre de ces apparitions ? Il recouvra la paix de son moi, le corps trempé de sueur et la poitrine comprimée par une dose trop forte d'émotions. Devenait-il fou ? Schizophrène d'un destin voué à rester cloîtrer entre les murs d'un hôpital psychiatrique, à rejeter une enfance brisée par le rouleau compresseur du protocole monarchique – on pouvait descendre des Héraclides et refouler les conventions qui vous ont construit une personnalité hors norme. Calchas possédait suffisamment de charisme pour se forger un mental à l'abri des vicissitudes de la vie, même si celle-ci se menait au sein d'une dynastie. Hélas la colonisation de Tarente, cité des Pouilles de la Grande-Grèce, fut le moteur de conflits récurrents avec l'autochtone, contraignant la dynastie Soos à céder les colonies et à se réimplanter en Laconie, sur les terres des ancêtres. Cela ne fut qu'au prix de sacrifices humains, de part et d'autre de la Sicile. Bien des souffrances auraient pu être évitées par cause de persécutions envers des tribus de Mégare, jusqu'en Tarente où le colonisateur Sparte s'accorda *à cœur joie* un défouloir de barbarie et de bestialité que les décennies à venir avaient bien du mal à panser... Adossé aux pieds d'un appareil de musculation, Calchas finit par s'assoupir, emporté par une dépression galopante, une fatigue musculaire et nerveuse, que le descendant des Héraclides subissait en s'enfonçant dans les bras de Morphée...

Au seuil de la salle, l'amiral Architas observait sans grand étonnement cette cariatide brisée, recroquevillée aux pieds d'un appareil voué au culturisme ; le stratège connaissait depuis fort longtemps les tenants de l'affection dont souffrait l'aurige Calchas. Des mesures devaient en suivre, malgré l'injonction du plus haut dignitaire militaire de la Lacédémone – le roi Soos II –, concernant le fait de promouvoir son fils chef d'escadrille. Mais le commandant de la station en avait décidé autrement, quitte à éprouver les foudres de l'une des deux têtes royales de Sparte... La Patrie avait bien d'autres problèmes à résoudre que de s'apitoyer sur le sort d'un rejeton de la dynastie des Héraclides !

Jour + 24 h. avant l'attaque :

le capitaine Boukolos présentait sur un fond de carte graphique le positionnement des chasseurs Harpies pénétrant le goulet de l'Hellespont :

— Vous n'aurez que peu de temps pour franchir l'Hellespont : à son aboutissant se terre une escadrille de Camares prête au combat ! Et ne croyez pas que cela sera une partie de plaisir ; nous savons que les Amazones détiennent un mental hors norme et des vaisseaux de chasse d'une grande vélocité, d'une puissance occulte menant à bien des opérations commando de grande envergure... Calchas tourna sa tête vers Spiros, celui-ci exécuta un sourire narquois et dressa un poing vengeur à l'adresse de l'invisible adversaire... Monsieur Calchas, votre escadrille devra faire preuve de beaucoup de ténacité lorsque vous émergerez du goulet. Il passa sur un autre graphique, où s'illustraient des icônes de chasseurs helléniques s'opposant aux camares amazones. Il pointa le faisceau lumineux sur l'ensemble graphique : votre seule chance en pareil cas sera d'envelopper en filet l'escadrille adverse, surtout ne vous éparpillez pas au risque de provoquer une dislocation de l'unité ; cela sera que pure perte de temps et d'hommes, et, en ce cas-là la Coalition subira de gros revers qu'il nous faudra de longues semaines avant de recouvrer notre aura martiale… Nous sommes impartis sur deux actions à la fois : une attaque de grande envergure de la Coalition sur Déméter (Je ne peux vous en dire plus pour raisons de sécurité), et une intrusion sur Tau-Thétis, afin de mettre un terme au projet occulte des Labryades et de l'armée corinthienne.

Le stratège continua à développer les prémices de l'attaque sur Tau-Thétis, informant aux pilotes les recommandations essentielles à pareille opération, pendant que sur Déméter une guerre sans merci allait sonner le glas du culte aux Titans par l'armée lacédémonienne et reclure le maître de Corinthe en sa demeure, prit en tenaille par la Coalition…

Chroniques de Déméter :

« Des libations pour Kronos au membre érectile, dont sa titanesque effigie faisait face aux rives du Thermodon – le portrait de la déité flamboyant sous les chaudes lueurs d'une nouvelle aurore, en ces bords où ondoyaient de majestueux bancs de roselières sous les assauts printaniers d'un doux zéphyr… Aux pieds de la déité fleurissaient des ex-voto de double-haches aux différentes tailles. Un doux parfum d'encens s'envolait vers les cieux, dont le dernier expir du lumineux photophore Vénus marquait la renaissance du jour… Après s'être prosternée et lustrée la déité, la prêtresse Polémousa se retourna vers le drapé de pierres de la cité de Thémiscyra, où s'étalaient les toits plats des bâtisses, dont l'éclat embrasant d'un Hélios fougueux les enveloppait d'une pourpre lueur ; en ces temps où une paix relative régnait sur le monde, par l'emprise éclatante de l'autorité matriarcale… »

... à Arès le Belliqueux…

Plongée dans une nuit sans lune, la flotte aérienne survolait les abords de la cité de Thémiscyra, sous l'assaut fracassant de la DCA labryade : des éclats lumineux et sonores explosaient à leur passage, accueillant chaudement l'escadrille lacédémonienne. Le ballet de faisceaux antiaériens déchirait le ciel nocturne de Thémiscyra, dont les lumières de la ville formaient un croissant inversé allant de la pointe est s'enfonçant dans le désert, à la pointe sud-ouest s'étirant en direction de Chypre. La formation lacédémonienne n'avait pas hésité à afficher un nombre impressionnant d'appareils de combat, se prévalant d'une flotte aérienne de grande envergure afin de réduire à néant les intentions délétères des Amazones… La Coalition devait mettre à terre la terreur kronienne, que seule une Sparte stratégique pouvait abréger l'émergence du culte aux Titans, issu des Hadès. Le visage creusé de Soos s'inclina vers le hublot du lourd vaisseau amiral : sous les filets de nuages se dessinaient les premiers contours de la ville amazonienne, fleurissant depuis des centaines de décennies par une croissance exponentielle démographique. Les tirs de DCA ne parvenaient pas à exterminer la superforteresse, protégée par la haute altitude d'où survolait le bombardier royal.

— Votre Seigneurie, la Coalition s'approche du point décisif. Notez que la formation est en voie de déploiement au-dessus de la cité de Thémiscyra, commenta le stratège Cerberus, assis au côté du monarque ; sous les tirs nourris de la DCA, une dizaine de vaisseaux de chasse spartes plongeaient vers des sites stratégiques amazoniens… Soos caressa sa barbe frisottée poivre et sel ; il n'était pas dupe, les Amazones possédaient une science qu'il ignorait, une connaissance occulte détenue depuis la nuit des temps par le culte aux Titans… Le combat s'annonçait difficile, et en augurait d'autres à venir tous aussi belliqueux…

Deux autres vaisseaux de chasse lacédémoniens longèrent et dépassèrent la superforteresse ; face au poste de pilotage, trois chasseurs ennemis émergèrent d'un lourd nuage, fonçant vers leur proie… À quelque trois stades de l'aéroplane royal, le premier supersonique camare lâcha ses missiles fantomatiques des tuyères, d'où deux formes hideuses déployaient leurs sombres ailes d'un noir d'onyx. Elles écartaient leurs mâchoires béantes, montrant leurs crocs, effilés comme des dagues géantes. Les Kères allaient se repaître des héros lacédémoniens, non sans avoir précédemment affronté les destriers stellaires, afin de les expédier *ad vitam aeternam* en enfers… Les deux énormes monstres fusaient à une vitesse démente, fonçant vers leurs proies de métal et de chair…, perçant les filets de nuées opalescentes comme des monstres issus du Tartare, assoiffées de chair et de sang. Tueuses noires, filles Vengeresses de Nyx, divinité des ténèbres, sur les champs de bataille elles conduisaient les âmes des défunts vers le sombre Hadès… Les deux chasseurs spartes lâchèrent en commun leurs missiles, fusant en direction des deux monstres et du vaisseau labryade. Une Kère enveloppa de ses ailes immenses un missile, puis s'y agglutina, achevant sa trajectoire parabolique d'une action déconcertante. L'autre monstre s'effilocha sous l'effet de la vitesse de deux missiles air-air, la dissolvant sous l'effet déflagrateur des explosions. Quant au dernier projectile, il s'approcha du chasseur amazone, après avoir effectué une courbe parabolique et finir sa course sous les tuyères de l'ennemi, provoquant la désintégration du vaisseau par la grâce d'une formidable déflagration. Les deux autres vaisseaux labryades percèrent le *velum* du ciel, et lâchèrent les tueuses du « noir trépas »… Trois autres destriers stellaires helléniques reformèrent un escadron inopiné, plongeant vers les camares dans une vélocité démentielle. Ils rejoignirent l'unique attaquant sparte, dès lors enclavé par la force amazonienne… Après rudes péripéties aériennes, le vaisseau Harpie finit sa course en s'abîmant sur les terres labryades, dans une boule de feu s'élevant soudainement comme une éruption explosive issue d'un volcan colérique. Le combat aérien formait un étrange ballet céleste, d'où le panorama de la cité de Thémiscyra formait un écrin gris cendré sous l'effet des tirs de la Coalition ; l'écran faisant face à Soos permettait d'observer les troupes d'hoplites, accédant au site religieux de Thémiscyra. Tels des Myrmidons, une colonne de commandos spartes progressait vers le temple de Kronos, armes lourdes dans les mains – un drone de combat survolait le faîtage du Tholos[45], retransmettant en direct au roi, l'offensive lacédémonienne…

— Altesse, nous sommes en position sur le parvis du temple ! s'exclama le capitaine Mantróskylo. Le roi observait le déploiement arqué des fantassins, attendant les ordres de leurs supérieurs…

Cerbérus tourna son regard sombre vers le plus haut sommet de la hiérarchie militaire. Le roi acquiesça à la demande du combattant d'un signe de tête, puis le stratège Cerbérus ordonna l'assaut du temple sacré… Un sacrilège qu'il paiera dans les mois à venir, malgré l'appui tactique et politique de la Coalition hellénique ; nombre de petits États de l'Alliance lui reprochant son manque de modération concernant l'exécution des prêtresses kroniennes…

— Faites-moi le détail de votre assaut, capitaine Mantróskylo ! Quant au sort des prêtresses, je vous laisse *carte blanche*…

Le drone plongea en direction du sol, offrant une succession d'images rapides puis lentes sur l'opération commando. Puis les images parvinrent de la caméra frontale du capitaine, offrant une foule de détails du temple : les colonnes ioniennes prirent de la démesure sur l'écran du roi, ramenant le corps des fantassins à la taille de simple fourmi. En pénétrant la *cella*, la représentation colossale de Kronos leur faisait face, impressionnante sculpture, taillée dans le marbre noir. Le capitaine Cerbérus pénétra le naos protégeant du simple mortel la statue du dieu. Trois prêtresses émergèrent de derrière ses jambes, enveloppées d'un drapé ivoirin. Visage blême et nuque raide, la plus vieille s'approcha des profanateurs, pendant que les deux autres stationnaient aux pieds de l'idole, une bipenne sacrée dans une main.

— Par notre vénérable Kronos, comment pouvez-vous violer une enceinte sacrée ?

Le capitaine s'approcha de la prêtresse, fusil d'assaut baissé.

— Comme vous ! rugit le militaire. N'avez-vous pas souillé la demeure d'Apollon, à Delphes ? Nous sommes venus reprendre, ce que vous avez dérobé au sanctuaire apollinien !...

La prêtresse redressa sa nuque, regardant froidement l'intercesseur du roi de Sparte :

— Que votre roi donne son allégeance aux Titans, et, en ce cas l'omphalos retournera en Phocide.

L'homme se rapprocha de la vierge, plongeant son regard dans ses yeux de braises. Par l'intermédiaire de la caméra, le roi distinguait le regard de soufre de la prêtresse, essayant de captiver les sens du stratège…

— Il est fou ? tonna le roi. Les prêtresses ont un pouvoir d'envoûtement et de persuasion qu'il ne peut mesurer… Ordonnez-lui sur-le-champ de mettre fin à ces stupides palabres… Dépêchez-vous, Cerbérus !

— Capitaine, ne vous attardez pas sur la vieille, elle essaye de vous ensorceler… (silence pesant) ...

Mantróskylo n'entendait déjà plus son supérieur, accaparé par le dialogue qui s'instaurait entre la Labryade et lui. Ses hommes s'étaient rapprochés du centre du naos, pendant que les deux autres prêtresses se risquaient à dissoudre leur faculté de raisonnement par leur pouvoir occulte et psychique… Elles psalmodiaient leurs invocations à Kronos, pendant qu'ils s'esclaffaient béatement des conjurations maléfiques qu'ils ne pressentaient pas. Déjà, les cinq soldats semblaient tomber dans une douce torpeur, où de suaves naïades fantomatiques les attiraient par leurs charmes voluptueux…

Les rires moqueurs sombraient dans le néant, pour laisser place à des sourires béats, confondant rêve et réalité…

Le souverain se tourna vers son lieutenant, absorbé par la communication qu'il ne parvenait pas à établir avec son capitaine ; Soos jeta de nouveau son regard sur l'écran et appuya sur une touche. Une fenêtre s'y afficha, permettant d'accéder à la base militaire stationnée aux portes de Thémiscyra. Il apercevait le visage fatigué d'un stratège des télécommunications. L'homme portait un casque audio, et son microportatif pendouillait lamentablement sous une barbe grisonnante. Son regard s'entourait d'un drapé de sillons, creusés par une asthénie récurrente. À la vue de son roi, il se redressa, troublé par cette apparition soudaine.

— C'est votre roi, qui vous appelle. Affectez tout de suite une unité d'élites sur le temple de Kronos : nous risquons de perdre la situation. Le capitaine Mantróskylo est en mauvaise posture, nous devons mettre un terme *illico* à l'opération ! L'homme semblait confondu par l'apparition soudaine de son roi et resta quelques fractions de clepsydre figé sur son nuage, errant dans une sphère intemporelle… Réveillez-vous, soldat ! Le temps est compté.

— Euh, oui votre Altesse. Nous allons tout de suite dépêcher la section d'assaut du stratège argien Alepoú de Nauplie…

— Tu veux passer en cour martiale ? coupa son seigneur. Affecte tout de suite une unité d'élites lacédémonienne !

Le stratège regarda son roi avec effroi.

— Sire, le commando du stratège To Gennaío est en ce moment en opération sur les rives de Propontide…

Soos resta défait par le fait de laisser un commando d'Argos entreprendre une opération que ses stratèges devaient mettre à terme. Un point d'honneur qu'il ne voulait pas ternir, afin de garantir devant la Ligue la faisabilité d'une opération de grande envergure, dont la moitié de la somme allouée fut couverte de ses propres oboles…

— Oui, oui. Faites donc le nécessaire de suite ; je ne voudrais pas que la situation m'échappe et que je sois obligé de rendre des comptes à la Coalition…

Il coupa la ligne, pendant que le stratège Cerbérus finit par désarçonner le mental embué de son capitaine… Embrumé d'un brouillard hermétique, l'esprit du jeune officier s'enlisait dans les litanies de la sorcière labryade, dont la puissance de sa voix lui augurait une fin lugubre : elle releva son labrys, prête à offrir l'âme du soldat au nautonier Charon, le navigateur du Styx ; tout en s'approchant de sa proie, ses chants et ses prières s'insinuaient dans son esprit cotonneux, d'où, par vagues successives, une sourde lucidité tentait d'y émerger… La voix du stratège Cerbérus enraya les invocations, à l'assaut d'une liberté retrouvée. Des bulles de conscience éclataient au seuil d'un monde hallucinogène moribond… Son esprit se fraya parmi les vapeurs olivâtres, puis creva la bogue de chants démoniaques qui le recouvrait…

Mantróskylo s'éveilla de ce chant de sirène ; son regard s'ouvrit sur le visage de la prêtresse, dont ses yeux globuleux fascinaient autant qu'ils provoquaient l'effroi du simple croyant. Un éclair brisa sa chaîne mentale. Il se pencha en arrière, dégaina l'automatique, et dans un grognement de rage appuya sur la détente…

La balle avait traversé le crâne de la prêtresse, provoquant un écho au sein de la *cella*. Un filet de sang sinua le long de l'arête nasale, puis goutta comme une clepsydre, issue des Hadès. Elle lâcha la double-hache, dont le timbre métallique tinta et se répercuta en tombant sur les dalles de marbre noir, puis elle glissa vers le sol, retenue par la jambe colossale du dieu kronien.

Elle gisait aux pieds de la déité, suprême offrande au culte des Titans.

Il se retourna, et surprit les deux prêtresses à l'œuvre dans leurs forfaits démoniaques : un fantassin demeurait sur le sol, le crâne brisé en deux par un labrys, planté comme une cognée dans le tronc d'un arbre agonisant. Les trois autres hoplites restaient encore de marbre, nageant dans un univers onirique où des nymphes dansaient et virevoltaient autour d'eux, sous le maléfice d'une litanie démoniaque des prêtresses labryades, dont à présent elles dressaient leur arme ritualiste au-dessus de leur tête, s'apprêtant à commettre leur sordide méfait. Mantróskylo pivota du bassin, pointa dans leur direction et fit feu, vidant la cartouche de l'automatique en quelques gouttes de clepsydre… Dans une lente projection animée, les corps des prêtresses tombèrent à la renverse sur les marbres miroitants du temple de Thémiscyra…

Un ballet de chasseurs de combat surplombait la cité labryade, créant un malaise dans l'esprit affligé du roi de Sparte : l'escadrille lacédémonienne avait maille à partir pour la domination des sphères. Si les Harpies n'arrivaient pas à anéantir la flotte aérienne kronienne, Soos risquait d'être la risée de la Ligue, cédant le commandement de la flotte au stratège athénien Monólithos de Céphisie. Un Athénien dirigeant la Ligue ! De quoi mettre à mal la dynastie des Eurypontides pour le restant du siècle. Sans compter les rapports houleux avec les Anciens de la Gérousie, le Sénat sparte. Si cela devait se produire, autant se jeter dans le gouffre des Apothètes… En regardant le laborieux combat que menaient ses auriges, Soos se sentit l'âme en peine et l'esprit défait par cette succession d'infortunes venant l'assaillir ; la déesse inflexible de la nécessité, Anankè, se révélant un redoutable obstacle sur les contingences martiales d'un Arès Belliqueux. Les Achéens maîtrisaient l'*Exercitus*, ce noble art martial, d'une forme qui leur était propre ; la rigueur et l'éducation en étaient les pièces maîtresses, et aucun des États de l'Union n'avait eu cette formidable « vengeresse Némésis » que celui du roi Ménélas, lorsqu'il avait enduré le rapt de sa belle Hellène…

Les redoutables Kères, déesses de la mort, fondaient sur les vaisseaux Harpies, les happant pour les uns, les enveloppant de leurs sombres ailes pour les autres… Un ballet spatial funeste, que les auriges spartes éprouvaient au fil du temps. Le roi observait cette tragédie grecque, le cœur meurtri, l'âme en peine. La superforteresse se positionnait à quelques encablures de cette scène funèbre, survolant la cité de Thémiscyra aux premières lueurs de l'aube. D'autres chasseurs lacédémoniens vinrent à la rescousse, glissant sur les flux aériens dans une félinerie martiale qui leur est propre… plongeant au sein de nuages soufrés, se formant par la grâce des divergences de température, puis jaillissant face aux puissantes camares amazoniennes, sans gagner la moindre parcelle d'espace sur le démoniaque ennemi. Soos se tourna vers le général Cerbérus :

— Que l'on en finisse… Nous avons suffisamment perdu des hommes et du temps ! s'exclama-t-il d'un ton las.

Cerbérus communiqua avec l'aurige du bombardier. Le vaisseau gronda, puis piqua du nez tout en se dirigeant vers la scène de combat, sous des rais d'un Hélios fougueux… Les premiers monstres Kères sinuèrent vers leur nouvelle proie, déployant leurs ailes immenses dans une atmosphère chargée d'électricité. Elles léchèrent de leurs ailes obscures les parois du vaisseau, tournoyant comme des charognards autour du vaisseau-amiral, en attente d'un futur repas… Certaines ouvrirent leur immense gueule et dressèrent leurs griffes acérées, afin de les planter sur la surface métallique de l'imposante nef de guerre, sans parvenir à l'égratigner. Une camare s'approcha de la superforteresse sparte, puis lâcha ses missiles au-dessus d'une ville en proie aux flammes, soumise aux bombardements de la Coalition. Le canonnier-marin prit les choses en main en agrippant le manche de tirs ; l'écran lui faisant face signalait la présence de l'ennemi sous forme d'un graphisme à haute résolution. La représentation de la camare s'y inscrivait, s'y mouvant de droite et de gauche comme dans un jeu électronique. Un point lumineux rouge clignota soudain, appuyé par le timbre aigu de l'alarme de positionnement de la visée : le lieutenant tira…

Les deux missiles émergèrent de leurs logements, filant vers leur but commun, dans un feulement à rendre envieux le plus prétentieux des félins, pendant que durant ce temps-là, les deux Kères jouaient avec leur future agape de métal et de verre, louvoyant autour de l'immense croiseur de la Coalition. Le canonnier actionna la commande du filet électromagnétique ; des étincelles parsemèrent le vaisseau, tel un Zeus lumineux, prêt à rendre sa Justice… puis un bouclier énergétique l'enveloppa, le protégeant des indicibles avatars du dieu Thanatos, la Mort errant sur le chemin des Mortels… Une Kère s'y frotta, et s'y écarta tout autant, soumise à une imprévisible décharge électrique. La seconde fondit sur sa proie, sans réfléchir à la conséquence de son acte ; à peine ses griffes acérées touchèrent le vaisseau, qu'elle fut foudroyée sur l'instant, grillée comme un cuissot de bœuf sur des braises ardentes. L'autre fut aussitôt prise en chasse par le restant des chasseurs Harpies, rapidement mise hors course face aux nombres des assaillants…

L'aurige amazone offrait des thrènes à Kronos, afin d'expédier les médisants spartes au fond du Tartare :

« … Ô noble Kronos ! de Chaos, je me prosterne, de Chaos nos formes sont procréées et y retournent en des cendres purifiées par Ta divine volonté !... »

… L'immense vaisseau camare reçut les missiles adverses dans un chaos indescriptible, une explosion suivie par une immense boule de feu éclairant l'éther de Thémiscyra…

***

Les images arrivaient sur l'écran du roi de Sparte par le truchement du drone, images ondoyantes suivant sa position spatiale. L'unité d'élite du capitaine Zénobios contourna l'énorme statue de Kronos, et longea les colonnes doriques du « Saint des Saints » aux fûts cannelés, pour accéder à un édicule, situé à l'opposé de la représentation du Titan, où reposait l'omphalos de Delphes dans une semi-obscurité, à même le sol de marbre noir de l'île de Chios.

— Nous y sommes, Votre Altesse ! La pierre sacrée repose dans le belvédère, entourée par des haches… Un empilement de bipennes, Votre Altesse…

Soos observait l'écran d'une joie contenue, satisfait de mettre « enfin » un terme à cette quête qui n'avait rien d'initiatique, mais menait les faits d'armes jusqu'aux portes de Thémiscyra. La représentation déique sous forme d'œuf vacilla, des coupures intempestives d'images et de son sectionnaient la conversation entre les deux hommes. Le roi parvenait malgré tout à vérifier les dires du commando, apercevant des bipennes de différentes tailles recouvrir la base de l'omphalos sacré ; le « nombril du monde » pouvait retrouver sa demeure sacrée !...

Durant ce temps-là, aux portes de Corinthe :

Le roi Télestès ruminait sa frustration, en découvrant sur l'immense écran de la pièce blindée (enfouie à quelques centaines de pas sous les fondations de l'Acrocorinthe), le siège de sa cité par les corps d'élite des rois de Sparte. L'infanterie athénienne stationnait tout près de l'isthme Corinthienne, à Mégare, ainsi que des vaisseaux thébains, bloquant la passe menant jusqu'en Céphalonie… Le siège l'avait d'abord soumis dans une colère impétueuse, tel un Poséidon provoquant tempête et tremblements de terre afin de rendre sa justice divine. Puis le descendant des Bacchiades se recroquevilla dans une torpeur qu'il n'avait jamais subie, en comprenant que, malgré les Forces armées de la cité, il ne parviendrait pas à se mesurer à la Ligue de Sparte. Il porta un kylix de Néméa corsé à ses lèvres, gercées par l'abus d'opiacés, le filet ocre dévalant sa nuque pour aller s'enfouir sous le col de la chemise militaire, trempée de sueur.

Une vidéo du canal du Diolkos envahie l'écran : un stratège athénien prenait position sur la tour de contrôle du Diolkos ; le canal de Corinthe venait de passer sous domination athénienne !

Le roi de Corinthe se retourna, faisant face à ses lieutenants, soumis à sa noble personne par une solde grassement honorée en fin de mois. Et tout en regardant les chefs d'états-majors des armées d'un œil atone, il pensait à l'assujettissement du peuple par la taxe de l'Eisphora, permettant de pourvoir financièrement la Force armée corinthienne, en grande difficulté trésorière…

Le stratège Alepoú l'Ancien s'autorisa une remarque :

— Votre Seigneurie devrait se rendre à l'évidence : nous sommes acculés par la Coalition à rétablir la voie du Diolkos dans les normes du traité originel…

Le roi se redressa, l'échine brisée par des décennies de pouvoir, traversées d'épreuves plus ou moins réussies. Il songea à cette enfant, éprouvée par une maladie neurovégétative qui lui détruisait lentement le système nerveux, et qui attendait de *Sa* personne une nouvelle vie, emplie d'espérance… Il ne pourra jamais lui offrir cette « évolution » qu'elle attendait, car les finances de l'État corinthien étaient gonflées par des prélèvements de taux obligataires démesurés, assujettissant le peuple, à la limite de l'oppression fiscale ; la ligne jaune venait d'être franchie… Il ne voulait le croire, *Lui*, le maître de Corinthe, le descendant des Bacchiades, un Dorien qui prenait à cœur de redorer le blason de la plus puissante dynastie oligarchique de Corinthe, des armateurs dont rien ni personne ne pouvaient soustraire leur soif de réussite sociale et financière… Sauf que le descendant Télestès avait tout faux, en engageant un front monétaire et militaire face à une fédération hellénique qu'il pensait affaiblie par des dissensions internes !

La mine flétrie par des heures de différends avec le Gouvernement, il regarda droit dans les yeux sont plus proche collaborateur :

— Je suis las, Alepoú… Las des querelles intestines qui fragilisent notre Nation, ainsi que mon corps, usé par l'âge et les crises du Pouvoir… Il se retourna vers l'écran inondant le mur, tout en lui parlant. Convoquez l'Assemblée des prytanes[46], j'abdique !... Mais uniquement si la Magistrature assume de son côté l'accord de cession du Diolkos envers l'État attique. Car « je m'en lave les mains ! »…

Des navires de guerre athéniens franchirent le corridor du Diolkos, sous un crachin grisâtre ; l'étendard bleu de la chouette d'Athéna claquait au souffle d'un Éole capricieux – un vent capricieux, froid et humide, prompt à faire tomber le meilleur des marins dans une humeur acariâtre, quitte à se perdre dans un tourbillon de libations en l'honneur d'un Dionysos, grisé d'un mauvais retsina qui vous tourmente l'estomac tout du long de la traversée…

Chroniques de Déméter :

« Eilikrinís-le-Béotien posa une question au Logos Spermatikos : "Maître, quand donc cette souffrance prendra fin, en cette terre de désolation ? " Phanès Protogonos regarda le dévot d'une humeur maussade. Emplie de nonchalance, une limace d'eau douce d'un rouge écarlate longeait la veine jugulaire du maître, puis glissa vers sa puissante épaule avant de dévaler son échine corpulente… "Comment peux-tu prétendre à la maîtrise de tes émotions, si tu n'es pas prêt à supporter le poids de tes afflictions ? La vie n'est faite que de tourments ; l'âme, pareille à un papillon attisé par la flamme d'un lumignon, se consume plus ou moins vite en chaque incarnation afin de sonder sa vaillance, face à l'adversité d'une incarnation emplie d'obstacles… Redresse ton échine, et part user tes spartiates sur les chemins de traverses de la métempsychose, menant tôt ou tard à l'Éternel Retour…" »

Phanès Protogonos,

Épîtres aux Hellènes, incunable aux Canons apocryphes du mont Sépias.

Anamorphose animique

Tout en jetant un regard vers Calchas, étendu sur l'une des couchettes du secteur hospitalier, le médecin-chef se pencha vers l'épibate Architas, lui expliquant d'une voix atone l'affection dont souffrait Calchas :

— Le prince souffre d'une embolie pulmonaire, à mon avis suite aux multiples exercices de vols spatiaux… Ils regardèrent en commun l'état anémique du prince de la Lacédémone, intubé et ventilé par une foule de tuyaux et cathéter. Calchas sommeillait dans les bras de Morphée. Je vous avoue que je suis préoccupé par le fait qu'il doit entreprendre une mission, que je qualifierai de « délicat » vu sa condition actuelle. L'aurige Calchas n'est pas du tout en mesure d'accomplir une quelconque sortie spatiale, et encore moins exécuter une mission à haut risque. Le prince a failli faire une syncope, de toute façon nous avons pratiqué une angiographie pulmonaire et pratiqué un traitement d'urgence aux anticoagulants, sans compter une échographie Doppler afin de cerner la zone où a eu lieu l'embolie… Il en a pour plusieurs jours avant de recouvrer la santé.

— J'ai prévenu notre souverain, il ne souhaite pas que le prince retourne sur Sparte : vous savez combien leurs relations ont toujours été compliquées et tumultueuses.

— De toute façon le prince n'est pas du tout transportable, et restera alité pendant quelques jours encore…

— Cela bouscule notre programme… Il resta embarrassé par le fait qu'il devait modifier son calendrier et planifier une nouvelle fenêtre concernant l'assaut de Tau-Thétis…

Le capitaine Boukolos pénétra dans la cellule de repos ; il fit le salut militaire tout en regardant brièvement le corps allongé de Calchas, toujours dans un état stationnaire, puis s'adressa à son supérieur :

— Seigneur Architas, la fenêtre permettant l'assaut est en voie de se refermer. Notre prochaine fenêtre se situe environ dans une douzaine de jours.

— Oui j'en ai conscience, capitaine Boukolos. Il ne nous reste plus qu'à peaufiner rapidement un nouveau calendrier, avec une nouvelle équipe : j'ai des comptes à rendre aux Autorités ! et le temps est compté…

— Euh ! et quel sera le destin du prince ?

Architas regarda Calchas, toujours dans les bras de Morphée.

— Sa destinée l'amènera à diriger l'équipe des *électromécas*… Puis dès que nous aurons réglé le problème Tau-Thétis, le prince sera détaché sur un site militaire, pour l'instant connu seulement de l'État-major, dont ma personne, en tant que enseignant-formateur en aéronautique…

***

Spiros regarda par le sabord de la cantine, un kylix d'hydromel (fabrication « maison ») dans une main et un carré de dés dans l'autre : une dizaine de vaisseaux d'attaque du Bataillon sacré du Lokhos venaient de se détacher de la station. Les Harpies se dirigeaient vers le goulet de l'Hellespont…

— Ces pétasses du Lokhos nous ont damnées le pion. Nous allons passer pour des *tire-au-flanc* devant les autres contingents, dit-il à Thérion tout en jetant les dés sur le plateau. Il regarda le résultat de son jet : « Quatre as. 'Le coup du chien'… Mauvais jet ! Évidemment. »

Thérion jeta un œil sur le plateau et testa le virulent protagoniste de Calchas : « Mauvais jet, pour nous ou pour le Lokhos ? » dit-il sur un air amusé.

Spiros se retourna vers lui, visiblement embarrassé par le sujet de son camarade.

— En y réfléchissant bien, lors du lancement des dés, j'avais des images de chaos en tête ; des vaisseaux de la Coalition menés à la perte ! Mais pour quel bataillon ? Là se pose la question…

Les vaisseaux du bataillon du Lokhos pénétrèrent le boyau naturel de l'Hellespont, s'enfonçant dans « Le cordon ombilical de Zeus » afin de ramener à la raison le roi corinthien Télestès. En poupe, les feux rougeoyant du dernier chasseur thébain dépassèrent les premiers aérolithes du corridor, puis disparu comme avalé par un Zeus des Aérolithes ayant sacrifié des auriges, d'une imposture qu'ils ne devaient jamais songer à récidiver, tant le goulet représentait aux regards des Hellènes, cette *frustration* de ne pouvoir coloniser une partie de la galaxie du Léthé – mais n'est-il pas dit qu'« On ne conquit pas Zeus Casius en le pénétrant, tel un vulgaire éraste thébain en proie à une frénésie de fornication avec le premier éromène qui passe, un soir de beuverie sur le plus fastueux boulevard de Thèbes » ?

Calchas s'éveilla d'une torpeur qu'il n'avait jamais jusque-là subie. On le disait schizophrène, paranoïaque, en proie à des démons surgissant des profondeurs… Une mélancolie du dieu du dedans. La *bile noire* devait être assainie par un rituel de purification, afin de recevoir le *Logos spermatikos* en son âme souffrant. Soos avait prévu d'aseptiser à *sa* manière le mal qui rongeait et éprouvait son fils, par une psychologie des profondeurs et un virulent stage au sein d'une caserne militaire, réputée pour son caractère martial conservateur… Un retour à l'ancestrale belliqueuse Sparte !

Le prince sentit monter en lui une lente morosité, affublé d'un corps étiolé par la maladie et l'alitement dans des conditions précaires ; son mental éprouvait le besoin d'une résurgence chronologique, où les images de l'enfance et de l'adolescence refluaient d'un passé qui lui avait semblé être dissous par les impératifs de l'*Exercitus*, le noble art de la guerre. Il pivota sa nuque vers le sabord – la froide luminescence des étoiles perçait le velours céleste de la déesse Nyx, la nuit. Les éclats des feux de présence de la station clignotaient par intermittence jusqu'à le précipiter dans une sorte d'épilepsie, lorsqu'il perçut les feux d'une Harpie émergeant du goulet de l'Hellespont. La nef d'attaque s'arrima sur le ponton d'urgence d'une manière plus ou moins aléatoire, comme prise de folie, à moins qu'il ne s'agisse d'une bonne cuvée de retsina, avalée en si peu de temps que l'aurige en souffre des effets secondaires…

Calchas sentit qu'un incident avait sabordé l'assaut de Tau-Thétis !

***

Au résumé de l'affrontement, le regard du capitaine semblait sortir d'un film d'épouvante, où d'une scène de meurtre découverte par les gens d'armes du quartier. Le visage blafard, il énonçait chronologiquement à voix basse la lutte entre son bataillon contre les vaisseaux des Amazones ; un combat perdu d'avance tant les forces en présence n'étaient point fondées, car la supériorité des éléments achéens prévalait la réussite de l'opération militaire… Mais face aux forces occultes des Labryades, l'affrontement s'annonçait bien plus difficile qu'il ne le soupçonnait : la ferveur avec laquelle les auriges thébains enfonçaient le bouclier adverse prit une tournure dramatique ; l'escouade de la Coalition s'effilocha comme peau de chagrin, perdant au fil des heures nombre de vaisseaux qu'aucun des hommes en présence, n'avait pour habitude d'expérimenter ! Ce n'était pas un échec mais bel et bien une sacrée correction envers des hommes que rien ni personne n'avaient pourtant osé défier.

Le commandant de la station prit cette défaite comme le glas de son ministère sur la station internationale, il avait à cœur d'assumer ses fonctions jusqu'au bout, même s'il devait rendre des comptes à la haute magistrature lacédémonienne, avec le poids des responsabilités sur les épaules… L'homme serait remercié en des termes parfois de réconforts, parfois lourds de conséquences émotionnelles affectant une retraite bien trop accélérée à son goût.

Le Bataillon sacré du Lokhos venait de quitter les vertes pâtures du monde des vivants pour les vastes prairies d'asphodèles des Champs-Élysées, offrant les âmes des amants-auriges sodomites à l'antique Cadmée, dont quelques mois plus tard un cénotaphe à la gloire des malheureux héros, morts dans l'honneur et pour la patrie, y fut érigé avec toute la pompe militaire que l'on connaît !

***

Spiros dépassa le seuil de la chambre avec toute la ferveur de sa jeunesse et d'une fougue qui lui était propre, et toujours avec cette aura « d'éternel gagnant » que personne ne peut contraindre ni même retirer tant sa force psychique n'avait d'égal que l'apogée de son ego :

— Par le dieu Priape, après tout ce repos tu dois avoir une érection à faire pâlir de jalousie le plus jouissif des babouins… Il s'installa sur le rebord du lit, et lui posa un gros tas de revues, aux couvertures suggestives, sur la table de chevet. Que des journaux pornos ! dit-il d'un ton narquois.

— Tu sais, en ce moment je n'ai ni la force ni le cœur à solliciter les flèches du facétieux Éros.

— Je pense que tu as eu vent de la déconfiture de l'escouade du Lokhos ?

— Malgré leur potentiel stratégique, le corps d'élite n'avait que peu de chance d'en sortir vainqueur, face à la formidable puissance occulte des mères labryades ainsi que de leurs coursiers stellaires, une supériorité psychique et martiale bien au-delà de nos maigres possibilités humaines…

— Comment te portes-tu ?

— Encore un peu le corps affaibli et l'esprit plongé dans un brouillard lancinant, sinon je serais prêt à affronter d'autres démons, bien plus palpables que ceux du dedans… Comment vont les autres ?

— Arsénios est toujours accroché à son portable, à l'écoute d'une *porné* de Chypre… Quant à Hypérion, depuis qu'il a su que sa femme portait progéniture en son sein, il ne cesse de l'appeler et de feuilleter les magazines de jouets sur la Toile… Tu vas voir, je ne pense pas qu'il tiendra une semaine sans se procurer le dernier joujou à la mode ! ...

Calchas glissa subrepticement un pli aux mains de Spiros. Celui-ci se pencha sur le bout de papier à moitié déchiré d'un magazine ; il y jeta un œil, l'air interrogatif.

— Tu m'organises dans trois jours un petit symposium. J'ai des déclarations de première importance à vous faire ! Chuut ! fit-il à voix basse, avant que Spiros ait eu le temps d'ouvrir sa bouche.

— Euh, en ce lieu ? dit-il tout bas, un doigt pointant la demi-page. Calchas approuva du chef.

— Oui, un district isolé de la station ; une simple remise pour le matériel défectueux.

Dès que Spiros l'abandonna aux bons soins de la déesse Hygie, la déesse de la santé, Calchas se retourna vers le sabord ; les blocs d'aérolithes se mouvaient d'une façon désordonnée, aléatoire, se percutant et s'accrochant comme une armée de *daemons* enragés, issus des profondeurs du Tartare. En ce lieu où est enchaîné le seigneur des Titans.

Chroniques de Déméter :

« Subitement, Phanès Protogonos redressa son port de tête massif ; des images, des chimères envahirent son subconscient (le réservoir de la métempsychose), puis percèrent la gaine menant au conscient, pour y émerger dans l'empressement de formes allégoriques… Au faîte de son crâne, les merveilleux cnidaires se replièrent comme des palourdes soumises à la prédation d'une colonie de crustacés. Les images se formèrent en son for intérieur : l'envol d'un essaim de

papillons aux mille nuances de jaune mordoré s'élevait vers un ciel azuré... Au sein d'Éther, leurs ailes papillotaient à l'éclat d'un Hélios fougueux. Mais de cette sublime vision naquit une atroce révélation : la faucille aiguisée du dieu Thanatos venait de faucher une phalange grecque sur les rives de Propontide ! »

Phanès Protogonos,

Épîtres aux Hellènes, incunable aux Canons apocryphes du mont Sépias.

Le coup de Midas

La pièce était exiguë, mais fort inconfortable tant elle recelait un fourmillement de pièces informatiques usagées et de caissons dont leur contenu n'offrait apparemment que peu de valeurs marchandes tant il avait dépassé le cycle de la seconde décennie... Une dizaine d'hommes du corps d'élite des Boucliers d'argent et l'*électroméca* Hypérion y demeuraient, le temps de régler la planification de l'opération commando en devenir...

« Tu as bien compris, Hypérion ? Tu dois inverser l'automatisation du collecteur. »

Spiros provoqua envers l'*électroméca* un affront de susceptibilité, qu'il n'était pas de bon temps de percer de ses entrailles ; le colosse fronça ses épais sourcils.

— Ouaiiis, j'ai bien compris, Sieur Spiros ! Je suis timide, pas con.

Calchas jeta un regard moqueur vers Spiros, puis s'élança dans une tirade de procédures techniques et martiales que le stratège Architas n'en connaîtrait la raison qu'à l'instant où les vaisseaux Harpies se décrocheraient de la station et approcheraient de l'Hellespont, mais cela ne devait pas inquiéter Calchas pour la suite des opérations, si ce n'est qu'aucun des compagnons d'armes ne devait faire le moindre faux pas durant l'opération commando !
…

… Les sirènes de la station internationale hurlaient dans les coursives, soumettant l'intellect des hommes dans un esprit réactif, rompant avec la quiétude de l'ordinaire ; d'un regard d'un bleu d'acier, le polémarque Architas observait à travers les baies de la salle de sécurité les deux dernières nefs de guerre, encore fixées aux écoutilles, empli d'une aigreur qui lui rongeait le sang tant cette insubordination lui provoquait des nausées. À croire qu'*on* voulait lui faire la peau, juste avant le terme de son contrat ; la retraite arrivait à point nommé, et à l'issue d'une profession mise à mal par la corruption de fonctionnaires, trop zélés pour s'arroger le droit d'authentifier leur compromission dans de fausses missives afin de le corrompre. Même au sein de la Haute magistrature militaire, on était en droit de troubler le ministère d'un proche collaborateur pour le mettre hors course, et cela n'avait pas de prix dès lors que l'on espérait une promotion.

— Combien de vaisseaux ont été dérobés ?

— Dix, votre seigneurie… affirma le stratège Adamance de Mégare, d'une voix qui trahissait une agitation intérieure bien trop perçue par son supérieur.

— Comment ont-ils pu déjouer les algorithmes de sécurité, sans en être inquiétés ? demanda-t-il à son lieutenant du service de sécurité de la station, sur un ton de grande sévérité.

L'officier semblait cloué à son fauteuil tant la froidure de leur relation le figeait dans un malaise de subordination à la hiérarchie militaire, et une frustration de procédure technique qu'il n'était pas prêt d'oublier…

— Je n'en ai point la moindre idée, votre seigneurie. Les images des caméras de surveillance ont été déroutées par un logiciel de malveillance ; un travail de « pro », pour moi.

— Qui sont les fautifs ?

— Huit spartes, un mécano carien et deux Béotiens. Dont le prince Calchas, votre seigneurie.

— Le prince à bord d'un vaisseau ? N'était-il pas vaincu par la maladie ?

— On l'a aperçu monter à bord d'une Harpie, aidé par l'électro-mécanicien Hypérion, il n'avait pas l'air en si mauvais état qu'on le dit.

— Un prince sparte et un mécanicien carien à bord d'un vaisseau de chasse. J'en perds la boussole ! Je ne comprends pas comment les auriges se sont approprié le tarmac sans en être inquiétés ? demanda agressivement le stratège. Où sont-ils actuellement ?

— Aux abords de la bouche de l'Hellespont.

— Ils sont fous. Ils vont couler l'opération et mettre leur vie en péril : le goulet est en train de se refermer. Qu'en est-il de la section de sécurité du secteur d'envol ? Et pourquoi aucun des *électromécas* ne s'est opposé ou a alerté le service de sécurité ? rugit-il en lui jetant un regard de tigre de Bengale.

Le stratège du site d'envol semblait en mauvaise posture et, du fait d'une vulnérabilité au philtre pernicieux d'un sournois Bacchus, subissait une couperose sur un visage décomposé par l'alcool et les responsabilités herculéennes, que doit supporter un stratège…

— Les *électromécas* besognaient sur une Harpie athénienne, au sein du module attique, pendant que le service de sécurité changeait ses effectifs : c'était l'heure du changement des équipes…

Le capitaine Boukolos débarqua rapidement dans la salle de sécurité, haletant comme un bœuf éreinté, après une austère corvée sur les labours du Péloponnèse.

— Commandant Architas, le directeur d'exploitation de la société *Hellade Casius* vient de m'annoncer le rapt de leur récolteur…

— Quand et comment ? demanda le stratège de la station, dans une méconnaissance qu'il avait du mal à cacher, tant son regard passait de l'agressivité à une certaine amertume face aux contrariétés de l'instant.

— Depuis une trentaine de minutes ; d'après leurs observations et les informations fournies par les puces, cachées à bord du récolteur. L'automate se dirigerait droit vers l'Hellespont… Il peut nous fournir des preuves à votre demande, et sollicite aussi votre appui afin d'appréhender les auteurs de ce larcin. C'est un véhicule valant son pesant d'or, m'a-t-il dit.

— Comment cela, « le collecteur se dirigeait vers l'Hellespont » ?

— J'ai ma petite idée, seigneur Architas.

— En attendant, mettez-moi en communication avec Calchas. Dépêchez-vous, Monsieur Adamance ! Si vous ne voulez pas vous retrouver sur un aérolithe de Daédalus, au sein d'un système carcéral à surveiller les prisonniers les plus réfractaires de la Coalition.

Le visage empourpré du capitaine Adamance prenait par instants une tonalité purpurine, assujetti à l'inconfort d'une situation qui le dépassait. Il appuya sur l'inter-com, entreprenant une stérile communication avec l'aurige Calchas ; après de nombreuses réitérations, le stratège put « enfin » accéder aux désirs de son supérieur. Hélas Calchas ne répondait pas à l'insistance du capitaine, plongeant la correspondance verbale de ce dernier dans un soliloque sans fin…

« Passez-moi Calchas, s'énerva Architas, et mettez-moi le visuel sur l'écran du moniteur. » Le capitaine effleura une touche, puis une autre afin d'accéder par l'intermédiaire de la vidéo des caméras de surveillance, à l'environnement spatial régnant à l'embouchure du corridor de l'Hellespont. Il discerna les dernières lueurs des feux de position des nefs de combat pénétrant le goulet d'où les bolides ferreux s'y aggloméraient avec le temps ; l'embouchure allait avaler le dernier chasseur Harpie dans un obscur chenal naturel, dont seul Zeus Casius, grand maître des aérolithes, domine et ordonnance ce troublant ballet stellaire…

— Monsieur Calchas ! Je vous somme de me contacter tout de suite. Vous entendez ? Vous risquez, vous et vos hommes un ostraka[47], dont vous vous souviendrez le restant de votre vie… (silence radio). Architas réitéra son appel, le ton de sa voix montant crescendo… Après un grésillement sur les ondes, une voix enfin y émergea cassant la monotonie de la situation.

— Bonjour, commandant Architas. C'est avec une joie manifeste que je romps ce silence radio, afin de vous informer de notre intention de briser l'enclave Corintho-Labryade. Nous allons profiter de l'occultation circonstancielle du boyau de l'Hellespont afin de mettre un terme aux agissements délétère de l'union scientifique et martiale Corintho-Labryade…

— Calchas, vous avez trahi ma confiance et celle de l'Union, je vous demande, et c'est un ordre, rebroussez chemin immédiatement et j'épongerai le délit pour insubordination ! Même votre père n'en saura rien. De plus vous mettez vos compagnons dans une situation qu'ils sont loin d'en mesurer la teneur ; leur manque de discrimination aboutira sur les bancs de la justice, et je vous assure que tout sera fait pour offrir au peuple un exemple procédurier qu'ils ne seront pas près d'oublier…

Le capitaine Boukolos coupa la conversation du stratège, ce dernier haussant ostensiblement les sourcils devant cette attitude hors du protocole :

— Seigneur Achitas, laissez-moi dépêcher le restant de la flotte hellénique afin de neutraliser leurs intentions.

— Non ! Boukolos. Je ne céderai pas à un engagement compromettant mon poste, ainsi que la vie des auriges sans l'aval de la Coalition. L'aurige Calchas devra assumer ses actes… S'il en sort vivant. D'un ton ferme, Architas relança ses sommations à Calchas : Calchas, revenez à plus de raison, pensez à vos collègues et à votre situation, qu'elle sera malaisée à plaider sur les planches de la justice !

— C'est trop tard, commandant, déjà les premiers bolides se referment sur le corridor. Nous sommes condamnés à mener à bien notre opération commando… Et cela, quel que soit l'aboutissement du combat auquel nous nous sommes engagés. Mes camarades sont de tout cœur avec moi. Quant à mon père, a-t-il au moins tenté de me comprendre et de saisir une seule parcelle de mes désirs ? Il ne souhaitait qu'établir son protocole visionnaire en ma personne, ainsi qu'au reste du peuple ; n'y a-t-il pas un seul jour où il fut en paix avec lui-même et de son doublon régalien ? Jamais, oh non jamais il ne s'est ouvert sur ce à quoi j'aspirais. L'Embatèrion[48] habite nos cœurs et rien ni personne ne pourra ternir notre destinée, seigneur Architas !...

Un grésillement mis fin à la conversation, la clôturant d'une manière stérile.

Un simple chapelet, juste un chapelet de quelques vaisseaux de guerre déjouant la fureur des éléments aérolithes de l'Hellespont, retenu par le système autopilote de chaque engin à l'immense collecteur, ouvrant la voie par la grâce de son puissant champ protecteur magnétique…

« Surtout laissez-vous guider par votre autopilote, et dès que nous émergerons de l'Hellespont, vous pourrez le déconnecter, car à ce moment-là une autre épreuve nous attend ! » annonça Calchas d'une voix de Stentor.

— Ouaiiih, Maître Calchas. Dès qu'on a passé ce trou de cul, m'en vais leur faire la fête, à ces enfoirées de lesbiennes…

s'exclama Arsénios, d'une clameur qui ne faisait rire que sa personne.

— En attendant ce « haut fait de guerre », Arsénios, merci de rester regroupé dès la sortie de l'Hellespont, et cela jusqu'à mon signal ; n'oubliez pas que vous avez à faire à la crème de la crème, et que le combat sera rude.

À l'arrière de l'habitacle du vaisseau de Calchas, Hyperion pianotait sur l'écran de la dalle, développant un menu déroulant, d'où des informations codées s'y étageaient afin de contrôler le compas géodésique, permettant un nouveau géo-positionnement du collecteur. À l'avant du Harpie, une masse sombre ouvrait la voie : le collecteur émettait son rayonnement de blindage magnétique, facilitant la progression de l'étrange chapelet de véhicules stellaires, au milieu du boyau d'aérolithes s'ouvrant par sa grâce puis se refermant à l'arrière du dernier destrier stellaire, sous la pression de la force de gravité des bolides stellaires bouchant la passe de l'Hellespont pour plusieurs semaines. Les hommes étaient condamnés à aller de l'avant, avec l'espoir d'un retour, si les combats qui allaient s'engager supposaient une victoire, au demeurant fort ardue, tellement le champ d'action restait périlleux tant l'escouade amazone attestait la crainte de leurs ennemis, devant cette puissance martiale qui les habitait…

À quelques centaines de stades de leur position, un astre étincelait sous le rayonnement du planétoïde Tau-Thétis : la centrale à énergie du nouveau laboratoire Corintho-Labryade présentait sa position spatiale au bataillon des Boucliers d'argent. Ils foncèrent vers leur objectif, avec un seul but commun : mettre un terme à cette association scientifique malfaisante !...

***

La formation suivait la route du collecteur, rognant les stades qui les séparaient de leur objectif. Un éclat lumineux sillonna le vaste manteau stellaire, s'approchant de façon exponentielle de l'étrange escadrille hellénique ; à quelques stades du convoi, la forme imposante du camare labryade s'afficha au regard de Calchas : le vaisseau imposait par sa masse et ses éclats lumineux d'un bleu outremer. Il semblait flotter au sein d'Éther, empli d'une grâce dramaturgique, digne d'un poème homérique. D'une masse écrasante, la camare n'en demeurait pas moins véloce par sa mobilité. Elle longea d'un mouvement rapide l'expédition punitive, sans effectuer le moindre geste d'agression tactique, puis effectua une manœuvre de repli, tout aussi rapide qu'à l'aller… Les hommes prirent peur sur l'instant.

« Hé, Calchas, je n'ai jamais vu un engin de cette taille ! Elle va nous broyer, la putain de Thémiscyra… fulmina Thérion. »

Calchas observa le vaisseau de chasse ennemi faire un virage en épingle à cheveux, puis faire face à la flotte hellénique, d'une assurance olympienne.

Durant ce rapport de force, le collecteur dériva dans le vide stellaire, lâché par le technicien Hypérion ; happé par la masse de Tau-Thétis, il se dirigeait lentement vers le planétoïde sacré…

Des étoiles naissaient, tel le fruit du hasard. Elles grossirent aussi soudainement que durant l'apparition de la nef de guerre ennemie ; trois vaisseaux d'attaque labryades percèrent le *velum* du ciel, fonçant vers leurs proies helléniques… Positionnées auprès de leur sœur, elles se figèrent, en attente d'une hypothétique directive – leur masse cachant une partie du laboratoire spatial flottant au sein d'Éther. Calchas resta bouche bée, devant cette force rebelle qu'il ne soupçonnait pas si puissante.

Je pense qu'on n'est pas près de sortir de ce merdier, pensa-t-il. Faudra bien que je prouve à mes hommes que j'ai des couilles assez solides, afin de leur montrer de quel bois je suis fait.

— À toutes les Harpies, positionnez-vous en formation *plateía.*

Les dix vaisseaux de la Coalition formèrent un bouclier défensif, en prévoyance d'un affrontement à venir… Au bout de quelques gouttes de clepsydre, des formes sombres et lugubres émergèrent des quatre vaisseaux des Amazones, puis se lancèrent vers leurs proies, en formant un ballet cosmique sous forme de lacets et de girations, de quoi faire perdre la raison aux spectateurs lacédémoniens. Les Kères, démones des Hadès, déployèrent leurs ailes sanguinolentes, d'où des griffes aiguisées comme des sabres s'y révélaient, ainsi que leurs longues pattes, terminées par des serres comme la sinistre faucille du dieu Thanatos. La première aborda le vaisseau de Calchas : à quelques doigts de l'habitacle, elle ouvrit une grande gueule, montrant à Calchas et à Hypérion l'étendue de sa mâchoire aux nombreux crocs, effilés comme des sabres perses. Elle tourna autour de la nef puis s'écarta un temps de son futur repas.

— Je pense que l'on va avoir du fil à retordre ! mon cher Hypérion.

— Eh, Calchas. Est-il vrai que nos chasseurs possèdent un blindage électromagnétique ?

— Effectivement, mon ami. Mais le bouclier de nos vaisseaux a un point de faiblesse : il demande énormément d'énergie, affaiblissant la consommation de la centrale à énergie du chasseur ; on ne doit pas oublier qu'après le combat, il faudra accomplir le trajet du corridor de l'Hellespont en sens inverse !

— J'ai ma petite idée là-dessus, suggéra Hypérion. Je pourrais former à partir des quatre vaisseaux un maillage assez puissant, permettant de nous protéger des vaisseaux labryades et de leurs *petits* animaux de compagnie. Il me faut suffisamment de temps afin de le créer, reliant des informations dans chacun des ordinateurs de bord de chaque Harpie, à partir…

Calchas fit la moue et le coupa.

— De combien de temps te faut-il pour établir une connexion, puis effectuer ce blindage autour de la formation ?

— Cinq minutes…

— C'est trop long ! Je ne te laisse pas plus de deux minutes et trente secondes pour établir une connexion avec l'ensemble de la formation !

Hypérion se mit tout de suite à l'action, pianotant sur sa tablette afin de concevoir un maillage assez puissant pour protéger la formation… Déjà les trois autres nefs amazones larguèrent leurs molosses Kères, filant vers leurs proies à la vitesse de l'éclair…

**

Des coups de serres lacéraient la barrière immatérielle de la formation ; des étincelles se formèrent sous les assauts répétés des monstres issus de Tartare. Les hommes tiraient à vue sur les assaillants, les faisceaux laser formant des ballets de ligne d'un bleu et d'un rouge étincelants. Les ailes des entités léchaient la barrière indécelable à leurs yeux, se comburant sous l'effet de la chaleur résiduelle subie par les frottements entre la chair et les molécules atomiques du parapluie immatériel. Les Kères ne se décontenançaient tout autant, chargeant le bloc de nefs helléniques par la volonté de leurs maîtresses, priant en des intonations dithyrambiques leur glorieux dieu Kronos…

« … Ô noble Kronos ! de Chaos, je me prosterne, de Chaos nos formes sont procréées et y retournent en des cendres purifiées par Ta divine volonté !... »

Les décharges électriques s'amplifiaient, offrant au commun des mortels une vision apocalyptique du secteur de combats ; sous les coups de boutoir des Kères, des gerbes d'étincelles rayonnaient autour et au-dessus des nefs de guerre helléniques, formant à chaque instant des arcs lumineux, dignes des colères de Zeus Ouranios – le Zeus céleste. À deux ou trois stades de-là, les vaisseaux des maîtresses amazones ne bronchaient pas, flottant au sein d'Éther, dans une attente déconcertante :

— Qu'attendent-elles pour passer à l'attaque ? tonna Calchas. Leurs vaisseaux sont largement supérieurs aux nôtres, afin de terminer ce combat avec les honneurs…

Le timbre distinguable de Spiros émergea dans le casque de Calchas.

— Peut-être sont-elles à ce point « sadiques », qu'elles attendent que leurs molosses finissent le travail !…

— Il faut mettre un terme à cette attaque de leurs chiens de guerre ; on a d'autres chats à fouetter, et le temps est compté !

Comme par un fait du hasard, les Kères battirent en retraite et pénétrèrent dans les orifices des vaisseaux labryades, laissant leurs proies seules avec elles-mêmes. Les vaisseaux commencèrent à se déplacer vers leurs ennemis. La rencontre fatidique allait survenir…

Les camares labryades sinuèrent au sein d'Éther, dessinant un ballet de vaisseaux de guerre, dont leur vélocité étonnait face à cette impressionnante masse qu'ils déployaient ; on aurait pu penser que ce n'était qu'un divertissement céleste, afin d'apprécier leurs formes en ronde-bosse, détachées sur le velours céleste. Mais l'image était trompeuse, car le dessein s'enorgueillissait d'une suprématie martiale, que l'escadrille des Argyraspides allait essuyer…

— À toutes les Harpies : mettez-vous en formation de combat. Formation en V, et lorsque les Amazones sont dans votre viseur, accrochez-vous à votre adversaire ! Ne vous laissez pas impressionner, concentrez-vous sur votre combat, et surtout faites attention à leur dextérité : malgré leur masse, ils sont bien plus véloces que vous ne le pensez !

Les combats faisaient rage, des faisceaux laser dessinaient des entrelacs lumineux, sur le fond cintré de Tau-Thétis ; à l'arrière-plan, la station expérimentale survolait l'océan bleu turquoise Ogénos, dans une indifférence et un panorama d'un lyrisme orphique ; un point semblant insignifiant s'y rapprochait, oublié par les fougueux guerriers : le collecteur d'aérolithes divaguait au-dessus de l'atmosphère du planétoïde, se dirigeant vers le laboratoire spatial, dont leurs occupants observaient ce combat de Titans stellaires… Les vaisseaux de guerre se frôlaient par instants, dessinant des arabesques issues d'un belliqueux Arès. La plus imposante des nefs de guerre amazones, se dirigea vers le vaisseau de Calchas. Elle largua ses faisceaux laser, dotés d'une puissance de feu phénoménale ; un faisceau ricocha sur le fuselage, sans occasionner d'avarie. Calchas et Hypérion avaient rabattu leur casque. La vision 3d s'inscrivait sur la visière ; des informations apparaissaient, permettant de faciliter le combat rapproché. Le réticule, inscrit dans la visière, se mouvait suivant le déplacement des appareils de combat, des signaux visuels et sonores apportant un soutien logistique au vaillant aurige de Lacédémone.

— Accroche-toi, Hypérion. Et prie Arès, afin qu'il soit de notre côté !

— Crois-tu que Arès soit assez fin pour se placer du côté des combattants battus d'avance ? Lorsque je vois le vaisseau de l'Amazone, je ne peux m'empêcher de prier plutôt mère Destinée, afin qu'elle soit favorable à nos frêles carcasses !

La Mère labryade émit un fin rictus, en observant le vaisseau de Calchas.

« Par Notre Mère, Artémis Orpis. Regarde ces proies, Ô Noble Kronos ! Elles te seront offertes sur l'autel des holocaustes… » pria l'aurige labryade, le regard pétillant.

Le chasseur de Calchas louvoyait devant les nombreux tirs nourris par l'Amazone. Il réalisait des volutes et des spirales, défiant les traits lasers de l'ennemie. Sur l'instant, Calchas entrevit le vaisseau de Spiros exterminant un appareil amazone : le chasseur explosa dans une gerbe de feu ! ensuite il aperçut le chasseur de Calchas en grand danger, et fonça le secourir…

La camare de l'Amazone poursuivait la Harpie de Calchas, tirant ses traits mortels, pendant que l'engin du jeune sparte slalomait entre les feux nourris, provoquant des virages serrés et cintrés insensés afin de distancer l'attaquant… Calchas vit le chasseur de Spiros sur sa visière ; l'aurige arrivait face à lui, à vive allure…

— Bordel ! Spiros, qu'est-ce que tu fous ? Casse-toi de là ! Tu es en train de foutre la merde dans cet affrontement !

— Tu penses !... Tu as une folle à ton cul, et je dois te laisser te démerder tout seul ? Tu oublies que tu as un invité à bord. Ton engin est lourd comme ma queue, alors si tu ne veux pas finir rôti comme le vieux *Dionysos Zagreus*, écarte ton coucou de mon chemin !

Pendant ce temps-là sur les rives de l'embouchure de l'Hellespont, les combats devenaient enragés : les autres Harpies de la formation passèrent à l'attaque, faisant front à un ennemi hors du commun…

Thérion et Xiphidion – un Béotien – s'attelaient à affronter l'immense camare, et malgré l'ampleur de leur force, la Coalition éprouvait des lacunes à terrasser l'ennemi. Les feux de laser se croisaient dans une atmosphère électrique, éraflant à peine la structure de l'engin amazone. Devant l'assaut des deux combattants helléniques, la lourde nef décrocha rapidement… Puis revint à l'attaque, après avoir fait un retournement à faire pâlir les chasseurs émérites de la Coalition.

— Eh, Harpie IV. Place-toi à revers de cette folle : on va lui bloquer la route et lui mettre le feu aux fesses…

— Je ne sais pas si c'est une bonne idée : son rayon d'action est terriblement modulable, et l'aurige amazone maîtrise son engin à la perfection ; je vais tout de même louvoyer entre ses tirs et essayer une parade, que l'on ne sera pas près d'oublier…

La Harpie de Xiphidion virevoltait entre les tirs nourris du titanesque vaisseau labryade, évitant les salves destructrices, comme un renard prit en flagrant délit de maraudage par le paysan du coin. Il grimpa de quelques stades au-dessus de la carlingue ennemie, puis manœuvra en un brusque virage de contournement afin de se retrouver aux fesses de l'Amazone, en position de tir.

Il prépara et largua ses missiles… Elles foncèrent en sinuant comme des chiens excités sur leur proie de métal et de carbone, dont les tuyères de combustion s'enorgueillissaient d'un bleu flamboyant. L'éclat des tuyères à poussée vectorielle passa du bleu incandescent à un blanc irradiant ; la masse du vaisseau labryade s'arracha soudainement de son point d'ancrage et se propulsa au-dessus des deux Harpies, lâchant les missiles de son rival dans une incertitude, que seul un Chronos en connaissait les aboutissants… Les missiles parcoururent encore quelques stades avant de trouver une nouvelle proie : le vaisseau de chasse de Thérion les reçut de front, déflagrant dans une gerbe de feu ! Des éclats de la nef de combat parsemaient les alentours, illustrant les conséquences d'un assaut avorté, devant les yeux embués du jeune Béotien. Le choc fut rude, tant physiquement que mentalement ; le pilote n'eut peu de temps pour s'en remettre que le chasseur ennemi passa à l'attaque, annihilant tout espoir de victoire.

Athéna Itona, la déesse de Béotie, venait de récupérer l'âme du malheureux Xiphidion, et s'en retournait dans les Champs-Élysées les bras chargés et le cœur meurtri…

« On vient de perdre Thérion et Xiphidion ! hurla Calchas, si l'on ne se bouge pas le cul, notre opération sera avortée ! Perdue d'avance par ma folie des grandeurs. » *Si je m'en sors vivant, je devrais répondre de mes actes devant l'assemblée des Anciens…*, pensa-t-il, le cœur meurtri par la perte d'un ami et du déroulement malheureux de l'opération tactique.

La lutte s'intensifiait à quelques encablures du laboratoire spatial : les belligérants s'affrontaient dans un combat semblant perdu d'avance pour la Coalition ; Spiros dépassa le vaisseau de Calchas d'une simple embardée, le distançant ardemment afin de se retrouver nez à nez avec le chasseur de l'Amazone.

— Spiros, arrête tes conneries ! Tu es en train de nous enfoncer dans un tas de purin ! Reviens à la raison ! Tu entends ? C'est un ordre de ton capitaine d'escadron !

— Il ne t'écoutera pas, Calchas, répondit Hypérion. Il est pris dans son engrenage martial…

Le combat allait s'annoncer difficile ! Le vaisseau labryade l'impressionnait par sa démesure : comment une masse aussi colossale pouvait jouir d'une vélocité démente ? La nef de Spiros s'apparentait au peuple des fourmis, face à la démesure des Géants. Il entr'aperçut le visage de l'aurige amazone, bleu par le reflet du vitrage de l'habitacle, et soumis à la réverbération de l'aura provenant de l'éther de Tau-Thétis – elle semblait lui révéler un sourire narquois, devant cet adversaire qui s'apparentait à un chétif frelon lacédémonien ! Il attaqua de front, n'attendant aucune réponse avant-garde de l'opposant ; il ne fut pas déçu, lorsqu'il constata à quel point elle maîtrisait sa monture de métal et de carbone. Les faisceaux laser s'entrecroisaient dans un espace borné entre l'éther et le laboratoire satellitaire corintho-perse. À quelques stades de-là, le collecteur s'approchait dangereusement du laboratoire, oublié par les combattants accaparés par leur engagement martial… Les résidents s'acharnaient à communiquer avec la milice labryade, sans obtenir la moindre réponse à leurs appels d'urgence. Calchas devint rouge de colère, en voyant qu'il n'avait plus la maîtrise de l'opération, et qu'il n'était pas écouté, même par son plus proche ami.

« Ce con de Spiros est en train de nous foutre dans une galère, que je ne suis pas près d'oublier… On risque de perdre le bénéfice de l'imprévu, par sa paranoïa galopante de la *baston* ! »

Pendant ce temps-là, Spiros se démenait tant bien que mal avec son adversaire, multipliant les figures aériennes, comme des tonneaux barriqués et des virages de dégagement, maîtrisés de main de maître par une formation qu'il avait obtenu à force de vaillance au sein d'une prestigieuse école militaire sparte. Mais l'on sait bien, qu'un talon d'Achille demeure au tréfonds de chaque être humain, prompt à se révéler dès que le corps ou l'esprit se retrouvent en position de faiblesse. Le surhomme n'est pas près de se révéler, en ce cas-là !

« Une vraie lionne, cette femelle amazone ! » pensa Spiros. Son engin effectua un tonneau afin d'éviter les tirs « trop » nourris de son adversaire. Un temps, il entrevit l'étendue bleu turquoise de l'océan Ogénos ; des bancs de physalies survolaient l'immense nappe d'eau douce, semblables à des colonies d'oiseaux, planant au-dessus de la mer Égée.

« Par Notre Mère Artémis Orpis. Je vais le précipiter en enfers ! » tempêta la Mère labryade.

Ses yeux s'embrasaient sous la colère et la rancœur contre la gent masculine. Elle possédait suffisamment d'autodiscipline pour orienter ses émotions, les digérant afin d'en puiser une force venue du fond des âges. Dès la Création, les Titans se prévalaient maîtres du monde, leur Kronos n'avait-il pas étendu son pouvoir au-delà de l'univers ? Le Temps est père de toute chose, car Kronos a créé l'origine du monde par Sa force, Sa vaillance et Sa puissance. *L'âge d'or étincellera de nouveau sur les cités helléniques, afin d'ouvrir la voie à une nouvelle ère kronienne établissant un pouvoir sans pareil, dirigé par les premières ébauches des dieux telluriques... Gaïa Protomantis retrouvera Sa place au sein du temple de Delphes, là où demeure l'œuf sacré !*

Il effectua un demi-tonneau puis une boucle à 180°, chutant de plusieurs stades en quelques secondes... Hélas il fut accueilli plus tôt qu'il n'espérait : le vaisseau camare s'inscrivait déjà dans sa visière 3d. Deux missiles en émergeaient et arrivaient comme des prédateurs assoiffés de sang ; il n'eut pas le temps de les esquiver. L'engin de Spiros explosa dans une gerbe de feu !

« Argh ! SPIIIROS !!! ... » le visage de Calchas vira au rouge, puis devint blafard devant l'évidence de la tragédie. Le casque s'embuait sous les râles de souffrance, aussitôt assaini par le système d'aération. Hypérion resta bouche bée devant les fragments résiduels du Harpie, s'échouant dans l'Éther, comme les restant de la coque d'une vieille trière soumise à l'assaut d'un Poséidon colérique. Sous l'effet de la force de gravité, des débris s'enflammaient et tombaient en direction de l'océan Ogénos.

« Merde ! on a perdu Spiros... Spiros... Qui pouvait dire qu'il perdrait la vie dans un endroit pareil ? ... » marmonna d'une voix éraillée Hypérion.

Calchas eut juste le temps d'apercevoir la masse imposante du camare s'approcher à vitesse exponentielle, passant au-dessus de la carlingue dans un silence sépulcral. Le vaisseau cacha un temps la rotondité du planétoïde Tau-Thétis, livrant aux regards des deux hommes ses diodes étincelantes et sa surface, au relief d'un jaune ambré.

« Elle nous ridiculise ! s'exclama Calchas. »

— Les Amazones possèdent une force qui nous est étrangère. Leur science est puisée parmi des textes sacrés kroniens, élaborés depuis la nuit des temps.

— Je m'en tape, de leur science. Pour l'instant, il nous importe de rester sereins... tout en jaugeant la puissance de cet engin et la maîtrise de l'aurige...

Calchas braqua son vaisseau afin de se retrouver face à l'adversaire. Elle n'attendit pas qu'il s'approche davantage et tira ses premières salves. Le vaisseau branla sous l'effet du choc ; l'aile droite se trouva en partie calcinée. Une alarme sonore envahit l'habitacle. Aussitôt l'ordinateur de bord enclencha le système de protection, lâchant l'automate extincteur à même l'emplacement en question.

« Merde, elle a failli nous envoyer dans les bras de Thanatos !... Ça va, Hypérion ? Hypérion ne répondait pas. Oh, Hypérion ! ? » Calchas jeta un œil sur le tableau de bord ; les diodes associant le rythme cardiaque et respiratoire d'Hypérion restaient au vert, mais l'homme avait perdu connaissance suite à la violence du choc. Rouge de colère, Calchas bascula sa visière en mode manuel, lâchant le système IA pour un combat direct, dirigé à l'instinct... Les diodes et l'éclairage de l'habitacle du camare s'y reflétaient, comme un rappel des flambeaux du Tartare au descendant des Héraclides – ces fanaux n'incarnaient-ils pas le *Hadès Stygeros*, « l'Horrible », prompt à satisfaire sa boulimie animique ?

— Montre-moi ce que ton ventre recèle des plus monstrueux ! Face à cette voix impromptue, il porta une main tremblotante à son casque et joua sur le commutateur digital… Mais c'était comme si sa voix sortait de…

« Comment peut-elle communiquer avec moi ? s'interroge-il. Mes coordonnées sont brouillées et mon vaisseau détient les dernières innovations technologiques. »

« Par Notre mère Gâ, je vais te pousser en tes extrêmes afin de provoquer une *catharsis*, dont tes descendants s'en souviendront durant des éons… »

Il resta sans voix… Les dialogues sortaient bien de son esprit, et non pas des écouteurs !

« Révèle ta part d'ombre, ton aura maléfique ! …»

— En quel sortilège tu puises, pour ainsi oser violer mon esprit ? Est-ce par une thaumaturgie, perturbant le repos éternel des âmes voguant dans le triste Tartare ? À moins que je sombre dans la folie, usé par une paranoïa galopante.

Il se retrouva face au camare ; le relief du vaisseau formait une immense hache à double tranchant, découpé sur le fond bleuté de Tau-Thétis. Sa masse équivalait à trois Harpies, de quoi impressionné le simple aurige sortant de l'école militaire. Les deux belligérants restèrent de marbre, pendant que le restant des vaisseaux se disputait l'aire de combat, à coups de faisceaux laser et de missiles… Les vaisseaux de la Coalition s'y décimaient, vaincus par la force occulte de la civilisation antédiluvienne des Titans.

Une rage viscérale remonta jusqu'aux neurones de Calchas ; sous l'effet de l'adrénaline, sa vision s'embuait dans des limbes de colère. Il paniqua et fonça vers le vaisseau labryade, animé d'une sombre vengeance… puis tira à boulets rouges, lançant ses faisceaux laser dans une fureur dont seul un Arès belliqueux aurait pu confronter son aura martiale, au jeune descendant des Héraclides… La camare se faufila entre les tirs nourris, se jouant de l'adversaire par son impressionnante vélocité…

— Enfant du Péloponnèse, révèle-moi tes abysses dionysiaques ! Régurgite les déchirants complots de ta dynastie… Ne vois-tu pas émerger de tes entrailles les meurtrissures encore fraîches, que ta mère castratrice a infligées à ton père ?...

— Sort de ma tête ! vieille folle. Comment peux-tu insulter une dynastie, aussi ancestrale que la Terre qui l'a enfantée ?...

Il continuait d'essaimer le restant de missiles, mais la Labryade brillait par son audace stellaire, évitant les ogives destructrices en pariant sur la vélocité de son destrier et sur les Kères, les Tueuses noires, jaillissant de nouveau des entrailles du vaisseau… Les monstres ailés finissaient par envelopper les missiles, et parvenaient à les étreindre de leur corps issu du Tartare.

— La terre où ta mère t'a enfanté, est souillée par un adultère prémédité par une partie de ta propre dynastie ! Tu n'es point le rejeton de celui qui t'a élevé, dans la plus pure tradition lacédémonienne…

Fou de rage, Calchas poursuivait la nef de guerre amazonienne, accélérant son offensive martiale, à grands coups de salves lasers… Mais la camare possédait une vélocité que le descendant des Héraclides ne pouvait égaler. Soudain il sentit un fourmillement grimper sous son bras droit ; il y jeta un œil, risquant d'affaiblir sa garde face à l'urgence de l'événement : quelque chose grimpait sous sa peau, formant une petite crête mouvante affectant l'ajustement du costume de combat. Il eut une vision de la chose glissant sous son derme. Une araignée s'y était glissée, progressant ardemment comme une affection cancéreuse… Il céda à la panique, lâcha le manche et entreprit une inspection de l'autre main, laissant son vaisseau dériver soudainement comme un bateau à la dérive.

— Quelle est donc ton ivresse ? jeune combattant. Une immersion dionysiaque, où la folie côtoie les plaisirs de la chair et du nectar bacchanale, ou bien une transe apollinienne effleurant l'esthète qui demeure en toi, accompagnée d'une ardeur eurythmique, dont la profondeur des sons engendre une apothéose d'imageries oniriques ?...

Le vaisseau tourbillonnait comme une toupie prise par son emballement giratoire. Calchas tirait sur le tissu et fini par en arracher un lambeau, et inspecta d'une main tremblante son bras, à la recherche de l'ingénieux arachnide... Il suait comme un taureau en chaleur, sa vision affectée par une buée que le système autonome parvenait péniblement à évacuer. Il entendait la voix criarde de son auditrice, à l'écoute de son jeune adversaire en peine, s'esclaffant devant le spectacle qui s'étalait devant ses yeux d'un noir d'onyx...

Une lueur perça le *velum* céleste : un essaim de vaisseaux perses émergea de Chaos, se dirigeant aussitôt vers le lieu des combats... Le capitaine de l'escadrille somma ses auriges à percer la ligne adversaire en tirant la première salve : les missiles filèrent comme des cerbères sortant du Tartare, l'un d'eux perdit sa cible et finit sa course, en se consumant dans l'atmosphère de Tau-Thétis, pendant que le second percuta le vaisseau labryade – celui-ci explosa dans une gerbe de feu et de débris de métal en fusion, s'éparpillant dans le vide stellaire. La Mère, étonnée par cette attaque subite, n'eut qu'une fraction d'espace-temps pour prier son dieu, et le rejoindre au tréfonds des Hadès, en ce lieu où percent les fleurs d'asphodèles, en mémoire aux défunts. La camare s'inclina sur bâbord et perdit de l'altitude, glissant dans une atmosphère théâtrale en direction du laboratoire spatial. Elle heurta le collecteur d'aérolithes (en perdition depuis que l'escouade de la Coalition pénétra le sanctuaire sacré), suite à la collision celui-ci se dirigea vers le laboratoire, dont leurs occupants assistaient à ce combat qui fut fatal à la Mère et aux autres Amazones, achevées par les puissants vaisseaux de guerre perses. Le collecteur percuta le laboratoire spatial, créant un puissant séisme en son bord. De l'extérieur, des auriges helléniques apercevaient les masques de souffrance des laborantins et des techniciens, secoués tels des pantins de son et de chiffons... Une craquelure apparut à la surface du satellite, créant aussitôt une dépressurisation, dont l'issue finale apparut théâtralement au corps expéditionnaire des auriges perses et helléniques : le labo implosa et, rattrapé par l'attraction gravitationnelle de Tau-Thétis, sombra corps et biens en son éther, se consumant par le frottement de l'atmosphère. Le restant du laboratoire, coula aux abords du promontoire rocheux du Sépias, en ses rives bordés d'un drapé de galets.

La Harpie de Calchas continuait de tournoyer sur elle-même, filant vers le fond bleuté de Tau-Thétis… Dans un instant de conscience, Calchas brisa l'opercule du levier de séparation de l'habitacle du vaisseau, tirant la manette vers lui ; l'habitacle s'arracha aussitôt du Harpie, vide telle une coque de noix, en phase de se désintégrer en pénétrant l'atmosphère du planétoïde. Le système de motorisation s'ébranla puis modifia automatiquement la trajectoire de la cabine de pilotage, pendant que la Harpie perdit de l'altitude allant vers une issue fatale inéluctable. Le vaisseau de sauvetage n'avait qu'une seule alternative, pénétrant en l'Éther de Tau-Thétis, dans un vrombissement inquiétant. Calchas entraperçut un banc de ces animaux sacrés ; les ombrelles déployées des ludions filtraient les ardeurs d'un Hélios fougueux, formant en leurs dermes vaporeux des irisations nacrées. Les « orties des étoiles » formaient des troupeaux, flottant à quelques centaines de stades au-dessus de l'océan turquoise de Ogénos. Leurs ombrelles s'ouvraient et se refermaient suivant les courants aériens, gracieux ballets rappelant les jeunes Muses : Harmonie, Hébé et Aphrodite dansant dans une insouciante chorégraphie, et révélant le galbé de leurs jambes élancées. À l'arrière du canot de sauvetage, Hypérion était toujours plongé dans les bras de Morphée, sa respiration et son rythme cardiaque n'inspirant aucune inquiétude tant les données émises par le tableau de bord en signalaient une bonne disposition vitale.

« Quelle qu'en soit l'issue finale, *nous sommes plongés dans la merde !* mon pauvre Hypérion, se dit-il plus à lui-même qu'à son compagnon de voyage. L'atmosphère de Tau-Thétis étant irrespirable, nous n'aurons que quelques minutes pour profiter de son paysage grandiose, avant d'offrir nos âmes aux mains d'Hermès… »

Le canot de sauvetage pénétra la basse atmosphère, offrant un panorama à couper le souffle : émergeant au-dessus d'un océan d'un bleu turquoise, l'immense promontoire du mont Sépias offrait son échine aux yeux de Calchas, émerveillé par son imposante masse, dont une toison verdoyante enveloppait la basse et la moyenne altitude, soumise à un Zéphyr taquin, avant de laisser place à un massif rocheux d'un noir d'onyx, d'où les éclats de rayons d'un Hélios majestueux s'y réfléchissaient en des rais effleurant l'immense nappe d'eau douce recouvrant le planétoïde. Un chapelet de ludions en couronnait la cime, un ballet vaporeux offert à dame Nature. Tout en se rapprochant du littoral, il redressa l'assiette du canot rasant les vagues de Ogénos, dont des bancs de roselières en constellaient la côte. Le canot se posa sur la grève, dans un bruit de frottement strident ; des galets et du sable d'un grain médiocre s'y étalaient tout du long d'une barrière d'arbres et de buissons bloquant l'accès aux premiers contreforts rocheux. Il débloqua l'écoutille, permettant l'ouverture du pare-brise, puis actionna la balise de détresse radiodiffusant ses premiers BIP-BIP. Il déverrouilla ensuite sa ceinture et effectua la même opération sur Hypérion, plaça un pied puis l'autre sur l'hiloire, et entreprit de saisir le corps inanimé de Hypérion, toujours planté dans les bras de Morphée, et de le haler hors de la cabine. L'opération en était laborieuse, tant sa masse était imposante.

« Fichtre, Hypérion, qu'est-ce que tu es lourd ! » Il réussit à le glisser au-dessus de l'hiloire, et peu après avoir posé un pied dans l'eau, sentit une brûlure soudaine à sa cheville gauche, causant leur déséquilibre ; la chute fut inéluctable, les plongeant dans une eau fraîche de quelques coudées de profondeur. Il se retrouva trempé jusqu'au cou, et tout en se frottant la jambe il aperçut une ombre fuser entre des plants d'eau, créant un léger remous. Il redressa aussitôt son ami émergeant de sa torpeur. Le casque de Calchas se frottait à celui de Hypérion.

— Accroche-toi à moi, tu es encore sonné par notre dernière entrevue avec la Mère amazone ! Hypérion fit un demi-sourire, puis jeta un œil aux alentours.

— Où sommes-nous ? On dirait Tau-Thétis…

— C'est bien la planète aux ludions. Et nous ne sommes pas sortis du merdier : j'ai le désagréable privilège de t'annoncer que son atmosphère étant hostile à l'homme, nous sommes condamnés d'avance. Prions Zeus Hypatos, que dans sa bonne volonté Il daigne protéger nos âmes. Mais ne faiblissons pas, nous allons nous installer sur la berge, tout près d'un groupe d'arbres que je vois là-bas, et je viendrai récupérer le paquetage de survie placé dans un compartiment du canot ; après, nous inspecterons les environs… « Si tant soit peu l'appel de la balise peut être saisi par la Coalition », se dit-il tout bas.

Tout en claudiquant, il chemina dans un clapotis eurythmique, le soutenant afin de rejoindre les premiers bosquets épineux, puis ils s'assirent afin de récupérer un tant soit peu sur un gros rocher. La ligne d'horizon s'inclinait bien plus que celle de Déméter, le planétoïde étant plus petit que la planète Mère. Quelques nuées vaporeuses en jouxtaient ses franges bleutées, trôné par un Hélios allant vers son couchant. Les bancs de ludions remontaient vers la haute atmosphère, ne craignant ni le manque d'air ni les basses températures y régnant dans un éther que l'homme aurait bien voulu s'approprier. Il jeta un œil à son chronographe, il ne leur restait environ que deux heures d'autosuffisance d'oxygénation, en tenant compte de quelques cartouches comprises dans la soute du canot – le compte était vite fait !

— J'espère qu'ils vont ardemment nous dépêcher une équipe de sauveteurs. Je n'ai pas envie de croupir ici, même si le lieu prête à la poésie et à la rêvasserie, commenta Hypérion.

— Notre réserve d'air est fichtrement limitée, il faudra l'économiser en parlant peu et en faisant des efforts mesurés. Dès que tu te sens d'attaque, nous irons pêcher dans les réserves du vaisseau et récupérer tout ce qui peut nous aider à améliorer notre quotidien…

Chroniques de Déméter :

« *J'avais fait un rêve : une allégorie de perfection humaine peuplait mes songes, puis se diffusait au sein de l'homme, lui soustrayant cette peur qui l'anime et le force à se morfondre dans la colère et la violence... Mais l'être humain étant prompt à la facilité et aux remords, il s'assujettit aux basses besognes, l'écartant ainsi du surhomme que j'espérais lui offrir et lui insuffler par la grâce de l'Amour ; un Éros, un Phanès en devenir... À présent j'admire une dernière fois ce panorama qui m'a tant envoûté, cette étendue d'eau douce d'où émergent des êtres de lumière, s'inscrivant dans la plus glorieuse pensée que Notre Zeus dionysiaque a enfantée... Il en sera ainsi tant que l'homme ne reviendra pas à la Source primaire d'où il fut engendré et que, par la bienveillance de Notre Seigneur, des éons s'étendront avant que le surhumain daigne bien renaître en cet animal à deux pattes, encore possédé de cette queue de saurien qu'il s'évertue à conserver...*

Ô Seigneur, je réintègre Ta demeure. Eko !... »

Phanès Protogonos,

Épîtres aux Hellènes, incunable aux Canons apocryphes du mont Sépias.

Zeus ex machina

À l'orée d'une frondaison s'étalant sur le flanc du mont Sépias, les deux hommes avaient installé une bâche déployant son caparaçon entre deux troncs d'arbres et de fourrés épineux. Le feu couvait, réchauffant l'atmosphère ambiante de son aura calorique bienfaisante et rayonnant son jaune d'or sur le visage blafard de Calchas. La respiration se faisait lente, le flux cardiaque en arythmie par instant... Seules se peuplaient des formes-chimères s'introduisant dans son esprit, éveillant une lente plongée en catharsis des pulsions hormonales... Il devenait autre. Hypérion lui jeta un regard semi-comateux, Calchas était affalé contre un rocher d'un blanc-bleuté éclatant, la respiration chavirant dans une lente agonie subliminale... La Mort guettait !

— Pourquoi nous ont-ils abandonnés ?..., demanda-t-il d'une voix éraillée par un manque d'oxygène.

— Ils ont peut-être quelques difficultés avec l'escadrille amazone.... Ne t'inquiètes pas, ils finiront par nous envoyer du renfort.

Hélios descendait sur la ligne d'horizon, rejoignant la courbe bleu-orangé de l'océan Ogénos. Des vaguelettes se mourraient sur le rivage, répondant aux deux héros en leur causant de vie et de mort, dans un râle sisyphique... Calchas releva la tête, une bosse émergea des crêtes jaunâtres des ondes d'Ogénos dansant sur les flots du Temps ; le cétacé cracha ses nuées puis recouvra les profonds abysses.

Hypérion sentit les doigts glacés de Thanatos caresser son visage.

« Si je dois crever, autant le faire maintenant, la tête dans les étoiles, pas dans ce fichu casque... » il releva ses mains, atteignit un bouton et l'enfonça, puis commença à pivoter le casque sur sa base, formant une fuite d'air aussi diffuse qu'une petite brise d'été. Il s'attendit à ce que la Mort survienne comme un voleur d'âmes, assoiffé du dernier *expir*, mais ce ne fut le cas : il respira à pleins poumons, dans un étonnement que Calchas entrevoyait derrière la visière.

« Ils nous ont bernés ! » dit-il plein d'amertume. Et retira le sien, aidé par Hypérion...

— Quelles en seraient les raisons ? demanda-t-il, tout en le regardant se dresser devant lui, accompagné par le somptueux bouclier de la lune Hellên, se levant au-dessus de la ligne d'horizon de l'océan Ogénos.

— Le site est doublement sacré : tout d'abord en tant que téménos, puis scientifique. Tau-Thétis ne peut que susciter de nombreuses attentions de la part des grosses firmes helléniques ; ces consortiums sont avides de ce que le planétoïde recèle en son être : les ludions ! Il en va de soi qu' ils ne cessent de planifier, par l'entremise de leurs magistrats et de quelques habiles avocats, de nombreux pourvois devant le Parquet, afin de faire céder les États à plus de coopérations avec les firmes industrielles et de puissants labos, majoritairement privés... Et avec le temps, ils finiront par obtenir gains de cause, et couvriront leurs laboratoires à même les flancs de l'unique éminence du planétoïde, ouvrant une nouvelle ère de recherches scientifiques et militaires... Une occasion que ne souhaitent bien évidemment pas les Perses, dont l'astre est entre leurs mains, mais afin de garantir une accalmie entre la Coalition hellénique et eux, cédant quelques certificats aux Corinthiens, grand partisan d'une trompeuse alliance qui ne saurait durer dans le temps.

— Je trouve que les secours tardent !...

— J'ai des doutes... affirma Calchas. Il se dirigea vers la chaloupe, dont le lambda cramoisi effleurait les sombres lames d'Ogénos claquant sur son fuselage à demi-immergé. Hypérion le suivit, plongeant ses gros bottillons dans une eau noire, vaguement éclairée par la lune Hêllen.

Ils déboîtèrent le tableau de bord, et firent état de l'assemblage des faisceaux électriques et autres appareillages le peuplant. Ils finirent par tomber sur la balise de détresse.

— On a saboté la balise ! s'exclama Hypérion.

— Mouais ! pas étonnant que l'on soit restés sans nouvelles...

— Laisse-moi faire, je vais réparer les dégâts. Quelqu'un a manifestement pas lésiné sur les moyens : regarde, la personne a arraché des connexions ; j'en aurai pour un bout de temps avant que l'on puisse relancer le signal de détresse...

— Laisse tomber, l'obscurité ne va pas te faciliter la tâche. On verra demain. Allons finaliser le bivouac, rassura Calchas, l'air se rafraîchit, et je ne sais ce que cette planète recèle de cachée en son antre. On va faire un feu avec des branches sèches qui jonchent le littoral...

La voûte étoilée se paraît de constellations inconnues, créant des chimères allégoriques où s'entremêlaient mythologie et légendes des temps anciens... Hypérion se pencha vers Calchas, affalé au pied du rocher, l'œil dément et le visage exsangue ; le prince respirait difficilement, suite à cette attaque de créature inconnue.

— La douleur me brûle la jambe. C'est comme une multitude d'aiguilles que l'on m'enfonce dans la guibolle.

— Montre-moi ça ! et releva légèrement la jambe du pantalon. Calchas émit un cri de douleur, dès que Hypérion effleura l'emplacement du traumatisme ; une lésion bleuâtre s'étendait sur le pourtour de la cheville et semblait progresser vers le haut du mollet, se diffusant en un filet céruléen infectant le tissu cellulaire... Hypérion ramena de la boite d'urgence une capsule de morphine. Avale ! La douleur s'effacera dans peu de temps. Puis Calchas sembla reprendre de la vigueur, mais le mal ne faisait qu'empirer...

***

Une gémellité d'images dansait devant ses yeux avant qu'il puisse arriver, après une vigueur forcée, recouvrée une vision normale. Calchas vit passer dans son champ visuel un ballet d'étoiles, puis cela s'estompa, rendant une vue limpide d'un lever de soleil au-dessus d'une mer d'eau douce. Une douleur lancinante remontait de sa jambe gauche jusqu'à son épaule, l'élancement fusant entre-temps sous son torse – indice d'un mal qui le rongeait de l'intérieur. L'impressionnante face de Hypérion occulta un temps le panorama fastueux de Tau-Thétis.

— Avale ! C'est une nouvelle capsule de morphine que j'ai pu retrouver dans la boite à apothicaires... La dernière.

— Depuis combien de temps suis-je ainsi ?

— Suffisamment pour m'avoir ôté le sommeil durant les dernières quarante huit heures, et endurer ton caractère de chien battu entre deux mauvaises respirations...

Il voulu se redresser mais une douleur lancinante le rappela à l'ordre.

— Te crois-tu plus fort que le seigneur Asclépios ? Je ne sais pas de quelle affection tu souffres, mais je pense que tu devra rester alité jusqu'à ton rapatriement sur la base. En attendant j'ai préparé un brouet dont tu me dira des nouvelles ; il le servit.

— Pas faim, dit-il d'une voix atone.

— Il faut que tu te forces, sinon je ne te donne pas une semaine, avant d'offrir ton âme à Thanatos. Il se força à avaler le brouet, mais le cœur n'y était pas ; il déposa l'écuelle à même le lit de galets, sinuant entre des racines aériennes et de menues graminées, se courbant sous un léger zéphyr.

Calchas regarda Hypérion, accompagné d'un sourire facétieux.

— Mon ami Hypérion, tu excelles en informatique mais pas dans l'art culinaire ! lança-t-il d'un ton railleur. Mais j'avoue que tu te donnes un mal de chien pour nous sortir de ce guêpier, et je t'en suis reconnaissant.

— Bah, je ne fais que mon devoir si l'on ne veut pas se retrouver en train de servir de pâture aux bestioles en tous genres...

— Argh ! regarde le monstre qui surgit des ondes... hurla Calchas, les yeux exorbités par cette vision atroce, un doigt tremblant tendu vers l'horizon.

— Où ça ?

— Là ! Là ! Ne vois-tu donc pas ?

Hypérion se concentra sur le décor fastueux de l'océan Ogénos ; de fluettes vaguelettes ondoyaient sous un vent éthéré.

Des essaims de ludions descendaient des hautes sphères, offrant leurs corps diaphanes aux yeux des deux hommes.

— Ben non... je ne vois rien, à part des bancs de ludions et quelques poissons sautant au-dessus des vaguelettes.

— Il s'approche, les mâchoires grandes ouvertes... prêt à nous dévorer. Calchas se blottit contre le rocher, l'œil globuleux, le front dégoulinant de sueur et la gueule déversant une bave écumeuse. Il va nous bouffer !...

« Merde, songea Hypérion, il est en train de délirer à cause de la morphine. » Il se pencha vers son compagnon d'infortune et le rassura.

— Calme-toi, Calchas, tu viens de divaguer. Eh reprends-toi, lui dit-il en le secouant. Il lui fit boire un peu d'eau fraîche, plaça un linge humide sur son front et l'allongea à même le terrain rocailleux, dont le rocher s'étirait vers la plage, l'affleurant de quelques doigts au-dessus de la couche de galets. Calchas tremblait, recroquevillé comme un enfant qui a aperçu un démon émergeant des Hadès. Après un temps il recouvra ses esprits, le regard un peu perdu et le visage encore blême

— Désolé... Je ne sais pas ce qui m'arrive. Je me souviens de cet animal m'ayant enfoncé son aiguillon dans la chair, en abandonnant précipitamment le module de sauvetage.

— Ouais. Fais voir l'évolution de ta jambe... La cheville était bleue et enflée, les veines jaillissaient de la chair en des contorsions reptiliennes, la sillonnant en un maillage noirâtre, sombre, sinuant de l'emplacement de la piqûre jusqu'en haut de la cuisse ; le mal ne semblait d'ailleurs pas s'arrêter là, mais continuait à gravir, lentement, annexant son corps tout entier... Peut-être que des compresses d'eau froide pourraient permettre de dégonfler les chairs, proposa Hypérion. Je m'en vais te préparer cela, et après je m'occupe de réparer la balise – notre sécurité est primordiale ! De plus nous devons jeter un œil sur les lieux. Visiter le coin afin de voir de quoi cette planète est constituée... et puis il faut bien bouffer : les réserves s'amoindrissent. En attendant que ces messieurs daignent nous secourir et nous rapatrier *illico* sur la station.

***

Pendant que Hypérion s'occupait à réparer la balise, Calchas (dont la santé s'était apparemment rétablie) pénétra le sanctuaire sylvestre du plateau du Sépias ; des rais du soleil Hélios en perçaient la canopée, diffusant une aura étrange autour de quelques arbres, sûrement centenaires. Nuls chants d'oiseaux, points d'insectes et d'arachnides ne semblaient s'approprier les lieux – un calme étrange affectionnait le domaine de la Muse Thétis, présidant en cette demeure où seule l'expiration magique des alizés apportait sa moiteur aux végétaux en effleurant les ondes turquoise de Ogénos. Il s'aida de la machette afin de progresser au sein des massifs d'arbres ; des chênes, des hêtres et des peupliers en formaient la majorité des essences. Il jeta un œil à son chronographe, permettant de connaître la distance qui le séparait de Hypérion, par le jeu du système de positionnement des données satellitaires du planétoïde, incorporées dans les bracelet-montres. Il ne pensait qu'il en aurait eu besoin, car au demeurant les données géospatiales furent incluses afin de contrecarrer une violation du téménos de Tau-Thétis par des consortiums, ne lésinant pas sur les moyens juridiques pour affaiblir l'emprise d'un État, quitte à offrir des pots-de-vin à de hauts fonctionnaires, goulus à la vision de quelques tas de billets évoluant sur le champ de leur conscience…

Il déboucha dans une clairière ; face à lui un panorama époustouflant le figea : le haut plateau du Sépias s'enveloppait d'un lourd manteau nuageux. Ses flancs d'un noir d'onyx reflétaient un temps les éclats d'un pâle Hélios, jouant de ses rais entre deux nuées pour s'y réfléchir. Le tonnerre gronda, puis une pluie fine et fraîche s'invita au-dessus de la trouée végétale ; de petites fleurs s'épanouirent sous l'averse qui cessa aussitôt. Des d'insectes butineurs, qui, auparavant se cachaient des yeux de l'homme, émergèrent de leurs cachettes – papillons, abeilles et autres insectes pollinisateurs envahirent le domaine végétal, offrant une vue paradisiaque du lieu. Après quelques gouttes de clepsydre le tonnerre gronda de nouveau, la pluie réitérant son invitation. Calchas s'en retourna par l'issue qu'il avait lui-même créée à coups de machette. Le ciel s'assombrit et se couvrit de zébrures d'éclair, de coups de semonce que seul un Zeus Kataibatès en conserve la gouvernance. Lorsqu'il retrouva son ami, il était trempé jusqu'aux os mais empli d'une sereine quiétude. Hypérion s'attelait à préparer le repas, à base de brouet lyophilisé. La bâche s'embrasait des lueurs du foyer, créé de quelques branchages maraudés au domaine des dieux. Le ciel se noircit, formé d'un épais et sombre manteau nuageux, offrant au biotope des ludions un spectacle apocalyptique ; le tonnerre redoublait ses colères, scandant et grondant ses sentences comme un fauve en chaleur – la seigneurie de Zeus frémissait sous les coups de boutoir de l'Égide olympien...

***

Son corps gonflait comme une outre emplie d'eau, prête à exploser sous un Hélios incandescent ; Calchas suait à grande eau, tremblotant sous une fièvre qui perdurait depuis six heures. Hypérion s'abaissa à son niveau, oblitérant le crépuscule maussade de Tau-Thétis. Il lui tendit une gorgée d'eau, agrémentée d'une potion bien à lui. Calchas avala la boisson d'un trait, la tête vacillante sur la grosse main de Hypérion.

— Ce n'est que de l'extrait de pavot, cela te permettra de supporter tes douleurs lancinantes... Il faudra quelques temps avant que les effets bienfaisants se fassent sentir.

Calchas remua du chef, espérant en son for intérieur que ses douleurs s'estompent avec le temps. Hypérion reposa sa tête sur la couverture de survie. Le prince évacua une bile noire, rien de salutaire à l'horizon...

Son compagnon l'essuya d'un revers de manche, inquiet quant au sort de son ami. Calchas lui révéla un demi-sourire, assujetti aux terribles maux qu'il enduraient depuis le crépuscule.

— En fouinant un peu aux abords de la forêt, j'ai pu récupérer quelques fleurs de pavot pendant ton sommeil et en faire une décoction salvatrice... qui je l'espère te sera profitable. Il pencha le visage sur le côté et s'endormit aussitôt dans les bras de Morphée.

Les jours passèrent sans que Hypérion ne parvienne à remettre en état la balise de détresse ; le temps était compté : l'état de Calchas ne s'améliorait pas, et même se détériorait offrant ses délires aux Mânes et autres esprits fantômes – il ressentait et voyait des ectoplasmes errer autour de son corps difforme, et les entendaient ricaner, scander l'appel incessant du dieu Thanatos afin qu'Il daigne faucher cette âme en pleine jeunesse. Jour après jour Hypérion continuait à lui verser quelques gouttes salvatrices de pavot, observant du même coup l'anatomie de son ami enfler et se développer comme une larve au sein de son cocon. Ses membres s'accroissaient, s'étiraient afin de prendre leur juste place en ce monde étranger. Il voyait Calchas souffrir le martyr, se demandant s'il ne devait pas abréger ses souffrances en lui enfonçant sa dague dans la gorge. Son métabolisme de base paraissait se désorganiser, comme soumis à une *catharsis* afin de purger une faute inavouée mais insupportable à conserver en l'état actuel. Son squelette prenait de l'ampleur, croissait comme une nouvelle puberté soumise à une mue qui ne saurait se limiter aux principes de la vie. La boîte crânienne subissait le même sort, étirant sa masse jour après jour...

Avec le temps il recouvrit une vitalité profitable mais son mental continuait d'errer en des mondes imaginaires... Hypérion se savait désarmé en ce lieu inhospitalier, qui pourtant lui apportait juste le nécessaire à leur survie. Le jour il voyait et observait les bancs de ludions comme en sustentation dans le vide céleste, flottant à quelques stades au-dessus de lui. Leur corps nacré provoquant une iridescence dans le bleu du ciel, suivant l'état de l'éclat céleste ; la nuit c'est Calchas qui lui volait sa vigueur en le pouponnant comme un enfant en pleine mutation génétique. Mais ce que Hypérion ne savait pas c'est que son ami subissait une mue bien plus poussée qu'il n'aurait pu imaginer ; car en son cerveau des synapses se relayaient, se démultipliaient et mutaient... Le taux de potassium s'amplifiait et offrait de nouveaux neurotransmetteurs au cerveau, pendant que Hypérion restait béa devant cette chimère, se demandant à quel Saint se vouer. Le prince engloutissait des parts de plus en plus prolixes d'apports nutritionnels, sollicitant Hypérion dans une quête effrénée de rendement culinaire digne d'un maître queux... Mais les subsistances arrivaient à leur terme, et c'est après avoir prospecté à l'orée de la forêt, qu'il découvrit des tubercules faisant office de mets plantureux, certes un brin insipides mais foncièrement copieux pour apprivoiser la voracité de Calchas. Par instant il avait tout à la fois peur de son ami, et subissait à d'autres circonstances des états béatifiques en le regardant, subissant un taux de sensibilité émotionnelle qu'il n'avait connu que lors de la naissance de son premier enfant, et qu'il perdit peu après l'accouchement de sa femme. Lorsque le temps le lui permettait, et lorsque Cakchas s'endormait dans un état proche d'une léthargie animale, il parvenait à retrouver la chaloupe afin de mettre un terme à ce dysfonctionnement, forcé par un élément saboteur étranger. Heure après heure il parvenait à remettre les connexions en état, avec le peu de moyens qu'il avait à sa portée.

Le lendemain il n'était pas loin d'achever les réparations, lorsqu'un événement critique l'arracha de son travail. Calchas hurlait à la mort, scandant des litanies en l'honneur du Grand Zeus. Mais un fait extraordinaire le laissa abasourdi, l'emplissant d'une forte puissance émotionnelle :

le jeune prince se dressa de son corps de géant, progressant comme un homme ivre vers la plage de galets, dont les rides des vagues venaient y mourir dans un cycle digne des Danaïdes. Il échoua sur le bord de la mer d'eau douce, entouré d'une roselière et de nymphéas aux tons pastel. Hypérion lâcha son labeur et couru vers lui, éclaboussé par de grandes enjambées dans les eaux fraîches de l'Ogénos. Le prince – du moins ce qu'il en restait de sa personne – cadençait ses hymnes et incantations en des termes parfois clairs, parfois nébuleux, s'immergeant au sein des ondes dont le flux et le reflux paraissaient s'accélérer. Ce n'est qu'à quelques pas de Calchas, que Hypérion ressentit des morsures aux pieds et aux jambes, jusqu'à chuter dans les eaux turquoises, d'où une protubérance bouillonnante l'empêchait de progresser ; de grands poissons frétillaient autour de lui, certains bondissant comme des fous au-dessus de l'eau et d'autres ouvrant leur gueule de canard, révélant une dentition effilée comme les crocs de grands fauves.

« Un banc de brochets ! » grogna t-il.

Leur livrée offrait des bandes jaunes et ocres dorées, mais ces prédateurs fourmillaient dans une eau devenue crasseuse, brunie par leur nervosité, sautant et l'agressant dès lors qu'il essayait d'avancer d'un pas dans une soupe devenue grisâtre, dont il ne voyait plus le fond. Mais un autre événement le resta sans voix, sidéré par un spectacle qui l'impressionnait : une centaine de sillons perturbait les ondes tranquilles de Ogénos ; des rides d'eau issues des fonds aquatiques en ornaient la surface, créant une structure étoilée, dont les branches se comptaient par milliers. Les sillages partaient de l'horizon et venaient converger vers le corps de Calchas. L'agent de cette manifestation aquatique émergea de l'étendue d'eau, jaillissant en un éclair sur son corps monstrueux, encore fébrile par la maladie : des seiches, des calmars par milliers venaient s'emboutir sur le corps de Calchas, s'y agglomérant en une masse compact, séquelle de ce géomagnétisme humanoïde. Les formes blanchâtres fusaient sous la surface comme des traits de javelot lancés par le puissant Arès, magnétisés par cette cible humaine... Leur corps s'y télescopait, leurs tentacules et leurs nageoires latérales se comprimant sur ses mollets, épousant chaque parcelle de son anatomie, devenue démesurée suite à une modification des gènes, perturbés par l'excitation des hormones thyroïdiennes. Mais cette invasion ne s'arrêtait pas là, et s'accentua du fait d'une prolixe connexion occulte entre les céphalopodes et l'agent récipiendaire Calchas ; les céphalopodes envahirent ses jambes et ses bras, progressant au fil du temps sur son corps, voué à recevoir ces mollusques réservés à la Nymphe Thétis... Bloqué par le banc de poissons prédateurs, Hypérion observait ce spectacle que la nature lui offrait. Des vents poussaient des strates de lourds nuages vers l'horizon, après avoir recouvert le plateau du Sépias ; le couvert nuageux recouvrait maintenant le ciel, occultant l'éclat céleste et les bancs de ludions, s'élevant vers la haute sphère, afin de se protéger de cette Nature irascible. La nuit était tombée comme un rideau devant le *proskénion*[49], en attente d'un drame satirique qui allait s'y jouer. Des éclairs zébraient la couverture nuageuse, appuyés d'un rugissant tonnerre ; des vagues et des déferlantes mugissaient sur les rochers et les écueils, explosant avec force et fracas, offrant leurs larmes sournoises à la liseré d'arbres et de buissons, situés sur les contreforts de l'insondable forêt. La foudre en dévoilait par instant leurs cimes échevelées, comme hystériques face à cette dame Nature sauvage.

Comme impuissant, il regarda devant lui ce drame qui se jouait : Calchas s'embaumait d'un linceul mortuaire, créé de toute pièce par un déluge de céphalopodes...

***

Ce n'était plus qu'un œuf, une oosphère née de la fusion entre mère Nature et un homme devenu monstrueux, du fait d'une terrible maladie. Hypérion en toucha du doigt sa surface devenue lisse et hermétique avec le temps ; les céphalopodes s'y amalgamaient, s'y soudaient en une étreinte mortuaire. Par de multiples fois il pensait l'écaler, afin d'y soustraire son compagnon d'infortune, mais une force intérieure le lui déconseillait, et souvent il se sentait tiraillé, meurtri par une impuissance qui le condamnait à l'inaction. Il en fit le tour, observant cette hermétique pelisse qu'il songea à briser. En plaquant sa main il perçut comme des soubresauts, des ondes, des mouvements bruisser en une sourde mouvance aléatoire..., alors il se résigna à causer l'irréparable, ou l'erreur qui consiste à extraire son compagnon d'arme plus tôt qu'il ne pensait.

Hypérion entendit la sirène de la balise de détresse retentir : des secours allaient apparaître dans peu de temps ! Il fonça vers la chaloupe, dont le lambda cramoisi affleurait des sournoises vagues, puis y grimpa et crocheta le hublot. Il agrippa vaillamment la radio, comme si cet appel risquait de s'effacer pour la nuit des temps.

« Hypérion à base, je vous reçois !... »

— Bonjour Hypérion, c'est le commandant Architas qui vous parle. Comment allez-vous?

— Bien, bien mais nous sommes bloqués sur Tau-Thétis. La chaloupe est inopérationnelle.

— Et le prince Calchas ?...

Hypérion eut un moment d'hésitation à répondre. « Il va bien aussi, enfin il me semble. Disons que vues les circonstances, nous avons besoin d'un médecin d'urgence. Je ne peux vous en dire plus, il faut rapatrier un médecin sur Tau-Thétis. »

— Cela ne sera pas possible vues les conditions actuelles, de toute façon un vaisseau est déjà en route pour vous réceptionner. Il sera présent sur le site dans environ 3 heures. Préparez-vous à embarquer dès qu'il arrive ; une tempête est sur le point d'affecter l'opération de sauvetage, vous n'aurez qu'une faible marge de manœuvre ! Quant au prince Calchas, une équipe du Caducée sera sur le pont d'appontage, prête à l'accueillir...

— Commandant ! Je veux vous dire que... C'était déjà trop tard, la liaison avait été coupée, le laissant sur sa faim. Il regarda cette forme gigantesque qui dénotait sur le rivage. L'œuf était devenu grisâtre, plus granuleux, comme prêt à s'effriter. Le temps repartait à l'orage, au faîte du mont Sépias de sombres nuées s'y aggloméraient, formant des strates de cumulonimbus en forme d'enclume, absorbant une masse impressionnante de courants ascendants. Il s'abrita sous la bâche à quelques pas du rivage, jetant un œil régulier sur son chronographe. De l'électricité statique monopolisait l'air ambiant ; sa chevelure et sa pilosité se dressant à l'appel des forces électromagnétiques. Sur le fil de l'horizon, le bleu saphir de Ogénos laissa place à un drapé d'une opacité ténébreuse, perturbé par des éclats lumineux fusant d'un dôme d'un gris cendré. Le tonnerre grondait, le son se répercutant sur les flancs du Sépias, comme à l'appel des Corybantes, lors de la naissance de l'enfant Zeus... Dans une danse endiablée des zébrures fractionnaient l'éther autour de l'œuf flamboyant, un appel à Dionysos, le dieu des opposés ; des flashes éblouissants et un tonnerre abrutissant offraient une chorégraphie digne des Corybantes, frottant leur sabre akinakès contre leur bouclier, afin de contrebalancer au ténébreux Kronos les gémissements du nouveau-né Zeus …

L'oosphère explosa dans une gerbe de carbonate de calcium et d'albumine, offrant au regard d'Hypérion une image distincte du corps révolu de son ami : Calchas se recroquevillait comme un bébé au sein de la matrice de sa mère. Il redressa la tête, posée sur une nuque large soutenue sur des épaules surdimensionnées. L'homme se releva lentement d'un résiduel de coquille, dépliant ses reins et ses membres au fur et à mesure de son élévation, pareillement à l'érection d'un nouveau sanctuaire à Delphes. Sa peau diaphane, d'un bleu saphir, laissait entrevoir le réseau de veines – blottit sous la poitrine, on y décelait le cœur battre comme un tambourin des Corybantes. Ses cuisses possédaient l'ampleur d'un tronc de chêne centenaire, et ses jambes recelaient une force évocatrice, à la circonférence des colonnes du temple de Zeus, à Olympie, soulignées par de puissants mollets au galbe impressionnant. Il enjamba les restes de coquille, fit quelques pas vers l'océan et se retourna d'un regard de braises vers Hypérion ; la stature du Titan équivalait à deux hommes de forte dimension, et son regard d'un rouge grenat évoquait les feux des Hadès – il n'avait plus rien de commun du Calchas que l'on connaissait !

Hypérion restait figé devant cette représentation issue d'une combinaison de mythologie hellénique et de chimères sorties de son imaginaire..., les mythes et allégories séculaires se fondant en cet instant sublime, où la matérialisation d'un dieu prit naissance sur le liseré du mont Sépias. Le Titan déplaça sa masse gigantesque vers Hypérion, qui resta bloqué à sa vue.

— Calchas ? !... émit fébrilement Hypérion.

— L'homme n'est plus de ce monde, il fusionne en les opposées ! dit-il d'une voix puissante.

— Alors qui es-tu ?...

— Je suis l'UN sans pareille, le renouveau après l'holocauste. En moi germe une nouvelle vie, et qui pourtant ne m'a jamais quittée... Je suis le Protogonos, premier principe des choses, le Créateur de ce jeu que sont la vie et la mort. Pas d'ego ne demeure en chacune de mes cellules, car le monde se fait et se défait au gré de mon amour pour le Je (u) que Je suis et que Je ne suis pas... Je suis le Phanès émergeant de l'œuf créateur, la lame de l'Amour créant et détruisant les mondes en un éclair... Je suis l'air, la terre, l'eau, le feu et l'éther. Je réside en Nyx, et lorsque l'homme s'écarte de mes desseins, alors j'accours pour le sauver... car Je suis l'âme du Monde !...

Hypérion resta sans voix, bouche bée devant le « *téras* », le monstre surgit d'un œuf, pendant que les éléments continuaient à se déchaîner, ébouriffant ses cheveux devenus pour l'occasion la pâle réplique de la coiffe de Méduse. Le tonnerre gronda, les éclairs feulaient et le Titan étirait son échine sur le vaste domaine de Tau-Thétis, offrant au regard de l'homme un spectacle digne du Timée, de Platon. Un meuglement diffus puis croissant prit les devants de cette polyphonie spatiale. Hypérion dressa la nuque, observant un vaisseau de combat émerger des sombres nuées ; ses feux de présence rythmaient comme un cœur cadencé ; sa forme fuselée évoquait celui d'un rapace. Il reconnut le port élancé d'un chasseur Harpie : les secours arrivaient !...

Le chasseur de combat effectua une première révolution au-dessus de l'homme et du Titan... Soudain il décrocha et fondit sur le monstre, tirant ses faisceaux laser afin de l'exterminer... Hypérion dressa ses mains, hurlant son désaccord au rapace d'acier et de carbone. Il brancha fébrilement l'audio sur son chronographe, lançant son appel désespéré :

— Hypérion à vaisseau Harpie : arrêtez vos tirs, il y a erreur sur la personne... Vous entendez ? Arrêtez vos tirs ! …

— Vaisseau *Géraki* à Hypérion, je vous entends. Ne craignez rien, vous serez bientôt libérés de votre agresseur. Écartez-vous de la position, vous risquez de perdre la vie. Vous êtes trop proche de la zone de combat !...

Le Titan feulait, gonflant sa poitrine et remuant sans cesse ses puissants bras, comme pour écarter la menace venue du ciel, d'un simple mouvement de courant d'air. Les traits de laser lacéraient sa chair diaphane mais celle-ci, peu de temps après, se cautérisait en un rien de temps. Le vaisseau perdit de l'altitude en effectuant des révolutions sur lui-même, espérant mettre un terme au monstre issu du Tartare... À présent on apercevait le relief et la structure de la nef, tellement elle était proche de l'électro-méca. Le son du vaisseau partait dans les aigus, monopolisant l'audition en un acouphène insoutenable... Du corps du Titan Phanès émanait une aura ambrée, irradiant ses alentours d'éclats mordorés ; il s'éleva de quelques pieds au-dessus des vagues de Ogénos, pendant que le vaisseau tournoyait comme un oiseau de proie autour de lui. Puis la radiance s'intensifia jusqu'à devenir insoutenable à contempler...

Phanès Protogonos disparut, se dissolvant en *tholes*, puis se fondit en Éther afin de protéger sa forme recouvrée. En son emplacement ne demeurait qu'une pincée d'étoiles dorées, s'étiolant avec le temps dans la fureur des éléments...

***

Ses nuits furent peuplées de cauchemars, où des formes oniriques venaient le torturer ; Hypérion se réveilla, le cœur palpitant et le regard vitreux. Il se leva, se coula jusqu'à la vasque et s'aspergea d'un filet d'eau. Puis il se rendit vers le hublot, dont le décor grandiose de la galaxie du Léthée s'offrait à son regard encore fébrile. Les étoiles d'abord troubles, devinrent nettes, le laissant engendrer des formes-chimères issues de son imagination. Il aperçut une navette de Déméter s'arrimer sur la minuscule piste d'atterrissage de la station internationale ; le vaisseau fut avalé quelques gouttes de clepsydre plus tard par l'un des systèmes d'automatisation du site d'appontage.

Son regard se porta ensuite sur le bouclier azuréen effleurant le goulet de l'Hellespont : le planétoïde Tau-Thétis jouxtait un énorme astéroïde, diffusant sa lueur céruléenne sur le sombre velours céleste. Il s'assoupit sur le rebord du sabord, le corps soumis à des forces de coercitions contraires. Des chimères démoniaques vinrent émerger de Morphée, distillant leurs intentions occultes...

La physionomie du Titan Phanès se forma devant lui ; le démiurge semblait taquin, rieur, et pourtant derrière son corps protéiforme, des conflits apparaissaient, des guerres se déclaraient et des hommes mourraient pour des enjeux dépassant l'entendement humain...

« Hypérion !... Hypérion !... ton nom ne veut-il pas dire 'celui qui est au-dessus' ? De ton nom Je bâtirai Ma demeure, en toi Mon avenir est assuré. Mais des êtres fourbes troubleront ton âme, au risque de te faire perdre la raison... »

EXPOSANTS

1. J'arrive !

2. Terrain appartenant à un temple et demeurant sacré

3. Représentation d'une divinité, sculptée dans un pieu en bois

4. La cité

5. Familles des Agides et des Eurypontides régnant sur Sparte

6. Petit-déjeuner

7. Zeus, protecteur des fratries

8. Colonie

9. Traître grec ayant fourni à l'armée perse des informations stratégiques permettant de prendre à revers le contingent lacédémonien

10. Auberge

11. Vaisseau rapide. Au sein du récit, aéronef militaire

12. Serfs voués à la terre. Ethnie issue des Achéens

13. Divinité de l'opportunité

14. L'œuvre militaire

15. Tribunal religieux

16. Le pancrace, sport de combat

17. Jargon militaire : exécuter un travail dans le respect du protocole.

18. Célèbre voie de roulage, entre le golfe de Salamine et le golfe de Corinthe, créée par les Bacchiades

19. Les Amazones, des prêtresses priant Zeus Labrundos, le dieu Cronos à la double-hache

20. Officier d'une compagnie

21. Salle à manger

22. Voir le tome 2, « la tombe d'Hestia »

23. Taxe de l'eisphora

24. Joute, lutte

25. Intelligence artificielle

26. éromène : adolescent consentant un rapport sexuel avec un adulte, un éraste

27. Conflit entre 395 à 387 av. J.-C entre les États de Béotie, Athènes, Thèbes, Corinthe et Sparte

28. Éducation d'un éphèbe (l'éromène) par un homme mûr (l'éraste). Le père de l'enfant soutient cet apprentissage social afin qu'il soit éduqué tout aussi bien dans les bonnes manières que celui de la guerre, de la chasse, du sport et des arts...

29. Prostituée

30. Coupes à boire le vin

31. Dieu de l'orage, dans le zoroastrisme

32. Qui dirige cinq soldats

33. Coupe à vin

34. Commandant d'une armée

35. Stade final d'une chrysalide, de la chenille au papillon

36. Le roi

37. Prolongement d'un neurone

38. Fibres neuronales

39. Cellules permettant une plus grande vitesse de passage des informations neuronales

40. Prolongement d'un corps cellulaire d'un neurone

41. Partage des pouvoirs entre deux gouvernants

42. Coupe à vin

43. Extrait de l'Avesta

44. Cris, litanies funèbres et chants de guerre

45. Temple circulaire

46. Magistrats

47. Ostracisme. Bannissement et exclusion de la cité ou du territoire, dont le mobile est la corruption

48. Bouclier

49. Estrade où jouent les comédiens

DOCUMENTATION

- Le dictionnaire des antiquités grecques et romaines de Daremberg et Saglio, numérisé sur le site Gallica ;
- Site Internet de l'Université de Toulouse le Mirail, France ;
- La revue Kernos, Philippe Borgeaud, *Note sur le Sépias. Mythe et histoire*
- Le réseau Internet ;
- Claude-Marie Guyon (1901), *Histoire des amazones anciennes et modernes*